ムゲンのｉ（上）

知念実希人

JN031772

双葉文庫

目次

プロローグ

やけに重い瞼《まぶた》を持ち上げると、天井が見えた。

白い、吸い込まれてしまいそうなほどに真っ白な天井。

「ここは……？」

唇の隙間から零《こぼ》れた声は、自分のものとは思えないほどかすれていた。口が、そして喉がからからに乾燥している。乾いた砂を呑み込んでしまったかのように。

霞がかかって思考がまとまらない頭を振って起き上がろうとすると、まるで全身の関節が錆びついているように軋《きし》み、痛みが走った。

歯を食いしばった私は、両手を使ってなんとか上体を起こす。体にかかっていた薄い毛布がはらりとはだけた。

重い頭を再び振った瞬間、全身に冷たい震えが走った。脊髄《せきずい》に氷水を注がれたような心地。慌てて胸元に触れる。羽織っている服の薄い生地を通して、コンプレックスである小振りな乳房の感触が伝わってきた。

「あった……」

安堵の吐息とともに、そんな言葉が漏れる。

胸に大きな空洞があいているような気がした。手で触れてそれが錯覚であることを確認したいまも、その感覚は消えない。

食道、肺、そして心臓。それらの臓器が抜き取られ、胸郭が空っぽになってしまったような心地。重心が安定せず、気を抜けばふわふわと浮き上がってしまいそうだ。

両手を胸に当てたまま目を閉じ、強風に耐えるかのように体を小さくする。そうしないと体が、心が、『自分』という存在が吹き飛ばされてしまいそうだった。

ふと強いデジャヴが襲ってくる。かつて、私は同じような経験をしている。

けれど、いつ……？

意識を脳の奥、厚く積み重なった記憶の底へと落とし込んでいく。やがて、セピア色に変色した記憶が弾けた。狭い部屋の中、ダンゴムシのように体を小さくした子供。二十三年前の私が咽《むせ》び泣いている光景が。

両頰に冷たい感触をおぼえた私は、慌てて瞼を上げて目元を拭った。手の甲が透明な液体で濡れた。手を口元に持ってきて舐めてみると、かすかな塩気がふわりと舌を包み込んだ。

あの日と同じ味。

ああ、そうか……。私はまた喪《うしな》ったのか。

とても大切な物を。

私は天井を仰ぐ。

蛍光灯の明かりが滲《にじ》み、七色の光となって煌《きら》めいた。

第1章　夢幻の大空

1

光沢を孕《はら》む白くきめ細かい肌。陶器を彷彿《ほうふつ》させるそれはどこか無機質で、精巧に作られたマネキンを見ているような心地になる。

ふと不安をおぼえた私はそっと指を伸ばして、彼女の頬に触れた。指先がほんのりと温かくなる。小さく安堵の息を吐きながら、私は彼女の顔を見つめる。固く閉じられた瞼が細かく震え、その下で眼球がせわしなく動いているのが見て取れた。

急速眼球運動。レム睡眠と呼ばれる睡眠状態で起こる現象だった。

レム睡眠中は全身の筋肉が弛緩し、身体は休息状態にあるが、その一方で脳は活動している。人はその状態のとき、鮮明な夢を見ていることが多い。

彼女もいま、夢の中にいるのだろうか？

私は彼女の目元に手を当てる。掌にかすかな振動が伝わってきた。

浅い眠りであるレム睡眠中の者は、弱い刺激でも目を醒ましてしまいがちだ。けれど、彼女が起きる心配はなかった。いや、それどころか、できれば起きて欲しかった。

なぜなら、彼女は四十日間も眠り続けているのだから。

私は目だけ動かし、ベッドの頭側にかかっている札に視線を送る。そこには『片桐《かたぎり》飛鳥《あすか》』という彼女の名前の下に、主治医として『識名愛衣《しきなあい》』と私の名が記されていた。

乾いた笑いが唇の隙間から漏れる。主治医、主に治す医者。けれど、私は彼女に襲い掛かった病魔をまったく治すことができていない。特発性嗜眠症候群《とくはつせいしみんしょうこうぐん》（Idiopathic lethargy syndrome）、通称『イレス』。それが彼女の患っている病だった。

夜、普通に眠っていただけの者が、朝になってもそのまま目を醒ますことなく延々と昏睡《こんすい》に陥る奇病。これまで、世界でもわずか四百例ほどしか報告されていない疾患で、それゆえに治療法も確立していない。

「なんで四人も……」無意識に零れた独り言が、部屋の空気を揺らす。

現在、この神経精神研究所附属病院には四人ものイレス患者が入院していた。

日本では数年以上、発症例がなかった疾患の患者が四人。それだけでも異常事態だが、さらに奇妙なのは四人が同じ日にイレスを発症したことだ。

極めて稀な奇病が同時に発生。しかも患者たちが住んでいたのは、東京の西部に偏っている。いったいこれは、なにを意味するのだろう？　この四十日間、昼夜を問わず答えを探してきたが、未だにそのヒントすら摑めずにいた。

所属する神経内科の部長に「こういう貴重な症例は、未来のある若者が診るべきだ」と押し付けられ、私は四人のイレス患者のうち三人を担当していた。

私が治療に成功しなければ、彼らは眠り続けることになる。その命が尽きるまで。

「……そんなことは絶対にさせない」

小声でつぶやくと、軽い頭痛が走った。側頭部を押さえながら再びベッドに横たわる女性を見た瞬間、彼女の顔に他の女性の顔が重なった。嫋《たお》やかな曲線を描く唇に、かすかに笑みを浮かべた優しげな女性の顔。

心臓が大きく跳ねる。全身の毛が逆立った気がした。私は頭を激しく振って、じんわりと浮かび上がりつつあった古い記憶を、再び脳の奥底へと沈み込ませていく。

なにもできなかったあの時とは違う。もう二度と、胸が苦しすぎて、心臓を抉り出してしまいたいと願ったような、あの時の経験を思い出す必要なんてない。

自らに強く言い聞かせつつ、踵《きびす》を返して出口へと向かう。

「絶対に助けるから。……今度は絶対に」

口の中で言葉を転がしながら、私は勢いよく扉を開いた。

2

湿度の高い空気がじっとりと肌に纏《まと》わりつく。白衣の襟元から覗くうなじをハンカチで拭った私は、ため息とともに窓の外に視線を向けた。

病室を出てナースステーションに戻ってから、ずっと電子カルテのディスプレイと睨《にら》めっこをしていたので、鉛でも詰め込まれたかのように目の奥が重い。

鼻の付け根を揉みながら、遠くを眺める。日本最大規模を誇る神経疾患、精神疾患の専門病院である神経精神研究所附属病院、通称、神研病院。十三階建てのコンクリート要塞の最上階にあるこの神経内科病棟からは、練馬の住宅地が一望できた。

わずかに首を反らせて視線を上げる。空を覆いつくす黒く厚い雲から、大粒の雨が止め処なく落ちていた。ここのところ、ずっとこんな天気が続いている。最後に太陽を見たのがいつなのかすぐには思い出せないくらいだ。どうにも気が滅入ってしまう。

胸の奥に溜まった澱をため息に溶かして吐き出すと、キーボードの隣に積まれている資料の山に手を伸ばした。質の悪いコピー用紙の、ざらついた表面を指先で撫でる。

「よっ、愛衣ちゃん」

明るい声に振り向くと、小柄ながらグラマラスな女性が腰に両手を当てて立っていた。一つ年長の神経内科医である杉《すぎ》野《の》華《はな》先輩。やや派手めのメイクが施された顔には悪戯っぽい笑みが浮かび、トレードマークである大きな丸眼鏡の奥の目が細められている。

「ああ、どうも、華先輩」

「どうもじゃないよ。なんか色っぽいため息ついちゃってさ。もしかして恋煩い？」

華先輩は後ろから抱き着いてきた。背中が温かい柔らかさに包まれる。

出身大学が同じで医学生の頃からの知り合いであり、外見に似合わず姐御肌なところがある華先輩とは、普段から仲良くさせてもらっている。しかし、この過剰なまでのスキンシップにはいささか辟易もしていた。

「離れてくださいよ。ただでさえ暑苦しいのに」

「そうだねぇ。最近、本当にじめじめしているもんね。梅雨とはいえ降りすぎだね」

私に振り払われた華先輩は、横目で窓の外を眺めた。

「で、話を戻すけど、新しい恋人でもできそうなの？」

「そんな色っぽい話じゃないですよ。先輩の方こそどうなったんですか？　前の恋人とよりを戻したりとかはないんですか？」

華先輩はこの神研病院を運営する医療法人の、理事長の孫である精神科医と交際していたが、「彼と話していると、精神科の問診をされているような気分になるのよね」などと言って、先日フッていた。

「ないないない」華先輩は顔の前で手を振る。「別れられてせいせいしたんだからさ。それより、恋愛系の話じゃないなら、なんであんな色っぽいため息ついてたの？」

「色っぽいかどうかは知りませんけど、この人たちのせいですね」

電子カルテのディスプレイを指さすと、にやついていた華先輩の顔が引き締まる。

「イレス……か」

「ええ、しかも三人も。華先輩も一人、担当しているんでしょ。イレスの患者さん」

「まあね。しっかし、本当に訳が分からない病気よね、これ。教科書とかにはよく載っているけど、実際に担当するのはこれがはじめて」

「そりゃそうですよ。全世界でも四百例ぐらいしか報告がない疾患なんですから」

華先輩は「だね」と、顔をディスプレイに近づけて、眼鏡の位置を直した。

「愛衣ちゃんが担当している三人はさ、イレスだっていう診断は間違いないの？」

「それに関しては、色々な先生にコンサルトして確認を取りました。全員のドクターがイレスで間違いないって診断しました。全ての診断基準が当てはまっていますから」

「診断基準ねえ。一般的な睡眠状態から昏睡に陥り、その状況が一週間以上続く。脳波検査によってレム睡眠状態であると確認される。昏睡状態になるような他の神経疾患、内分泌疾患、外傷が否定される。だっけ？」

華先輩は指折り、診断基準の項目を挙げていくと、首筋を掻いた。

「つまり、なんの前触れもなく昏睡に陥って、ひたすら夢を見続けるってことでしょ。本当によく分からない病気。でも一番分からないのは、そんなに珍しい疾患の患者が、四人もうちに入院していることよね」

「うちの病院は神経難病の治療に関しては、日本有数の医療施設ですからね」

「そういうことじゃなくて、なんで歴史上四百人程度しか確認されていないような疾患の患者が、四人も同時に現れたのよ？　それって、普通に考えたら天文学的な確率なんじゃないの。しかもその四人って、同じ日にイレスを発症したんでしょ。さらに、四人ともこの付近の住人。こんなの普通に考えたら、あり得ないじゃない」

「でも、これ見てください」私はコピー用紙の山から、数枚を抜き出す。「これまで、イレスが同時期、同地域に発生したって報告が幾つかあるんですよ。この論文とか」

華先輩は「え？　ほんと？」と目をしばたたかせながら、英字の論文を手に取る。

「一九九〇年代から、イギリス、ブラジル、アメリカ、南アフリカで集団発生が確認されています。特にブラジルではしっかり診断されたのは三人ですけど、他にも同時期に周辺で十人以上の人が似たような症状になったとか」

「この疾患がはじめて発表されたのって一九八七年でしょ。それまでにもイレスにかか
「これまでにもイレスにかかった人って結構いたのかもね。けれど、たんなる原因不明の昏睡だと思われていた……。それにしても愛衣ちゃん、もしかしてそこに山積みになっているの全部、イレスについての論文だったりする？」

「はい、そうです。徹夜して、大学の図書館で片っ端からコピーしてきました」

私がコピー用紙の上に手を置くと、伸びてきた華先輩の指先が目元を撫でた。

「一生懸命なのは良いけどさ、あんまり根詰めすぎちゃダメだよ。ほら、目の下。アイシャドーみたいに濃い隈《くま》ができてる」

「でも、こんな珍しい疾患を三人も担当させてもらっているんですよ。全力を尽くして治してあげないと。そのためにも治療法を……」

「治療法、分かったの？」私のセリフを遮るように、華先輩は言葉を被せてくる。

「……分かりません」

「だよね。でも、予後が絶望的に悪いわけじゃないのよね。三分の一の患者は、後遺症もなく昏睡状態から目醒めているし。ただ……」

「ただ、残りの患者は死亡するまで二度と目醒めることはない。そして、昏睡から回復した人たちも、どうして目醒めたのか分からない。原因も治療法もまったく不明」

私がセリフを引き継ぐと、華先輩は「そういうこと」と、隣の椅子に腰掛けた。

「四人も同時にこんな珍しい病気になるってことは、なにかきっかけがあると思うんだ。

患者さんたちになにか共通点とかないのかな？　例えば、同じレストランで食事してたりとかさ。そういうのがあれば、食中毒かもしれないって想像できるじゃない」

「私の担当する三人に関しては、ご家族とか関係者の方々から話を聞きましたけど、いまのところなにも見つかっていません。でも……」

私が口ごもると、華先輩は「でも、なに？」と顔を突き出してきた。

「三人とも、最近すごく落ち込んでいたらしいんです。生きているのが嫌になるぐらいつらいことがあって、落ち込んで、苦しんで、……もがいていた」

かつての私のように……。背中から肩にかけて重くなっていく。砂嚢を両肩に担いでいるような心地になり、私は両肘をデスクについて前のめりになる。

「ちょっと、愛衣ちゃん。大丈夫？」華先輩が慌てて背中を撫でてくれた。

「……大丈夫です。少し疲れているだけで」

「あのね、愛衣ちゃんももう二十八歳でしょ。若いつもりだろうけど、そろそろ私たちも、学生時代みたいには無理が利かなくなってきているんだよ」

「でも！」私は顔を跳ね上げる。「でも、このままじゃ救いがないじゃないですか！　人生に絶望したまま眠り続けるなんて。そんなの……そんなの、あんまりです！」

華先輩を睨みつけながら肩で息をしていた私は、はっと周囲を見回す。少し離れた位置から数人の看護師が、訝しげな、それでいて好奇心で満ちた眼差しを向けていた。

恥ずかしくなって俯いた私に、「愛衣ちゃん」と柔らかい声がかけられる。視線を上げると、華先輩が慈愛に満ちた笑みを浮かべていた。

「そうやって、患者さんに親身になって治療に当たる姿勢は素晴らしいと思うよ。けれど、それも行き過ぎると欠点になる。いつも言っているでしょ」

私は無言であごを引く。

「いまの愛衣ちゃんは患者と自分を同一視しかけている。そうなると、冷静に診療できなくなって、患者にとっても愛衣ちゃん自身にとっても不幸なことになる。分かる？」

「……はい、分かります」

「そりゃ、イレスを担当して入れ込むのは、神経内科医として分からないでもないよ。けど、ちょっと今回は力が入りすぎじゃない？　なんかあったの？」

華先輩は首を傾けると、下から覗き込むように私の顔を見てくる。脳裏に過去の記憶が弾けた。さっき、病室で必死に振り払った古い記憶。

ベッドに横たわる、若く美しい女性。私は彼女に向かって手を伸ばす。もみじ饅頭のように小さな手を。滑らかな彼女の黒髪を、私の指先が梳《す》いていく。

毎朝そうすれば、彼女は微笑みながら目を開けてくれた。

けれど、彼女の瞼は降りたままだ。眠っているだけにしか見えないのに……。

春の日差しのように温かい懐旧《かいきゅう》の念が、唐突に冷たく硬い鉄の鎖となって心を締めつけてくる。それと同時に、『あの時』の光景がフラッシュバックした。

響き渡る悲鳴と怒号。逃げ回る人々。その隙間から見えるメリーゴーラウンドやジェットコースター。観覧車を背に私を見下ろす大きなシルエット。私にそっと手を伸ばす女性。そして彼女の手が触れた頬に感じる、ぬるりとした生温かい感触。

私は軋むほどに固く歯を食いしばり、零れそうになった悲鳴を飲み下す。

ここ数年、ほとんど発作は起こっていなかった。もう乗り越えたと思っていた。それなのに最近また、『あの事件』の記憶が私を蝕みはじめていた。

イレスの患者を担当するようになってから。

トラウマを克服したわけではなかった。ただ、それから目を逸らす術を身につけたに過ぎなかった。その事実に、私はここ数週間、苛まれ続けている。

「まあ、力を抜きなよ。緊急性の高い疾患ってわけじゃないんだから、腰を据えて治療方針を立てていけばいいんだって。情報共有しながら、治療法を探っていこ」

私の様子を見てなにか察知したのか、華先輩は早口で取り繕うように言う。

「ええ、そうですね」

笑おうとするが、顔の筋肉がこわばり、おかしな表情になってしまう。

「そういえば、華先輩が担当しているイレスの患者さんってどんな人なんですか？」

「私の患者さん？　うーん、そうねえ……。私たちと同年代の女性、かな」

華先輩はなぜか少し目を泳がせながら答えた。

「もしかしてその人にも、最近なにかつらいことがあったりしていませんか？」

「つらいこと、か。さあ、どうだろうねえ」

華先輩が曖昧に答えた時、彼女の腰のあたりで振動音が響く。華先輩は白衣のポケットからスマートフォンを取り出した。

「先輩、病棟ではスマホの電源を切っておいてくださいよ」

私が注意すると、華先輩は「ごめんごめん」と言いながら液晶画面を見る。

「あっ、ニュース速報だね。西東京市でまた殺人事件があったみたい」

「殺人事件？」

「ほら、近頃話題になっているでしょ。東京の西部、この近郊で頻発してる連続殺人事件。深夜に人気のない路上で、通行人がひどい殺され方をしている通り魔殺人だよ」

「通り……魔……」

その単語で、頭から消えていた『あの事件』の光景、二十三年前の光景が、再びフラッシュバックした。さっきよりも、遥かに鮮やかに。

欠片ほども感情の浮かんでいない爬虫《はちゅう》類のような双眸。そこから私に浴びせられる氷のような視線の冷たささえ蘇ってくる。

足が細かく震えだす。その震えはやがて、腰、胸、そして顔へと這い上がってきた。顔がふわりと、温かいものに包まれた。我に返って目を開けると、いつの間にか華先輩が私の頭を抱きしめてくれていた。白衣の薄い生地を通して、沈み込んでいくような柔らかさ、そしてその奥から響く心臓の鼓動が伝わってくる。

「大丈夫だよ、愛衣ちゃん。大丈夫だから……。ごめんね、変なこと言っちゃって」

私の過去を知っている華先輩は、転んで泣く我が子をあやすように、優しく髪を撫でてくれる。ああ、これでまたナースにおかしな噂を立てられるかもな。そんなことを思いながら、私は胸に吹き荒れる嵐が凪《な》ぐまで、華先輩の豊満な胸に顔をうずめ続けた。

「もう大丈夫です。ありがとうございました」
二、三分経っていくらか落ち着いた私は、気恥ずかしくなって身を離す。
「あれ、もういいの？　私の胸でよければいつでも貸すから、飛び込んできていいよ」

「あの……、本当にありがとうございました」

私は深呼吸をしながら、意識を自分の内側に落とし込んでいく。華先輩のおかげで、冷静になれた。しかし、再び燃え上がってしまったトラウマは残り火のように燻っている。きっかけがあれば、また火柱を噴き上げ、心を焼き尽くしてしまうほどに。

「ねえ、愛衣ちゃん、院長に会ってきたら」

「え、院長？　袴田《はかまだ》先生に？」私は目をしばたたかせた。

「院長ってPTSDとかの専門家でしょ。患者たちが精神的に不安定だったこととイレスの発症になにか関連があるかもしれないなら、院長に相談してもいいんじゃない？」

「でも、袴田先生も忙しいでしょうし……。それに、病棟業務が残って……」

「大丈夫、大丈夫」華先輩は手を振る。「交通事故で大怪我してからあのおっさん、副院長に押し付けられた書類仕事ばっかりやってるから、どうせ院長室で暇を持て余しているよ。だから、アドバイスもらってきなよ。病棟業務の方は私がやっておくからさ」

艶っぽくウインクをする華先輩の意図に気づき、私は深々と頭を下げる。

「ありがとうございます！」

「気にしない気にしない。困っているときはお互い様だからね。でもね……」

華先輩の顔に、からかうような笑みが広がる。

「恋愛対象にするなら注意しなよ。あんなダンディーなのに四十代まで独身ってことは、絶対に裏の顔を持っているんだよ。実はやばい性癖持っていたりさ」

「そういうんじゃないです！」

頰を紅潮させて叫ぶと、華先輩は「なはは」と快活に笑った。

3

胸に手を当てて息を吐いた私は、『院長室』と表札のかけられた扉をノックする。精密な細工が施された重厚な扉越しに、「どうぞ」という声が聞こえてきた。

「失礼します」

扉を開いて中に入ると、十畳ほどの部屋が広がっていた。高級感を醸し出している応接セットの奥に置かれたアンティーク調の木製デスク、その向こう側で壮年の男性が新聞を広げていた。

シックなスーツを着こなした細身の体。年齢の割りに多い白髪のせいで、グレーにも見える髪を短めにセットした頭。すっと通った鼻筋と、強い意志が宿った切れ長の目。久しぶりに会う彼のやや枯れた魅力に、心臓が一度大きく鼓動を打つ。

「ああ、愛衣君か。なにか用かな？」

精神科医にしてこの病院の院長でもある袴田聡史《さとし》先生は口角を上げた。

「あの……、ちょっとご相談がありまして……」

どう切り出せばいいのか分からず口ごもっていると、袴田先生が滑るように移動する。

デスクの陰から車椅子が姿を現した。口元に力がこもってしまう。

「なかなかうまくなっただろ。おかげで事故に遭う前より、腕が太くなったよ」

ホイールを器用に操作して近づいてきた袴田先生は、冗談めかして力こぶを作る。

「お加減はいかがですか？」

「絶好調だよ、腰から上はね」袴田先生は自分の膝を軽く叩いた。

数週間前、彼は交通事故に遭った。ＳＵＶにはねられ、意識不明の重体となったのだ。

幸い一命を取り留めることができたが、事故の爪痕《つめあと》はその体に深く刻まれている。

「歩けるようには……？」

首をすくめながら訊ねるが、袴田先生は哀愁の漂う笑みを浮かべるだけだった。

重い沈黙を振り払うように、袴田先生は両手を合わせる。

「さて、それじゃあイレス患者について、話を聞こうか」

「……え？」

「違ったかな？　イレスの治療について、相談しに来たんだと思ったんだが」

「は、はい、そうです。でも、なんで分かったんですか？」

「君がイレスの患者を担当すると聞いたとき、こうなるかもと予想していたんだよ。君に過去のトラウマを想起させるだろうからね。だから、止めようかとも思った」

「……なら、なんで止めてくださらなかったんですか？」

声に非難の色が混じってしまう。たしかに、世界的にも珍しい疾患の患者を担当することは臨床医として喜ぶべきことだ。けれど、もし彼らの主治医にならなければ、心の傷口を覆っていたかさぶたが剝がれ、そこから出血することもなかったはずだ。

「いまの君なら乗り越えられると思ったからだよ」

袴田先生は薄い唇の両端を上げた。私は「乗り越えられる？」と聞き返す。

「長年、カウンセリングしてきて気づいていた。君のトラウマは消え去ったわけじゃない。ただ、それを心の奥底にある抽斗に閉じ込める方法を身につけただけだってね。きっかけがあれば抽斗が開き、再び君はＰＴＳＤによる発作に苦しむはずだと」

「……イレス患者を診察することが、そのきっかけになった」

「その通りだ。あの病気の症状は、君を苦しめる原風景に極めて似ている。責任を感じていたんだよ。トラウマを抽斗《ひきだし》の中に隠す手伝いをしたのは私だからね。私の能力では、残念ながらそれしかできなかった。申し訳ない」

袴田先生が頭を下げる。私は慌てて胸の前で両手を振った。

「そんな……。先生には感謝しています。私は先生のおかげで立ち直れたんですから」

もし袴田先生がいなければ、私は完全に壊れてしまっていたはずだ。十年ほど前、東京の医大に合格し、実家を出たことで私は壊れはじめた。家族と離れての慣れない都心での生活、医学部のきつい勉強、それらのストレスを契機にＰＴＳＤが一気に悪化した。頻繁に『あの時』のフラッシュバックが起こるようになり、ＰＴＳＤによるパニック障害と診断された。過呼吸で何度も救急受診をくり返した。発作が起きるのが怖くて外出を避けるようになり、授業も休みがちになった。精神科外来を受診し、安定薬や抗うつ薬などを処方されたが、効果はなかった。精神科の主治医は、大学生活に対する適応障害が根本の原因なので、一度休学して実家に戻ることを勧めてきた。

医師になるという夢のため、必死に勉強して入った医学部をやめなくてはいけないかもしれないという不安。それがさらに症状を悪化させ、私の精神は、私の世界はじわじわと腐っていった。そんなときに出逢ったのが、その頃、私が通っていた医大の附属病院で、精神科の准教授をしていた袴田先生だった。

袴田先生は、私の噂を聞いて自ら主治医をかって出てくれたらしい。

緊張しながら初めて診察室に入ったとき、「はじめまして、識名愛衣君だね」と微笑んでくれた袴田先生の姿は、昨日のことのように思い出すことができる。

袴田先生はカウンセリングを中心に、時間をかけて治療を行ってくれた。彼は私に、心の奥に潜んでいる怪物と慎重に向き合わせ、それを飼いならす術《すべ》を教えてくれた。

袴田先生のカウンセリングを受けるうち、次第に症状は改善していき、大学一年が終わる頃には内服薬を飲まなくても問題なく学生生活を送れるようになっていた。

その後も私は定期的に袴田先生のカウンセリングを受け、それは彼が大学附属病院を退職して、院長として神研病院に赴任しても続いた。そして四年前、医師国家試験に合格した私は、研修医としてこの神研病院へやってきた。神経疾患の治療に関して日本最高の病院で学びたい。そんな表向きの志望動機の裏に、医師として袴田先生と一緒に働きたいという想いがあったことは間違いない。あれから四年、私は望んだとおりに、この病院で神経内科医として勤務している。

――恋愛対象にするなら注意しなよ。

ついさっき、華先輩にかけられたセリフが耳に蘇る。

そういうんじゃない。私は一人の医師として袴田先生のことを尊敬しているだけで……。心の中でくり返すが、なぜかじわじわと体温が上がっていく。

「たしかに立ち直れた。そして君は、一人前の医師になった。だからこそ私は、いい機会だと思ったんだよ。本当の意味で、トラウマを克服するための」

袴田先生の声で我に返った私は、顔を上げる。

「克服……ですか？」

「この十年間で、君は強くなった。もうトラウマと真正面から対峙し、それを呑み込むことができるはずだ。そして、イレス患者を担当することは、そのきっかけになる」

私は背筋を伸ばして袴田先生の説明に耳を傾ける。

「それは痛みを伴うものだ。けれど、乗り越えたとき、本当の意味で解放される。ずっと君を縛っていた、過去の鎖からね。だから全力で、彼らの治療に当たりなさい」

あのおぞましい経験から本当の意味で解放される。その期待に心臓が力強く脈打ち、全身に熱い血液を送りはじめた。

「さて」一転して軽い声で袴田先生は言う。「それで、私になにが聞きたいのかな？神経疾患は専門じゃないが、精神科医としてならなんでもこたえるよ」

「はい、実は……」

私はごくりと喉を鳴らして唾を呑み込むと、ゆっくりと口を開いた。

「……というわけなんです」

私が説明を終えると、袴田先生は「なるほど」と険しい表情で頷《うなず》いた。

「イレスの原因に精神的な要因が関係しているかもしれない、か。斬新なアイデアだね」

「論文を読むと、イレス患者の既往に、うつ病が含まれていることが多いんです」

「イレスの患者は、レム睡眠状態のまま昏睡が続くという明らかに身体的な異常が起きている。それが精神的な影響で引き起こされるということは、常識的には考えにくい」

「でも、常識的なアプローチでは、イレスの原因は特定できません。だから……」

「だから、根本的な発想の転換が必要ということか」

腕を組んでうつむいた袴田先生は、数十秒黙り込んだあと、ぼそりとつぶやいた。

「……感応精神病」

「え？　なんですか？」

「精神疾患の患者が周囲の人間に影響を及ぼし、その人たちにも精神疾患の症状が出るものだ。よくあるのが、精神疾患により妄想に囚われた患者の家族などが、その妄想に取り込まれて、自らも精神疾患を発症したとしか思えない行動を取るケースだね」

「それと、イレスが似ていると？」私は軽く首を傾ける。

「そうだよ。極めて稀な疾患の患者が、同時に四人もうちの病院に入院したんだろ。もしかしたら、一人の患者が他の患者に影響を与えたのかも」

「けれど、患者同士は完全な他人なんですよ」

「あくまで患者の関係者の話を聞いた限りでは、だろ。家族も知らない所で、四人に何らかの接点があったとしても不思議じゃない。いや、四人もの患者が同じ日にこれほど珍しい疾患を発症したんだ。そう考える方が自然だ」

「でも、四人とも発症した場所は全然違って……」

首をすくめながら指摘すると、袴田先生は人差し指を立てて額に当てる。

「たしか、全員自宅で発見されたんだったね。朝になっても起きてこないことに気づいた家族や、出勤してこないことを不審に思った仕事仲間に」

私は「はい、そうです」と頷く。

「こうは考えられないかな？　患者たちは昏睡で発見される前日、全員がある場所でイレスの原因となる出来事に遭遇した。しかし、彼らはその場で昏睡に陥ることなく、自分たちの身になにかが起きていることにさえ気づかずに帰宅して、そして眠りについた。そして、レム睡眠に入ったところでようやくイレスが発症し、そのまま昏睡状態に陥った」

「つまり。イレスは原因となるきっかけを受けてもすぐに発症するわけじゃなく、睡眠に入ってはじめて症状が出るということですか？」

「仮説だが、そう考えるのが合理的な気がするね」袴田先生は大きく頷いた。

「その原因が、感応精神病みたいに精神的なものである可能性もあると？」

「それは分からないよ。ただ、どれだけ患者たちを検査しても、薬物などが検出されないことを見ると、その可能性は否定できない」

「そうだとしたら、どうやって証明を……？」私は口元に手を当てて思考を巡らせる。

「一番簡単なのは、昏睡状態で発見される前日までの患者の行動を調べることだろうが、さすがにそれは医師の領域を超えているな。警察、または探偵の仕事だ」

袴田先生は軽く肩をすくめた。病院から出て患者の行動を洗う。たしかにそれは医師の仕事ではない。けれど、イレスを治すためなら……。

「愛衣君、あまり先走らないようにな」

私の思考を読んだかのように、袴田先生が釘を刺してくる。

「トラウマと向き合っていることで、君はいま冷静さを失っている。視野狭窄《きょうさく》を起こさないためにも、リラックスするべきだよ。これは、君の主治医としてのアドバイスだ」

「リラックスと言われましても……」

「そうだな……、実家に顔を出すっていうのはどうかな？」

「え、実家にですか？」

「無理をすれば帰ることはできるんじゃないかい？　君にとって、ご家族はどんな薬よりも精神を安定させてくれるはずだよ。最近、会っていないんだろ？」

「はい、たしかに……」

最後に実家に行ったのはいつだろう。すぐには思い出せないほど期間が空いていた。唐突に郷愁の情が体の奥底から湧き上がってくる。なぜか胸を締めつけるような痛みとともに。無性に家族に会いたくなってきた。

「……それじゃあ、父に連絡を取ってみます」

私が答えると、袴田先生は満足そうに微笑んだ。

「それがいい。一息つくことで視野が広くなるかもしれない」

「お忙しいところ、色々とアドバイス、本当にありがとうございます」

私が深々と一礼すると、袴田先生はニヒルに唇の端を上げた。

「いやいや、楽しかったよ。副院長が書類仕事ばかり押し付けてきて、あんまり医師としての仕事ができていないんだよ。大学からも当分休むように言われているしね」

神研病院の院長になったあとも、袴田先生は週に一日、狛江市にある出身医大の附属病院で勤務を続けていた。しかし、事故後はそれも中止しているらしい。

「私の体を気遣ってくれているのはありがたいんだが、さすがに書類仕事ばかりじゃ退屈でね。こうやって新聞を読んだりして気分転換をしていたところだったんだよ」

ふと、袴田先生の膝に置かれた新聞に視線を落とす。そこには『男性の遺体発見　連続殺人か？』という見出しが躍っていた。思わず「それって……」とつぶやいてしまう。

「ああ、これか。君も知っているだろ、最近この付近で頻発している殺人事件だよ。手口からして、同一犯による連続殺人で間違いないだろうね」

袴田先生は新聞を手に取った。

「深夜、人通りがない場所で襲われ、惨殺される。被害者は老若男女さまざまで、遺体は原形をとどめないほどに蹂躙《じゅうりん》されている」

「原形をとどめない……」

言葉を失ってしまう。事件の詳細までは知らなかった。

「すさまじい暴力だ。まるで野生の獣だよ。しかも、そこまでの事件をいくつも起こしながら、目撃者がいない。煙のように忽然と現場から消えている。あまりにも異常な犯行に、動物園から逃げ出した猛獣に襲われたんじゃないかなんて噂されているほどだ」

「先生も、人間の犯行じゃないと？」

「いや、人間の犯行だ」袴田先生はゆっくりと口角を上げる。「この事件に興味があって詳しく調べてみたんだ。メディアでは『遺体が原形をとどめていないほど破壊されている』とだけ報道しているが、私には一つだけ気になることがあった。なんだと思う？」

教師のような口調。医学生時代、精神科の授業で袴田先生の講義を受けたときのことを思い出す。たしかあの授業のテーマは、『精神疾患と犯罪について』だった。

精神科医として多くの犯罪者の精神鑑定を行ってきた袴田先生の授業は、生々しく、グロテスクであったが、誰もが引き込まれるほどの妖しい魅力があった。

深い闇の底で蠢く、異形の深海魚を覗き込むような、背筋がざわつく危険な魅力。

「えっと、躊躇《ちゅうちょ》したあとがあるか……とかですか？」

「いや、ちがうよ……」袴田先生はあごを引く。「遺体が喰われていたかどうかだ」

「喰われて……」喉元がこわばり、声が震えた。

「そうだ。動物が相手を殺すのは、身を守るため、もしくは喰うためだ。前者なら相手を殺した時点で目的を果たしているので、それ以上の攻撃は加えない。後者なら、仕留めた獲物を貪《むさぼ》り喰うから遺体は大きく損傷することになる。動物に襲われて、『遺体が原形をとどめていない』という場合は、このケースだ。だから私はツテを使って、遺体の状況について情報を集めた。主に、遺体の司法解剖の結果についてね」

「遺体は……喰われていたんですか」

「いや、喰われてはいなかったよ」袴田先生は緩慢に首を振る。「遺体はただ破壊されていたんだ。破壊のための破壊。遺体を蹂躙することこそが目的だった。そんなことをする生物は、私の知る限りこの地球上にたった一種しかいない。……人間だよ」

私は立ち尽くして、袴田先生の話に耳を傾け続ける。

「この犯行が示すのは『怒り』だ。この世界を焼き尽くすほどの怒り」

言葉を切った袴田先生は、あごを引いたまま唇を舐めた。

「しかも、それほどの『怒り』を内包しているにもかかわらず、この犯人は破綻していない。遺留品を残さず、姿を見せることなく犯行を重ねている。……たしかにこの犯人は、人間ではないのかもしれないな」

「え、どういうことですか？　さっき犯人は人間だって」

「自らを焼き尽くしそうなほどの『怒り』と、全く姿を見せない『冷静さ』。そんな矛盾したものを呑み込んでいる存在は、『人間』という範疇《はんちゅう》を逸脱しているということだ。

それはもはや、『怪物』まで進化していると言っても過言ではない」

「怪物……」

「専門家として、ぜひ『怪物』に会って、その本質に触れてみたいものだねぇ」

袴田先生は捕まえた昆虫を見る幼児のような、残酷でいて無邪気な笑みを浮かべた。

4

数十種類の香辛料が織りなすスパイシーな香りが鼻先をかすめる。スプーンですくったカレーを口に含むと、深い旨味と刺激的な辛みが口腔《こうくう》内に広がった。

「うまいか？」

ダイニングテーブルを挟んで対面に座る父さんが訊ねてくる。私は咀嚼《そしゃく》をしたまま、数回首を縦に振った。父さんの目尻にしわが寄る。袴田先生の忠告どおり私は実家に帰っていた。院長室を出てすぐに電話をすると、父さんは「待っているよ」と心から嬉しそうに言ってくれた。

勤務終了後、私は実家の最寄りにあるJRのターミナル駅まで特急電車で向かうと、路面電車に乗り換え、赤いスタジアムや観光名所である大きな公園を眺めつつ十五分ほど揺られて、父さんの待つこの家までやってきていた。

子供の頃からの好物である、父さんの手作りカレー。実家を出てからというもの、帰ってくるたびに父さんはこのカレーを作ってくれる。

こうして父さんと向かい合って食事をするのって、どのくらいぶりだろう？

せわしなくカレーと口との間でスプーンを往復させながら、私は父さんを観察する。

頭髪は薄くなり、顔にはシミとしわが目立ってきた気がする。幼かった私を必死に育て上げてくれた父さん。その苦労が、外見から滲み出ていた。

なのに私はろくに顔を出しもしないで……。感謝と罪悪感が胸の中でブレンドされる。

自己嫌悪に苛まれていると、唐突に「ンニャー」と鳴き声が響き、膝の上に薄いクリーム色の毛玉が飛び乗ってくる。『きなこ』という名の飼い猫だ。私が幼稚園生の頃、近所の公園で拾ってきた子猫は、いまはこの家の主のように傍若無人に過ごしている。

「ご飯食べているんだから邪魔しないで。ほら、ハネ太《た》は大人しくしているじゃない」

私は名前の由来となったきな粉のような色の柔らかい毛を一撫ですると、リビングの隅に置かれた大きなケージを指さす。その中には、こちらも私が子供の頃からの付き合いである白ウサギのハネ太が目を閉じて座っていた。一見すると眠っているようだが、地面に触れそうなほどに垂れ下がった耳が時々ぴくぴくと動いているのを見ると、こちらの様子をうかがっているようだ。

きなこは私の膝を踏み台に前足をテーブルに乗せ、カレーの匂いを嗅ぎはじめた。

「猫はカレーなんか食べられないよ」

抱えて床に下ろすと、きなこは抗議するかのように「ナー」と一声鳴いた。態度こそ大きいが、体格は小柄で、いまだに子猫のときの愛嬌を存分に残している。

「あとでおやつに猫用スナックあげるから、ちょっと待ってて」

食事を終え、父さんが淹れてくれた紅茶を飲む。やっぱり実家に帰ってきてよかった。私は内心で、帰郷を勧めてくれた袴田先生に感謝する。こうして父さんと向かいあってお茶を飲んでいるだけでも、この数週間ずっと張りつめていた気持ちが緩んでくる。

なんで私は、ずっと実家に帰っていなかったのだろう。

「それで、なにがあったんだ？」唐突に父さんが話しかけてきた。

「え？　なんの話？」私は手にしていたカップをソーサーに戻す。

「なにかあったから、急に帰ってきたりしたんだろ？」

父さんが細めた目で、瞳を覗き込んでくる。子供の頃から私がふさぎ込んでいると、父さんはきまってこうして話を聞いてくれた。

「ちょっと……、仕事が忙しくて」

「それだけじゃないだろ。愛衣は頑張り屋だから、忙しいだけでそんな弱気になったりしないさ。なにかつらいことでもあったんだろ？　話ぐらいなら聞くぞ」

やっぱり父さんにはかなわない……。私は苦笑しつつ、どう話すべきか考える。

担当患者たちの姿を見て、『あの時』のことを思い出すということは、口にするわけにはいかなかった。父さんは私以上に『あの事件』で心身ともに傷ついたのだから。

「難しい患者さんを担当していて。イレスっていう病気の患者さんなんだけど……」

躊躇いがちに話しはじめる。相手が家族とはいえ、患者の個人情報を漏らすわけにはいかない。けれど、疾患についての一般的な説明ぐらいなら問題ないだろう。

私はイレスについて、嚙み砕いて説明をはじめた。

「そうか、世の中には不思議な病気があるもんだな」

何度も相槌を打ちながら私の話を聞き終えた父さんは、眉間にしわを寄せた。

「すごく珍しい病気だからさ、手探りで治療しているんだけど、全然効果がないんだよね。なんか、それで無力感をおぼえているというか……」

無力感をおぼえ、『あの時』の自分を思い出してしまう。私は膝の上で拳を握りしめた。

「しかし、夢を見たまま眠り続けるって、あれだな。そういう童話がなかったか」

「白雪姫でしょ。毒リンゴを食べて眠り続けて、王子様のキスで目醒めるってやつ。だから、イレスを『白雪姫症候群』って呼ぶ人もいるの。私は嫌いだけど」

「どうして嫌いなんだ？　女の子はロマンチックなものが好きだろ」

「やめてよ。もう『女の子』って歳じゃないって」

父さんは無言ではにかむ。父親にとって娘は、いくつになっても『女の子』らしい。

「キスで起きるような病気だったらいいけど、イレスの患者さんはかなりの割合で二度と目醒めないの。まさに呪いみたいにね。王子様のキスでもおまじないでもいいから、患者さんたちを目醒めさせる方法があったら教えて欲しいよ」

「おまじない……か」父さんはあごに手を当てる。

「どうしたの？　難しい顔して」

「いや、そういうことなら、母さんに相談したらいいんじゃないかなと思って」

「え……、ママ……!?」顔の筋肉がこわばる。

「ああ、違う違う。俺の母さん、愛衣のばあちゃんのことだよ」

私の顔色に気づいた父さんは慌てて言った。

「ああ……、そういうことか。でも、おばあちゃんって……」

なぜか軽い頭痛をおぼえた私がこめかみを押さえると、父さんは天井を指さした。

「この時間ならまだ部屋で起きていると思うから、話を聞いてみたらどうだ」

「ちょっと待って。なんでおばあちゃんに話を聞くの？　病気の話なんだよ」

「けれどその患者さんたちの症状って、素人の俺が聞くと病気というより、それこそ呪いみたいなものに聞こえるんだよ。なら、専門家に相談するのが一番だ。なんと言ってもばあちゃんは、若い頃ユタをやっていたからな」

「ユタ？　それって、沖縄の巫女さんみたいな人だっけ？」

「俺もあまり詳しくないけど、どちらかと言うと霊能力者に近いかな。不思議な力で悪霊を払ったり、病気を治したりするんだよ」

「霊能力者……」鼻の付け根にしわが寄ってしまう。

「まあ、胡散臭いのは確かだな」父さんは楽しげに笑った。「実際、相手の弱みに付け込んで詐欺みたいなことをしている自称ユタもたくさんいるらしい。ただ、近所の人の話とか聞くと、ばあちゃんはすごく優秀なユタだったらしいぞ」

「不思議な力って、そんなものあるわけないじゃない」、口調に苛立ちが滲んでしまう。病に苦しむ人々に、言葉巧みになんの根拠もない高額の治療法を勧める者はたくさんいる。そのような治療法を信じてしまった結果、不幸になっていった患者を、医師になってから何人も見ていた。

「いや、ばあちゃんに不思議な力があるのは間違いないぞ。俺は子供の頃から色々と見てきたからな。ちょっとした病気を治したり、探し物の場所を言い当てたりとかな」

「私、そんな話はじめて聞いたんだけど……」

「ばあちゃんは自分がユタだっていうことをあまり知られたくなかったみたいだからな。近所の人に頼まれたときだけ、無料で助けてあげたりしていたんだよ」

「ふーん、そうなんだ」

「まあ、参考になるか分からないけれど、話を聞いて損はないんじゃないか？　昔から受け継がれてきた知恵ってやつは、けっこう役に立ったりするもんだぞ」

父さんに促されると、そんなものかもなと思ってしまう。超常的な能力など全く信じていないが、久しぶりに会うのだから、おばあちゃんとゆっくり話をするのも悪くない。

二十五年ほど前、おじいちゃんが亡くなったのを機に、おばあちゃんは沖縄からこっちにやってきて、私たちと同居をはじめていた。

私は「それじゃあ、ちょっとお話ししてこようかな」と席を立つ。父さんは嬉しそうに「いってらっしゃい」と手を振った。ダイニングを出て、二階へと続く急な階段を上がっていくと、きなこが足元をすり抜けて行った。

「お前もおばあちゃんの部屋に行くの？」

二階に到着したきなこは、急かすように「ンニャー」と声を上げた。まだおやつを貰っていないのが不満なのかもしれない。二階へ上がると、短い廊下の右手にある襖を、きなこが爪で掻いていた。おばあちゃんの部屋だ。襖の前まで来た私は、「おばあちゃん、起きてる？」と小声で訊ねてみる。すぐに「起きてるよー」と返事があった。

襖を開けると、琉球畳が敷かれた和室が広がっていた。ちゃぶ台の奥にゆったりとした浴衣を着たおばあちゃんが、ちょこんと座っている。部屋の隅で焚いている蚊取り線香から漂ってくる独特の匂いが鼻先をかすめた。

「愛衣ちゃん、久しぶりだねえ。大きくなったさぁー。ほら、どうぞ」

おばあちゃんは元々しわの多い顔に、さらにしわを寄せると、座布団を勧めてくる。部屋に入ったきなこは、大きくジャンプしておばあちゃんの膝の上で丸くなった。

「やだ、子供じゃないんだから、もう大きくなったりしないよ」

ちゃぶ台をはさんで、おばあちゃんの向かいに正座しながら、私は苦笑する。

「会えて嬉しいよ。ほら、ムーチーでも食べなさい」

おばあちゃんはちゃぶ台の上に置かれた菓子器の中から、折りたたまれた大きな月桃の葉を取り出した。ムーチー、または鬼餅と呼ばれる沖縄の菓子だ。

「あっ、これ懐かしい」

月桃の葉を開き、紅芋が練り込まれた濃い紫色の餅を前歯で葉からこそぎ落とすようにして食べる。奥歯で噛みつぶすと、一般的な餅よりも遥かに粘着質で柔らかい食感とともに、紅芋の優しい甘みと、月桃の葉の爽やかな香りが口の中に広がった。

「マブイが落ちたのさぁ」

食べ終わり、指先のべとつきを舐めて落としていると、唐突におばあちゃんが声を上げた。意味が分からず、私は「え？　なに？」と聞き返す。沖縄の訛りが強いおばあちゃんの言葉は、時々聞き取れないことがある。

「だから、愛衣ちゃんが診ている患者さんのことさぁ。急に起きなくなったんだろ？」

「……なんでそれを？」

背中がぞわりとする。父さんが口にした「不思議な力」という言葉が耳に蘇った。

「愛衣ちゃんのことならね、私はなんでも分かるさぁ」

得意げに目尻を下げるおばあちゃんを見ながら、私は軽く頭を振る。

きっと会話が聞こえていただけだ。この家は、それほど防音性に優れてはいない。年齢の割りには耳が遠くないおばあちゃんなら、この部屋でも聞き取れたかもしれない。

なかば強引に自分を納得させた私は、おばあちゃんに「マブイってなあに？」と訊ねた。沖縄の方言のようだが、聞き覚えのない言葉だった。

「マブイっていうのはねぇ、内地の言葉でいうと『魂』みたいなものさぁ」

「魂……」スピリチュアルな単語に、頬の筋肉が引きつる。

「マブイはね、ちょっとしたことで落ちちゃうんだよ。すごく驚いたり、悲しいことがあったりしたときさぁ。そういうとき、なにも考えられなくなっちゃうでしょお」

ショックで呆然自失になることを言っているようだ。

「おばあちゃん、私が診ている患者さんたちはね、一ヶ月以上も眠り続けているの。そんなすぐに治るようなものとは違うんだよ」

「それはねぇ、マブイを誰かに吸い込まれちゃったからさぁ」

「吸い込まれた？」意味が分からず、反射的に聞き返す。

「そうよ。愛衣ちゃんが診ている人たちは起きなくなる前、みんな元気がなかったんじゃないの？　すごくつらいことがあって、落ち込んでいたんじゃないの？」

「なんでそれを⁉」甲高い声を出した私は、慌てて両手を口に当てる。

これもさっきの話を聞かれていたからだ。そうに違いない。

「つらいことがあるとねぇ、マブイが弱くなるの。弱ったマブイは吸い込まれやすくなる。マブイを吸い込まれて落としたままの人は、家に帰ることはできるけど、一度眠ったらずっと起きられなくなるのさぁ」

「吸い込まれるって、なにに？」私は思わず身を乗り出していた。

「サーダカンマリな人よぉ」

「さーだかんまり……？」

「そういう力がある人のことさぁ」

他人の魂を抜く力がある人間？　頭痛がしてくる。心臓の鼓動に合わせて痛みが走るこめかみを押さえながら、私は質問を続けた。

「それじゃあ、その魂……マブイっていうのが吸い取られた人は、どうすれば起きるの？」

なにを馬鹿なことを訊いているのだろう？　こんな迷信じみたことを真に受けるなん

て……。理性ではそう思うのだが、なぜかおばあちゃんの話に魅せられていた。

「マブイグミをするのさぁ」おばあちゃんは高らかに言う。

「まぶい……ぐみ……？」

「マブイを戻してあげるの。ちょっとマブイを落としただけなら、普通の人でもできるけどねぇ。吸い取られた人はそうはいかないさぁ。ちゃんとした人がやらないと」

「ちゃんとした人って、もしかして……ユタっていうこと？」

おばあちゃんはにこにこと微笑むだけだった。

「……おばあちゃんなら、マブイっていうのが吸い取られた人を治せるの？」

そんなことあるわけないと分かっているはずなのに、質問を止めることができない。

「いやあ、無理だねぇ」おばあちゃんは残念そうに首を横に振る。「三十年前ならできただろうけどねぇ。ただ、できる人ならいるよぉ」

「できる人？　誰!?」

座布団から腰を浮かしかけた私の鼻先に、おばあちゃんは人差し指をつきつけた。

「愛衣ちゃん、あんたさぁ」

「……私？」半開きの唇から、呆けた声が漏れる。

「そうよぉ。愛衣ちゃんは私の孫だからねぇ、きっとできるよぉ」

体の熱が一気に引いていく。ユタであるおばあちゃんの血を引いているから、私に特別な力があるとでもいうのだろうか。そんな都合のいいことがあるわけがない。

これ以上、話を続けてもしかたがない。おばあちゃんに顔を見せられたし、そろそろ引き上げよう。腰を上げかけると、不意におばあちゃんが額に掌を当ててきた。

反射的に身を引こうとすると、おばあちゃんは「動かないで」と優しく微笑んだ。

なにを？　不安に駆られながら固まっていると、額の中心がふわりと温かくなる。

その部分に光が灯った気がした。淡いオレンジ色の光が。

目で見えるわけではない。なのに、その光の色彩まで、なぜか感じ取ることができた。

「なに？　なんなのこれ⁉」

腰を浮かす私に、おばあちゃんは「大丈夫さぁ」と柔らかく言った。

額の熱が広がっていく。顔、首、体幹、そして四肢の先へと。全身の細胞が熱を帯びる。南国の海の中に漂っているかのように心地よかった。

私は瞼を落とす。漆黒の世界の中、私の体はオレンジ色の光に包まれて浮いていた。

いや、それは正確じゃない。私自身がそのオレンジの光を放っているのだ。

六十兆ある全身の細胞が、淡く発光しているのを感じる。

「これって……」

私が目を開くと、おばあちゃんは得意げに目を細めた。

「ね、愛衣ちゃんはやっぱり私の孫さぁ」

体の熱がゆっくりと引いていく。感じていた光も弱くなっている。しかし、その残滓が臍の奥あたりに燻っていた。

「どういうこと？　いまなにをしたの？」

「マブヤー、マブヤー、ウーティキミソーリ」

突然おばあちゃんは呪文のような言葉をつぶやいた。

「なに……言ってるの？」

「マブイが落ちている人の頭に触って、いまの呪文を唱えるのさぁ。そうしたら、マブイをその人の体に戻すことができるよ」

「イレスを治せるっていうこと？」

おずおずと訊ねると、おばあちゃんは我が意を得たりとばかりに大きく頷いた。

「そう……、ありがと」

礼を言った私は、逃げるように襖に向かう。これ以上、迷信に惑わされるのはまっぴらだった。おばあちゃんの膝で丸まっていたきなこも、起き上がってついてくる。

「ああ、愛衣ちゃん」

襖を開くと、背中から声を掛けられた。私は「なに？」と首だけ振り返る。

「マブイグミをするときはね、ククルを探すんだよ」

「ククル？　なにそれ？」新しく出てきた単語に、眉根が寄ってしまう。

「すぐに分かるさぁ」

おばあちゃんは少女のように悪戯っぽい笑みを浮かべた。

5

「あっ、愛衣センセ」

実家に帰った翌日の夕方、午後の回診中に病棟の廊下を歩いていると、明るい声がかけられる。振り返ると、入院着を着た小学校低学年ぐらいの少女が屈託のない笑みを浮かべて立っていた。たしか……、この病棟に入院している子だ。

「こんにちは。えっと……」

「宇琉子《うるこ》だよ。久内《くない》宇琉子」

「ごめんね、宇琉子ちゃん。えっと、こんなところでなにをしているのかな?」

彼女は笑みを湛えたまま近づいてくる。老婆のように背中を曲げて小刻みに足を進めるその姿から、彼女が神経の難病に冒されていることが見て取れる。

「お散歩。ぶらぶらしていたの。愛衣センセもお散歩していたの?」

「私はお仕事中。患者さんのところに行って、お話を聞いて回っていたのよ」

私は膝を曲げて、宇琉子ちゃんと視線を合わせた。

「宇琉子ちゃんも、自分の病室に戻っていた方がいいよ」

「でも、お部屋にいてもなにもやることないんだもん。つまんないよ」

宇琉子ちゃんはうなだれる。背骨が前曲しているので、その姿は痛々しかった。

「それじゃあ、お仕事が終わったらちょっとお姉ちゃんが遊んであげる。だから、それまでは自分のお部屋で待っていてくれる?」

「ホント⁉　分かった、待ってる」

花が咲くように再び笑みを浮かべると、宇琉子ちゃんは踵を返して離れていった。やはりぎこちない足取りながらも、スピードはかなり速い。

小さい背中が見えなくなると、私は引き戸を開いて病室へと入っていった。

片桐飛鳥さんの病室。部屋の奥に置かれたベッドに彼女が横たわっていた。一定のリズムで響く、かすかな寝息が鼓膜をくすぐる。ベッドに近づいた私は首にかけていた聴診器を手に取り、「回診ですよ。失礼しますね」と声をかけてから診察をはじめた。

すぐに診察は終わる。特に異常は見られない。これまでの四十日間と同じように、彼女はただ眠り続けているだけだった。

もうこの病室には用はないはずだ。早くナースステーションに戻って、カルテの記載や処方・検査のオーダーなど、山積みになっている業務をこなさなくてはならない。にもかかわらず、私はベッドのそばから動けずにいた。

なにをするつもり？　自問しつつ私はそっと手を伸ばし、彼女の右の瞼に触れる。薄皮の下で素早く動いている眼球の動きが指先に伝わってきた。

触れている瞼から目尻、そしてこめかみにかけて、細い古傷が走っている。私はカルテに記されていた情報を思い出す。なにかイレスを治すための手がかりがないかと、親族をはじめとする関係者から必死に話を聞いてまとめた情報を。

二十一歳の飛鳥さんは、飛行機のパイロットを夢見て航空学校に通っていた。しかし、八ヶ月前に事故に巻き込まれ、重傷を負った。命に別状はなく、四肢を骨折したものの、それも手術によって後遺症なく治癒することができた。

しかし、問題は目だった。事故の際、飛び散った破片が右目をかすめ、角膜を傷つけて、ほぼ失明状態になった。パイロットを目指す者にとっては致命的な障害。

夢を失い絶望した彼女は、体の怪我が癒えても学校に復帰することなく、抜け殻のようにただ漫然と毎日を送るようになった。そしてある朝、突然目醒めなくなった。

まるで、つらい現実を拒絶し、夢の中に引きこもってしまったかのように。

彼女はどんな夢を見ているのだろう？　幸せな夢に心をゆだねているのか、それとも悪夢の中を彷徨っているのだろうか。無表情なその寝顔からは、判断することができなかった。

「マブイが落ちた……か」

マブイ、魂なんてものが本当にあるのか分からない。人格なんて、蜘蛛《くも》の巣のように複雑に絡み合った脳神経回路に生じる電気信号から生み出されるものだと思っている。けれど、たしかに魂が存在し、それが体から消え去ったら、目の前で夢を見続ける彼女のような状態になるのかもしれない。

マブイグミ。おばあちゃんから聞いたその話を思い出す。たしか、相手の額に手を置いて呪文を唱えるんだっけ？

――愛衣ちゃんは私の孫だからねぇ、きっとできるよぉ。

おばあちゃんの言葉が耳に蘇ってくる。私は飛鳥さんの瞼に当てていた手を、おそるおそる額へと移動させる。彼女の体温で掌がほんのりと温かくなった。

本気でやるつもり？　医師の私があんな非科学的な迷信を真に受けて？

「おまじないくらいしてもいいよね。願掛けみたいなものだし」

言い訳するようにつぶやくと、私はゆっくりと唇を開いた。

「……マブヤー、マブヤー、ウーティキミソーリ」

誰かに聞かれないよう小声で放った呪文が、病室の空気をかすかに揺らした。

なにも起こらなかった。王子に口づけをされた白雪姫のように、彼女が目醒めるようなことはなかった。彼女はいまも、かすかな寝息を立て続けている。

そりゃそうだよね。そうつぶやいて手を引こうとする。けれど……できなかった。独り言を発することも、手を引くことも私にはできなかった。まるで、脳と身体を繫ぐ神経が切断されたかのように。

なんなの、これ⁉ 反射的に叫ぼうとするが、喉も舌も言葉を発せない。

そのとき、光が灯った。昨日、おばあちゃんに頭を触られたときと同じように、私の全身が淡いオレンジに発光しはじめた。いや、光っているのは身体じゃない。その中に収められた〈私〉だ。身体に収めきれない光が、その外まで漏れ出しているんだ。

ずっと身体こそが〈自分〉だと思っていた。皮膚を境に、その内側が〈自分〉で外側が〈自分以外〉であると。けどいまは、身体の奥底に本当の〈自分〉の存在を感じる。

全身から溢れ出していた光が、次第に右半身に、そして飛鳥さんに触れている右手へと集中していく。私の掌と、彼女の額。皮膚が触れ合う部分を通して、光が、いや光っている〈私〉が流れ込み、彼女に吸い込まれていく。身体の中にある〈私〉が次第に希釈されていく。

このままでは、〈私〉は掌に落ちた雪の結晶のように消え去ってしまうのではないか。恐怖にかられ、必死に手を引こうとする。しかし、やはり身体は微動だにしなかった。

その間も、光は、〈私〉は飛鳥さんの体へと流れ込み続けている。

視界が暗くなってきた。目がおかしくなったのではない。視神経から脳へと伝わった視覚情報を受け取る〈私〉が薄く、消えてしまいそうなほどに薄くなってきたから。

そばに〈死〉が佇んでいる。二十三年前のあの日以来の、濃厚な〈死〉の香り。

次の瞬間包み込むような笑みを浮かべて、優しく手を伸ばしてくる女性の姿が脳裏に弾ける。その刹那、恐怖が消え去った。私は心穏やかにその香りを受け入れる。

スイッチを切られたテレビ画面のように、私の意識は暗転した。

6

気づくと、私は森の中に立っていた。薄暗い森の中。辺りには巨樹が乱立し、これまで見たことがないほど太い幹が迷路のようにいりくんでいる。着ていたはずの白衣は消え、私は白いシャツと、紺のスラックス姿になっていた。

ここは……？　混乱しつつ空を仰ぐ。遥か遠く、空に触れそうな距離に大量の葉が生い茂っている。いまだかつて、これほどまでに巨大な樹を見たことはなかった。木製の高層ビル群に迷い込んだかのような心地になる。

両手を額に当てた私は、乱れている呼吸を必死に整え、状況の把握につとめる。しかし、どれだけ頭を働かせても、なにが起きているのか分からなかった。

私は病院にいたはずだ。それなのに、いつの間にこんな森に？

夢を見ているのだろうか？　いや、夢にしてはあまりにもリアルすぎる。

大きく息を吸う。むせ返るような青葉の香りと湿った土の匂いが鼻腔を満たしていく。一歩足を踏み出すと、靴の裏から柔らかい地面の感触が這い上がってきた。頬を撫でる空気は湿度こそ高いが、森林特有の清涼感を孕んでいて爽やかですらあった。

明晰夢、自分が夢の中にいると理解できるという夢は経験したことがある。しかし、そのときに感じた、世界の、そして〈自分〉という存在の濃淡が時間経過とともに変化していく感覚がいまはない。少なくとも、私にとっていまこの世界は〈現実〉だ。

じゃあ、病院で回診をしていたことが夢だったのだろうか？　医学部に入り、過酷な初期臨床研修を終えて神経内科医となり、三人のイレス患者の担当になったのも、全部夢だった？　いや、そんなわけがない！　しっかりしろ！

私は両手で自分の頬を叩く。パーンという小気味いい音が響いた。両頬に走った鋭い痛みが、沸騰しそうなほど混乱している頭をわずかに冷ましてくれる。

冷静になれ。冷静になるんだ。深呼吸をくり返していると、すぐそばに球状の物体が落ちていることに気づいた。私は小さく悲鳴を上げて飛びすさる。

それは松ぼっくりだった。子供の頃、よく集めては近所の男子と投げて遊んでいた松ぼっくり。ただし、地面に落ちているそれは、スイカほどの大きさがあった。

常識外れのサイズの松ぼっくり。しかし、驚いたのはそのサイズだけではなかった。こんなものはなかった。こんな異常なものが落ちていれば絶対に気づいたはずだ。

……いや、そうとは限らない。ここに来てから私は混乱し続けている。そのせいで、近くに落ちていても気づかなかったのかもしれない。そうだ。そうに違いない。

強引に自分を納得させた私は膝を折ると、松ぼっくりに手を伸ばす。指先が触れる寸前、その松ぼっくりはころりと転がった。まるで、私の手を避けるように。

風？　けれど、こんな大きなものが動くような風は吹いていないはず……。

心臓の鼓動が加速していく。背中を冷たい汗が伝った。

『キャハハハ』

唐突に笑い声が上がった。無邪気な幼児が発するような甲高い笑い声。しかし、私の耳にはそれが肉食獣の唸り声よりも恐ろしく響いた。

その声は、明らかに目の前の松ぼっくりが発したものだったから。

「なんなのよ……、これ……」

舌がこわばって言葉がうまく出ない。その声に反応したかのように、松ぼっくりはくるりとその場で回転すると、先端を私に向けてきた。

目などないはずなのに、松ぼっくりからの視線を感じる。じわじわと後ずさる私の鼓膜を、また笑い声が揺らした。何重にも重なり、エコーのかかった笑い声が。

関節が錆びついたかのように動きが悪くなっている首を回し、周囲に視線を送る。いつの間にか私は、数えきれないほどの巨大な松ぼっくりに取り囲まれていた。

夢だ……。やっぱり悪夢を見ているに違いない……。

目の前の松ぼっくりが、一際大きな笑い声をあげる。それを合図に、無数の松ぼっくりたちが笑いつつ、ランダムな動きで転がりはじめた。

お互いに衝突しては跳ね上がり、そのたびに一際大きな笑い声があがる。

逃げないと。いますぐに、ここから逃げ出さないと。そう思うのだが、震える足に力が入らず、動くことができない。そもそも、四方八方を奇声を発しながら転げまわる松ぼっくりに取り囲まれているのだ。どこに逃げればいいのかさえ分からない。

松ぼっくりたちの舞踏会の中心で、怯えて立ち尽くしていた私の背筋に、ざわりとした震えが走った。体を硬直させた私は、緩慢な動作で首を回して右を向く。踊り狂う松ぼっくりたち。その奥に、〈闇〉が佇んでいた。

それはまさに〈闇〉としか表現できないものだった。その部分だけ空間が切り取られたかのように、虚無がそこに揺蕩《たゆた》っていた。

物も、音も、光さえも呑み込むような〈闇〉。その正体は分からないが、頭の中で警告音が最大音量で鳴り響く。全身の汗腺から、氷のように冷たい汗が染み出してくる。

ころころと踊っていた松ぼっくりの一つが、その〈闇〉に触れた。次の瞬間、悲鳴じみた笑い声を上げながら松ぼっくりは吸い込まれる。笑い声が次第に小さくなっていき、やがて聞こえなくなった。まるで、底なしの穴に落下したかのように。

〈闇〉が膨らんだ。いや、それとも近づいたのだろうか？　あたりが薄暗いせいか、距離感が摑めない。踊っていた松ぼっくりたちが、次々と〈闇〉に呑み込まれていく。

私は唇を力いっぱい嚙んだ。八重歯が薄皮をわずかに破る。鋭い痛みが、断線していた脳と足を結ぶ神経を繋げると同時に、私は地面を蹴って走りはじめた。足元で踊る松ぼっくりを避け、ときには蹴り飛ばしながら足を動かしていく。

走ったまま、私は首だけ振り返る。背後に、さっきと同じ大きさの〈闇〉が見えた。全然小さくなっていない。追ってきている。恐怖で足が縺れそうになる。

〈闇〉が樹の幹に触れた。音もなく、その部分がごっそりと抉り取られる。喉の奥から「ひっ」という悲鳴を漏らしつつ私が正面に向き直ったとき、目の前に巨樹がそびえ立っていた。慌てて両手を突き出して激突を防いだ私は、軽く頭を振る。

樹がない方に走っていたのに……。混乱しつつ、私は再び振り向く。〈闇〉のサイズはさっきより大きくなっていた。しかし、やはり正確な距離が掴めない。

早く回り込んで逃げないと。再び正面に向き直ると同時に、口から「え?」と呆けた声が漏れる。目の前にあったはずの樹が消えていた。両手でその幹に触れていたはずなのに、正面には大きく道が開けていた。

なにが起こったか分からず一瞬硬直するが、すぐに我に返って走りはじめる。息を乱しながらまた振り返ると、今度は〈闇〉が心なしか小さくなっている気がした。

逃げ切れる。あの〈闇〉に呑み込まれずにすむ。わずかに安堵して、正面を見た私は急停止する。ずっと開けていたはずの道に、また巨大な樹が立ち塞《ふさ》がっていた。

私は棒立ちになりつつ、辺りを見回す。全身の皮膚が粟立った。周囲に生えている樹の配置が明らかに変わっていた。まるで、それらが勝手に動き回ったかのように。

「なに……、これ……?」かすれ声を漏らしながら、せわしなく体を回転させる。

視界の中で樹が動くことはなかった。しかし、わずかに視線を外すたびに、そこに生えている樹の配置が大きく変化する。

この感覚は知っている。『だるまさんが転んだ』だ。子供のときによくやったあの遊戯のように、大樹が私の死角で音もなく位置を変えている。視界から遠近感が消えていく。周囲の大樹が、私を押しつぶそうと迫ってきているような錯覚に襲われる。

これは錯覚なのだろうか？　本当に樹が近づいてきているのではないだろうか？

狼狽える私の鼓膜を、風切り音のようなざわめきが揺らす。

体を震わせておずおずと後ろを見た私の、焦点が合わない瞳が〈闇〉をとらえる。それはいつの間にか、見上げるほどに膨れ上がっていた。いまにも私を呑み込もうとしているかのように。

ダメだ……。絶望が心を黒く染め上げていく。体が動かない。

肉食獣に追い詰められた小動物のごとく固まっている私の足元を、不意に小さな影がすり抜けていった。足首を柔らかな刷毛で撫でられたような感触に、金縛りが解ける。私は反射的に首を回して、影を視線で追う。その影は少し離れた位置で止まった。暗くて姿ははっきりしないが、シルエットからすると四つ足の動物のようだ。

「ついてきて！」

男児のような、幼い声。それは、明らかに影から聞こえてきていた。

「ついてきてって……」

「いいから早く！　それとも、あれに喰われたいの？」

あれ。近づいてきている〈闇〉。それとの距離を再度確認しようと、私は首を回しかける。その瞬間、「見ちゃダメだ！」と鋭い声が影から飛んだ。

「あれから逃げたければ、走るんだよ。いますぐに全力で走るんだ！」

声質に似合わない強い口調。思わず、「は、はい！」と返事をしてしまう。

影が走り出す。反射的に私も落ち葉に覆われた地面を蹴った。

迷路のように立ち並ぶ樹の間をすり抜けていく小さな影を、私はただただ必死に追う。

〈闇〉を引き離すことはできただろうか？

後方を確認しようとした瞬間、前を走る影が「振り返るな！」と叫ぶ。

「絶対に振り返っちゃだめだ。まっすぐに前だけ、僕だけを見ながら走り続けるんだよ。じゃないと、また樹に衝突して、『あれ』に追いつかれるよ」

「で、でも……、もう限界……」私は荒い息の隙間から声を絞り出す。

全身が悲鳴を上げていた。大腿は熱を持ってパンパンに張り、破裂しそうだ。口の中は砂漠のように乾燥し、必死に酸素を取り込んでいる肺が痛かった。

「それは愛衣が限界だと思い込んでいるからだよ。限界になる体なんてないんだから」

影は走ったまま呆れ声でつぶやく。

「どういう……こと……？」

「すぐに分かるよ。それより、そろそろゴールだよ」

「ゴール？」視線を上げると、薄暗い森の奥からかすかに光が差し込んでいた。

「あそこまで行けば大丈夫。だから頑張ってよ。あと、絶対に振り返っちゃだめだよ」

あそこまで行けば助かる。休むことができる。体の底にわずかに残っていた気力を振り絞り、私は鉛のように硬く重くなっている足に活を入れる。

森の切れ目が近づいてきた。大きくジャンプした影の後を追って、私はまばゆい光の中に飛び込んだ。暗闇に慣れた目が眩む。瞳を閉じた私は羽毛布団のような柔らかいものに、顔から倒れこんでいった。もはや、指先を動かす力さえ残っていなかった。目を閉じたまま私は、必死に酸素を貪り続ける。

やがて、呼吸が落ち着いてくる。瞼を上げ、まだ震える手をついて上半身を起こした私は大きく息を呑んだ。そこには黄金色の海が広がっていた。

手をついている地面を撫でる。ビロードの絨毯のような滑らかな感触とともに、金の光が煌めいた。

水面に見えたもの。それはクローバーの葉だった。体が浮くほどに密集して生えている半透明のクローバー。おそるおそる一本千切って、顔の前に持ってくる。宝石のように輝きを孕むその葉は、四つに割れていた。幸せの象徴、四つ葉のクローバー。

よくよく見てみると、辺りに生えているクローバー全てが四つ葉だった。

手にしている葉を、指先でつまんでみた。フェルトのように柔らかく潰れた葉が、内包していた七色の光を吐き出す。虹の滴が弾けたかのような美しさに魅せられてしまう。ガラス細工のように透明で、羽毛のように柔らかいクローバーの葉。それらに金の光が降り注ぎ、きらきらと乱反射をして、黄金色の海原が広がっているかのような光景を生み出していた。私は首を反らして空を仰ぐ。そこには金色に輝く巨大な太陽が浮き、麗《うら》らかな光を降らせていた。

「なんとか逃げ切れたみたいだね」

あまりに幻想的で非現実的な光景に見蕩れていた私は、はっと顔を上げる。全てを呑み込むようなあの〈闇〉、あれはもう追ってきていないのだろうか?

振り返った私は、小さく悲鳴を上げる。クローバーの海原と暗い森の境目、私が倒れている位置からほんの少ししか離れていない場所に、〈闇〉が揺蕩っていた。それはいつの間にかそびえ立つほどに巨大に膨れ上がり、森の奥が見通せなくなっている。いや、もしかしたら森の内部にあった無数の大樹、踊り狂っていた松ぼっくり、そして落ち葉が敷き詰められた地面さえも〈闇〉に呑み込まれ、消え失せてしまったのかもしれない。

もはや森の境目に立ち並ぶ樹の向こう側には、底なしの深淵が口を開けているようにしか見えなかった。私はクローバーの葉の上を這うようにして、〈闇〉から距離をとる。

そのとき、頬に高級なタオルで撫でられたような柔らかい感触が走った。

「大丈夫だよ。あいつはいまのところ、こっちには来られないみたいだからさ」

耳元で、あの小さい影の声がささやく。反射的に横を向くと、つぶらな瞳と視線が合った。琥珀《こはく》のように淡く輝くオレンジ色の虹彩に、縦長の瞳孔が走っている美麗な瞳。

そこには、見たことのない生物がたたずんでいた。

基本的なフォルムは猫そのものだ。小柄な体を薄いクリーム色の柔らかそうな毛が覆っている。しかし、その耳は猫ではあり得ないほどに長く垂れ下がっていて、足元のクローバーに触れそうだった。

ウサギの耳を持った猫。それ以外に、その生物を表す言葉は見つからなかった。

こんな動物は見たことない。しかも、この生物は人の言葉を話すことができる。

私はうさぎ猫を見つめながら、おずおずと口を開いた。

「あなたはいったい……？」

「僕はククルだよ。君のククルだ。よろしくね、愛衣」

彼は挨拶でもするかのように、片耳をぴょこんと上げた。

7

「ククル……？」

ウサギの耳を持つ猫と見つめ合いながら、私はその言葉を口の中で転がす。

——マブイグミをするときはね、ククルを探すんだよ。

昨日、おばあちゃんからかけられた言葉を思い出し、私は目を見開いた。

「ククルって、おばあちゃんが言っていた……」

「そうだよ。僕がそのククル。愛衣のククルさ」

うさぎ猫は器用にウインクをしてくる。現実離れした状況に眩暈がしてきた。

「ま、待って。お願いだから、ちょっと待って……」

私はククルに掌を突き出すと、もう片方の手でこめかみを押さえる。ククルはタンポポの綿毛のような尻尾を細かく振った。耳だけでなく、尻尾の形もウサギのものらしい。

「とりあえず、あなたはいったいなんなの……？」

ククルは小首をかしげながら、「だから、ククルだってば」と答えた。

「そういうことじゃなくて、あなたはどんな存在なのっていうことが訊きたいの。あなたみたいな生き物、これまで見たことない」

「あっ、酷いこと言うなぁ。僕は哀しいよ」

ククルは垂れた耳を動かして、目元を拭うような仕草を見せる。

「これまで、数えきれないくらい会ってるっていうのにさ」

「数えきれないくらい会ってる？」

「そうだよ。僕たちは何度も会っているよ。何度も何度も何度もね。ただ、愛衣は覚えていないだけさ。これまで、愛衣はユタじゃなかったからね」

「ユタ！」

大きな声を上げた私は、ククルに顔を近づける。ククルは「ど、どうしたの⁉」と、驚いた猫よろしく黒目を大きくした。長い耳がピーンと垂直に立つ。

「ここに来る寸前、おばあちゃんに言われた通り呪文を唱えて……」

「マブイグミをしようとした」

ククルは私のセリフを引き継ぐと、ヒゲの生えている頰の辺り、ウィスカーパッドと呼ばれる部分をくいっと上げた。実際の猫では絶対に作れない皮肉っぽい表情。

「そう、だから愛衣はここに来たんだよ。マブイグミをするためにね」

質問の答えが返ってくるたびに、さらに新しい疑問が湧いてくる。

額に手を当て呪文を唱えれば、イレスの患者が目を醒ます。それが『マブイグミ』というものだと思っていた。だからこそ、軽い気持ちで行ったのだ。それなのに……。

「こんなのあり得ない。悪い夢に決まっている」

私が頭を抱えると、「うん、そうだよ」とククルが軽い口調で答えた。

「え？　夢……なの……？　ここは私の夢の中なの？」

顔を上げた私はおずおずと訊ねる。儚い期待とともに。

「夢の中だよ。けれど……」ククルは琥珀色の瞳を細めた。「愛衣の夢じゃない」

私の夢じゃない？　その意味を必死に考えていた私の脳裏に、ベッドに横たわる飛鳥さんの姿が蘇った。喉の奥から「あっ……」と声が漏れる。閉じられた彼女の瞼は細かく痙攣していた。薄皮の下で激しく動く眼球によって。

急速眼球運動。それが起きている人物は、鮮明な夢を見ていることが多い。

かすれ声で「まさか……」とつぶやくと、ククルは長い両耳を合わせた。

「そう、片桐飛鳥の夢の中さ。愛衣はそこに這入り込んだんだよ。僕と一緒にね」

飛鳥さんの夢の中……。私は口を半開きにしたまま、煌めく半透明のクローバーで敷き詰められた平原を眺める。金色に輝いていた周囲が突然、濃いワインレッドに色を変えた。紅葉したかのようにクローバーが色づいていく。

視線を上げると、金色の太陽が遠くまで流され、代わりにルビーのように深い紅色の天体が光を落としていた。その美しさに目を奪われ、私は空を仰ぎ続ける。

蒼、白銀、紫、藍、橙……。さっきまでは金色の太陽の光が強すぎて気づかなかったが、鮮やかに、艶やかに輝く無数の球体がいくつもそこには浮かんでいた。

無数の天体が地上に落とす色とりどりの星明かりが、群生するクローバーの葉に乱反射し、光の絨毯を作り出している。

「まあ、厳密に言うと、夢の中というのは正確じゃないかもね」

固まっている私の傍らでククルがつぶやく。

「本来、夢っていうものはすぐに醒めるものだ。もっと脆《もろ》くて儚いものだ。けれど、この世界はとっても頑丈で、そう簡単には崩れ落ちることはない。果てしなく広がり、見ている人間を延々とこの世界に縛り付ける。いくら追いかけても捕まらない蜃気楼みたいな、幻の夢。僕たちはここを『夢幻の世界』って呼んでいる」

「夢幻の世界……」私は呆然とその言葉をくり返す。

「そう、サーダカンマリな人に吸われて自分の体を離れたマブイは多くの場合、強制的に仮死状態になり、醒めない夢を見はじめる。それが『夢幻の世界』さ。体から離れても、肉体とマブイの間には繋がりは残っている。だから、マブイが抜けて空っぽになった体も同じように夢を、『夢幻の世界』を見続けているんだよ。そして、ユタの力を持つ人間ならマブイが抜けた体に触れることで、『夢幻の世界』へ這入り込むことができる」

普通に考えたら、あまりにも常識はずれな話。しかし、現実ではありえない幻想的な光景に魅せられている私は自然と、ここが飛鳥さんの見ている夢の世界であるということを受け入れてしまう。自分の中に確固たるものとして存在していた常識が、ビーチに作った砂の城が波に削られていくようにじわじわと侵食されていく。胸に手を当てて数回深呼吸をくり返すと、私はククルを見つめた。

「つまり、私がこの世界で何かをすることが、マブイグミっていうものなのね」

「だから、ずっとそう言っているじゃないか。理解が悪いね」

小馬鹿にするように黒くて小さい鼻を鳴らされ、頬が引きつる。あなたの説明が適当だったからでしょ、という文句をなんとか呑み込んで、私は質問を続けた。

「そのマブイグミが成功すれば、飛鳥さんは目を醒ますのね。イレスは治るのよね」

「うん、マブイグミさえ成功すれば体にマブイが戻るよ」

おばあちゃんはイレスを「マブイが落ちたせいだ」と言っていた。その言葉が正しければ、マブイ、つまりは魂が体に戻れば目を醒ますはずだ。医師である自分がそんな非科学的な現象を認めつつあることに抵抗をおぼえるが、現にいま、あまりにも非科学的な世界に迷い込んでいる。毒を食らわば皿まで。目の前にちょこんと座る、非現実的な動物の言葉を信じてみよう。

「それであなたは、マブイグミの方法を知っているの？」

「もちろんだよ」ククルは得意げに、ふわふわの毛に覆われた胸を反らす。「それを教えるために、僕はここに来たんだからね」

「じゃあ教えて、私はなにをすればいいの？　どうすれば飛鳥さんは目醒めるの？」

「まずは……」

なにか言いかけたところで、ククルの両耳がピーンと立った。薄いクリーム色の体毛が逆立ち、体が一回り大きくなったように見える。猫らしく細い縦長だった瞳孔が大きく開き、瞳が真っ黒に染まる。猫を飼っていたことがある私は、その様子がなにを意味しているのかすぐに理解した。強い警戒、または恐怖。

ククルの漆黒の瞳は私の背後を睨んでいる。おずおずと振り向いた私の口から、か細い悲鳴が零れた。クローバーの平原と巨樹の森、その境界線から、さっき私たちを追いかけてきた〈闇〉がじわじわと滲み出していた。

「走って！」そう叫ぶと同時に、ククルがクローバーの絨毯を蹴って駆けだす。

「ま、待って……」

私も慌てて立ち上がると、ククルのあとを追って再び走りはじめた。

「なんで⁉ あの〈闇〉、こっちには来れないんじゃ……」

息を乱しながら、私は少し前を走るククルに話しかける。葉が密集してできている地面は、柔らかくて走りにくい。クローバーを踏みつけた足が沈み込むたびに、顔の高さまで光の飛沫が舞い上がるが、それを楽しむ余裕などなかった。

少し休めたとはいえ、体はボロボロだ。足は重く、すぐに息が上がる。

「そう思ったんだけど、違ったみたいだね」

振り向くこともせず走り続けながら、ククルは答えた。

そんな無責任な！　抗議をしたいが、息苦しさと恐怖でそれどころではない。私は必死に足を進めつつ、首だけ振り返る。〈闇〉は森の中のように立体的に膨れ上がるのではなく、地を這うように追ってきていた。水面に落とされた墨汁のように、不規則に広がっていく〈闇〉に、クローバーが光の残滓を煌めかせながら呑み込まれていく。

空に浮かぶ無数の天体から光が降り注いでいるが、〈闇〉の内部の様子は全く見えなかった。光さえも逃れられないブラックホールのように。

「なにしてるんだよ⁉ 振り返るなって言ったじゃないか！」

ククルの鋭い叱責を浴び、私は慌てて正面に向き直った。同時に、必死に動かしていた足が止まる。地平線が消えていた。

いや、それは正しくない。地平線の向こうまで延々と続いていたはずのクローバーの平原が消え去ったのだ。〈闇〉に呑み込まれて。

地平線という概念すら消失したそこには、ただ〈無〉が広がっていた。延々と永遠に。

私は両目を手でこする。〈闇〉との距離が把握できない。遥か遠くにあるようにも、すぐそこまで迫っているようにも見えてしまう。ただ一つ確かなのは、それが近づいているということだった。私を、そして世界を呑み込もうという確固たる意志を持って。

周囲に視線を送った私は、絶望に膝を折る。三六〇度、ありとあらゆる場所から〈闇〉が迫っていた。虚空に浮かぶクローバー。そこに私とククルは取り残されてしまった。

「なんで⁉ 後ろにいたはずなのに！ 追い抜かれたりしなかったのに！」

この世界はなにかが狂っている。森の中でもそうだった。少し視線を外しただけで、樹が出現したり消えたりしていた。今度はそれが〈闇〉で起こっている。

「ああ、言わんこっちゃない。だから振り返るなって言ったのに」

足元に寄り添ったククルが、これ見よがしにため息をついた。

「どういう意味⁉ いったいなにが起きているの？」

「さっき言ったじゃないか。ずっと前だけ見て走れってさ。そうしなかったからだよ。だってここは〈距離〉の概念が狂った世界なんだから」

「距離の……概念……」

呆然とその言葉をくり返す私の脳裏に、この世界に迷い込んでからの経験が蘇る。

森の奥行きが分からなかった。視界から消えるたびに、瞬間移動でもしたかのように松ぼっくりや樹が移動していた。〈闇〉との距離感もずっと摑めずにいた。

「でも……、でもそんなこと、現実に起きるわけ……」

「現実じゃないんだってば。ここは片桐飛鳥という人物が生み出した、現実とは全く違うルールが存在する『夢幻の世界』。だから、距離の概念がおかしいんだよ」

「だからってどういう意味⁉」

じわじわと嬲るように迫ってくる〈闇〉に怯えながら、私は声を張り上げる。

「片桐飛鳥は何ヶ月か前に事故に遭っているでしょ。そこで、彼女はどうなった？」

「どうなったって……」

舌がこわばってうまく声が出ない。飛鳥さんが遭った事故と、この不合理な世界。そこにどんな関係が……。そこまで考えたとき、額に電気が走った気がした。

「事故の際に破片が当たって……、飛鳥さんは片目を失明した」

無意識に、抑揚のない言葉が口から零れていく。

「人間は両目で見ることで物体の遠近を捉えている。けれど、事故によって飛鳥さんはそれができなくなった。だから……」

「そう、だから彼女の夢幻であるこの世界では、〈距離〉が意味をなさなくなっている。ここでは遠いものが近くにあり、近くのものが遠くにある。この世界は果てしなく広がっていると同時に、限りなく狭い。そんな矛盾がここでは存在しているのさ」

歌うように言うククルのそばで、私は音もなく迫ってくる〈闇〉を指さす。

「それじゃあ、あれは⁉　あの〈闇〉はなんなの？」

「うーん、多分だけど、〈無〉なんじゃないかな？」

「〈無〉ってなに⁉」思わせぶりなククルの口調に、思わず叫んでしまう。

「この『夢幻の世界』を創った人は片目を失明したんでしょ。人間は主に視力によって周囲の状況を把握する。いままで見えていたその部分が消え去った。世界の半分が『無くなった』に等しいんだよ」

「だから、あの〈闇〉が生まれたっていうこと⁉」

「多分ね。まあ、あとは彼女が感じた絶望とかも関係していると思うけど。なんにしろ、あの〈闇〉は視界の外に生じる。だからずっと前を見て走れって言ったんだよ」

取り囲まれる前、私は振り返ってしまった。だから、進行方向、地平線の果てにも〈闇〉が生じてしまったのか。そして、辺りを見回すことで、自ら取り囲まれてしまった。

「次からは、僕の言うことをよく聞いていてよね」ククルは片耳を動かして頬を掻いた。

「なんでそんなに余裕なの⁉　あれに呑み込まれたらどうなるの⁉」

やはり正確な距離は分からないが、明らかに〈闇〉はクローバーの平原を侵食しながら近づいている。あと数分もしないうちに、私たちの足元まで到達するだろう。

「さあ、そこまでは僕にも分からないよ。まあ、少なくともろくなことにはならないだろうね。跡形もなく消滅するか、底なしの深淵に向かって永遠に落下していくのか」

体温が一気に下がった気がした。全身に鳥肌が立つ。表情を強張らせる私に向かい、ククルはにっと口角を上げた。現実の猫では決して見せることのない笑顔。

「大丈夫だよ。逃げ道を見つけたからね」

私は「逃げ道!?」と周囲を見回す。しかし、全方位で〈闇〉がクローバーの平原を削り取り、その代わりに漆黒の穴が、〈無〉が広がっていた。

「逃げ道なんてどこにもないじゃない!」

「愛衣は視野が狭いなあ。ちゃんとあるじゃないか。〈闇〉が広がっていないところがさ」

ククルは「あそこだよ」と片耳を垂直に上げた。つられて私は首を反らす。

「あそこって……空?」

「そう、〈闇〉は地面を這って広がっている。それなら空に逃げればいいんだよ」

ククルは長い両耳を大きく上下に振った。鳥が羽ばたくように。彼の小さな体がふわりと浮き上がる。私はその光景を、口を半開きにして眺めていた。

「なに阿呆面を晒しているんだい。愛衣も早くおいでよ」

耳を羽ばたかせながらククルが見下ろしてくる。

「そんなことできるわけないでしょ!」

「なんで？」心から不思議そうにククルは小首をかしげる。

「なんでって、人間の体は空を飛べるようになんて……」

「体？　体なんてどこにあるの？」

なにを言われたか分からず、私は「え？」と声を漏らす。

「愛衣は体ごと、この世界に這入り込んだと思っているの？　思い出してごらんよ」

言われて、必死に記憶をたどる。あの時、飛鳥さんの額に触れた手からオレンジ色の光が、〈私〉が彼女へと流れ込んでいった。じゃあ、ここにいるのは……。

「気づいたかな。そう、ここにいる君は『識名愛衣』という人間そのもの。よく『魂』とか呼ばれるものなんだよ。僕たちはそれを『マブイ』と呼んでいる」

「マブイ……」私は自分の体を見下ろす。普段となに一つ変わることのない自分の体を。

「その姿をしているのは、その姿こそ〈自分〉だって愛衣が認識しているからさ。さっき走ったときに苦しかったのも同じだ。全力疾走すれば筋肉が疲労する、心肺が悲鳴を上げる。そう自分で思い込んでいるからだ。けれど実際は、筋肉も心臓も肺も、この世界には存在していない。なぜなら、現実の世界に置いてきているからだ」

ククルのセリフに、私は耳を傾け続ける。実際には、ここには存在していない耳を。

〈闇〉はさらに近づいてきていた。ほどなく私が立つ足場に到達するだろう。

「この世界で、君はなんの制約も受けていない。なんにでもなれるんだ。愛衣、君は自由なんだ。君自身が信じさえすればね」

信じれば、自由になれる。その言葉に、皮膚の下で細かい泡が弾けていくような感覚が広がる。その感覚は次第に背中の上部へと集中していった。熱を帯びた肩甲骨が柔らかく変化し、徐々にうねっていく。

私の変化に感づいたかのように、〈闇〉が速度を上げて近づいてきた。足元のクローバーの葉が大きく揺れ、白銀の煌めきが舞い上がって私の体を包み込む。〈闇〉が足場を薙《な》ぎ、クローバーの絨毯が消失する。重力に引かれ、体が落下をはじめる。

「愛衣、心を解き放つんだ！」

ククルが声を上げる。それと同時に、蠢いていた肩甲骨が一点に凝縮し、そして……一気に膨れ上がった。それは皮膚とシャツの布地を突き破り、体の左右に大きく広がる。

私はその肩甲骨だったものを振り下ろした。身長よりも遥かに長い、純白の翼を。

周囲に纏わりついていた細かい光の雫が霧散し、落下していた体が浮き上がる。

上へ行きたい。そう思うだけで、猛禽を彷彿させるその巨大な翼は力強く羽ばたき、体を押し上げてくれる。眼下に広がる〈闇〉、なにも存在しない空間を一瞥した私は顔を上げると、いつの間にか遥か上空を漂っているククルへとまっすぐに飛んでいく。

「やあ、うまくいったみたいだね」

そばまで浮かび上がってきた私に、ククルは気障なウインクをしてきた。

「信じられない！　本当に飛べるなんて！」

「いや、愛衣が信じたからこそ、その羽は生えたんだよ。けれど、無骨な翼だね。女の子なんだから、もっと可憐なものをイメージできなかったのかい。天使の羽みたいな」

「いまの時代、女も強くないとやっていけないの。すごくかっこいいじゃない」

私は一際強く羽ばたく。生えたばかりだというのに、意思どおりに羽が動き、空中を移動することができる。翼から外れた羽毛がふわりと舞い、私の頬を撫でていった。

「さて、とりあえず危険はなくなったし、気を取り直してマブイグミにとりかかろうか」

ククルは前足の肉球を合わせる。ぽむっという気の抜けた音が響いた。

「けどあの〈闇〉、空まで追いかけてくることはないかな」

興奮で一時的に忘れていた不安がぶり返してくる。

「絶対とは言えないけれど、大丈夫そうだよ。ほら、地面を全て呑み込んでからは、それ以上膨らんでこないし。この『夢幻の世界』では、空は特別な場所なのかもね」

そうかもしれない。私は宝石のごとき無数の天体が浮かぶ天空を見上げる。パイロットを目指していた飛鳥さんが、大空に特別な想いを抱いていても不思議ではない。きっとだからこそ、この世界では空がこんなにも美しいのだ。

けれど、彼女は事故で空を失った。その絶望が、彼女がイレスにかかった原因なのだろうか？　それがあの〈闇〉を生み出したのだろうか？

そこまで考えたとき、私はふとあることに気づき、隣に浮かぶククルを見る。

「ねえ、もしさっき私があの〈闇〉に呑み込まれていたらどうなったの？」

「さっき言ったじゃないか。永遠に落下し続けるか、消滅するか……」

「そうじゃなくて、この世界で私が……死んだら、現実の私はどうなるの？」

ククルの表情が硬くなる。彼のヒゲがピンっと張った。

「この世界の愛衣は体を持っていないから、一般的な意味での〈死〉はおとずれることはない。けれど、傷ついたり、消滅したりすることはあり得る」

「そうなったら……、現実の私はどうなるの？」

「この世界で君が受ける傷は、精神の傷だ。小さな傷ならすぐに治癒する。かすり傷が治るみたいにね。けれど、大きな傷を負った場合、現実世界に戻っても傷が癒えるまでの長い時間、精神的な苦痛が続く場合がある。場合によっては死ぬまでずっと……」

私は喉を鳴らして唾を呑み込む。幼いときに負ったトラウマにいまも苛まれている私は、それがどれだけ苦しいことなのか、身をもって知っていた。

「それじゃあ、……消滅した場合は？」

ククルはあごを引くと、瞳孔が縦長になった目で見つめてきた。

「二度と目醒めることなく、肉体は空の器になる」

この世界では呼吸など必要ないはずなのに、息が乱れてくる。パニック発作が起きる前兆。落ち着かないと。冷静にならないと、またあの身を裂かれるような苦痛を味わうことになる。

必死に深呼吸をくり返していた私は、強い痛みをおぼえて胸元を押さえる。掌の下の白いシャツに、じわじわと黒い染みが広がっていった。

「なに、これ!?」

悲鳴を上げ、せわしなくシャツの襟元を覗き込んだ私は目を剝く。両乳房の間から右の脇腹にかけて大きな傷跡が走っていた。ごつごつとしたかさぶたで覆われ、引き攣れた傷跡が。そのかさぶたの一部が剝がれ、赤黒い血液が滲み出している。

ああ、そうか。傷跡の位置を見て、私は全てを理解する。それは二十三年前のあの日、彼女が負った傷と同じ場所に刻まれていたから。

これは私の傷だ。幼い頃、心に負った深い傷。いまここにいる私は、精神を映しだしたもの。だからこそ、この傷跡が深く刻まれているのだ。そして、この傷跡を覆っているかさぶたは、なにかのきっかけがあれば容易に剝がれ、出血を起こす。

私は襟元からそっと手を差し込み、血が滲んでいる傷口に掌を当てる。激しい痛みにうめき声が漏れる。歯を食いしばる私を、ククルは心配そうに見つめていた。

「……もう、やめるかい？」

私は「え？」と、痛みで歪んだ顔を上げる。

「僕なら、この世界から愛衣を解放することができる。片桐飛鳥の額に触れている体に、愛衣を戻すことができるんだ。ただ、それには少し準備が必要だ」

「……危険な目に遭っても、すぐこの世界から離脱できるわけじゃないのね」

「そういうこと。ただ、愛衣の安全は僕が保障するよ。僕は特別だからね」

「特別？」

「そうさ。僕はユタである愛衣のククルだから、すごいパワーを持っているんだよ。だから、夢幻の世界でどんなことが起ころうと、君の身は守ってあげるよ」

誇らしげに言った後、ククルは「でも……」と続ける。

「きっと、マブイグミをすれば愛衣は苦しい思いをすることになる。つらい過去を思い出してね。だからここでやめるって言っても、僕はそれを止めはしない」

「……マブイグミをしない限り、飛鳥さんは眠り続けるの？」

「マブイが戻らない限り、空っぽの肉体が目醒めることはない。朽ち果てるまでね」

私は脈打つように疼《うず》く傷口を押さえたまま、唇に歯を立てる。

医師として、どうにか彼女を助けてあげたい。けれど、それにはリスクが伴う。目の前のうさぎ猫は私の身の安全を保障すると言っているが、その言葉を信用していいのか分からない。ともすれば、自分の命まで失うリスクがあるということだ。

患者のためとはいえ、そこまでする必要があるのだろうか？

……ない。私はすぐに結論を出す。医療を行うにあたり、医療者は感染等のリスクから自分を守ることを徹底して教え込まれる。医師がその生涯で救わなくてはならない患者は多い。一人の患者の治療で自らを危険に晒しては、その他、大勢の患者に対して義務を負うことができない。だから、私はすぐにでもこのおかしな世界から逃げ出すべきなのだ。……患者を救うことだけが目的だとしたら。

私は胸元に置いた手に力を込める。爪が皮膚に、傷口に食い込み、焼けた鉄を押し当てられたような激痛が脳天まで突き抜けた。指の間から粘着質な血液が溢れ出す。

「愛衣⁉」

驚きの声を上げるククルを見据えた私は、食いしばった歯の隙間から声を絞り出す。

「やめない！　私は絶対に飛鳥さんを助ける！」

飛鳥さんを、担当している三人の患者を救うことは、自分を救うことだ。

二十三年前、私の心に刻まれた深い傷。いまもこうして疼き、血を噴き出している傷は、イレスの患者たちを救うことで癒されるはずだ。なら、リスクを取る価値はある。

私は皮膚に醜く刻まれた傷口を見つめる。まばたきもせずに、凝視し続ける。

袴田先生が言ったように、私はトラウマを心の抽斗に隠す技術を覚えたに過ぎなかった。この傷跡をガーゼで覆い隠していただけだった。このままでは、この傷跡はいつか開き、感染し、膿んでいくだろう。そして、私の精神は腐り果ててしまう。

だから前に進もう。三人の患者を目醒めさせ、トラウマを乗り越えよう。

「いいんだね？」

訊ねてくるククルに、私は力強く頷いた。

「なかなかいい表情になったじゃないか。さっきまで、迷子の子供みたいだったのにさ。傷の方も、とりあえず落ち着いたみたいだね」

言われて私は気づく。いつの間にか、胸の痛みが消え去っていた。視線を落とすと、傷は厚いかさぶたで覆いつくされていた。体、手、そしてシャツを汚していた赤黒い血も消え去っている。

「それじゃあ、どこに行こうか？」

啞然として自分の体を見つめていた私は、ククルに声を掛けられて我に返る。

「え？　どこに行くって？」

「マブイグミを続けるんでしょ。そのためにはまず、ククルを探さないと」

「なに言っているの？　あなたがククルでしょ」

「違う違う、僕じゃない。僕は愛衣のククルだからね。探すのはこの世界にいるはずの、『片桐飛鳥のククル』だよ」

「え？　ちょっと待って。ククルっていっぱいいるわけ？」

額を押さえる。次々に出てくる新しい情報に頭がパンクしそうだった。

「そうだよ。ククルはマブイを映す鏡みたいなもの。成長の過程での記憶や経験、あとまあ色々なものが積み重なって、マブイと一緒に成長していくものなんだ」

「色々なものって……」適当な説明に、鼻の付け根にしわが寄ってしまう。

「なんにしろ、ククルは誰もが持っているものなんだよ。ククルはその人物のなかで、マブイに寄り添って存在している。そして、夢でよく会っているんだ」

「本当に、私は夢であなたと何度も会っているの？　その夢を忘れているだけなの？」

「うん。ほら、よくあるでしょ。起きたとき、楽しかったり、哀しかったりしたことは覚えているのに、夢の内容は全然覚えていないことがさ」

確かにある。起きると胸が苦しくて、涙が頬を伝った跡があるのに、どんな夢を見たか思い出せないときが。

「じゃあ、この世界から出て目醒めたら、私はまたあなたのことを忘れているってこと？」

ククルは「ううん」と首を横に振った。

「大丈夫。愛衣はもうユタの能力が覚醒しているからね。僕と会った夢もおぼえていられるはずだよ。そもそも、この世界は愛衣の夢じゃないしさ。僕は愛衣と一緒に、マブイグミのために、片桐飛鳥が生み出した『夢幻の世界』に這入り込んできたんだよ」

ククルの説明は分かり易いとはいえなかったが、大まかな状況は把握できた。

誰もが『ククル』という存在を内面に持っていて、覚えてはいないが夢の中で会うことができる。そして、私のククルであるこのうさぎ猫は、飛鳥さんの額を触って呪文を唱えたとき、私と一緒にこの世界に侵入してきた。そういうことなのだろう。

「つまり、この『夢幻の世界』にいる、『飛鳥さんのククル』を見つければいいのね」

私が確認すると、ククルは「最初からそう言っているじゃないか」と面倒くさそうに前足を振った。その態度にイラッとしながら、私は質問を続ける。

「で、飛鳥さんのククルはどこにいるの？」

「さあ？」ククルは前足の付け根をすくめた。

「さあって……」

絶句する私の顔の前まで、ククルは耳を羽ばたかせて浮かび上がってきた。

「僕はもともとこの世界の存在じゃない。愛衣をサポートするために、一緒に来ただけだ。だから、この世界について良く知っているわけじゃないんだ。全部僕に頼らないで、愛衣も自分で考えなよ。マブイグミをするのは僕じゃなくて、愛衣なんだからさ」

ククルの前足が鼻先に触れる。肉球の柔らかな弾力が心地よかった。

「そ、そうだよね」私は首をすくめる。「あのさ、この世界のどこかに『飛鳥さんのククル』がいるのは間違いないのね」

「それは確実。夢幻の世界には、その世界を創り出している人物のククルが絶対いる」

「それじゃあ、なにかヒントはないの？　ククルがよくいる場所とかさ」

「そうだね……」ククルは前足を口元に当てた。「一般的にククルは、その人物の思い入れが強い場所にいる傾向があるかな」

「思い入れ……」ホバリングを続けたまま、私は腕を組む。

飛鳥さんにとって思い入れのある場所……。彼女はパイロットを目指していた。けれど、事故によってその夢を奪われ、絶望の底へと追い込まれた。それなら……。

私は空を見上げる。宝石のごとき輝きを放つ、色とりどりの天体が浮かぶ大空を。

あそこだ。きっとあそこに違いない。

「ククル。行くよ」私は翼を強く振り下ろす。体が上昇をはじめた。

翼を強く羽ばたかせるたびに体が加速する。左右に割れて流れていく風が心地いい。

「急に移動しないでよね。びっくりするじゃないか」

耳をせわしなく羽ばたかせながら追いついてきたククルに、「ごめんごめん」と謝ると、私は遥か遠くに見える、美しい空を指さす。

「ねえ、あそこまでどれくらいかかるかな？　かなりスピード出ているけど」

「まったく、愛衣は分かっていないなぁ」

小馬鹿にするように言うククルを、私は横目で「どういう意味？」と睨む。

「だからさ、この世界では〈距離〉という概念が狂っているんだよ。そんな世界で速度がどんな意味を持つっていうんだい？」

「じゃあ、どうやったらあそこまで早くたどり着けるの？」

「この世界の法則に従うのさ。ここでは、対象を見ている限り、それは遠ざかりも近づきもしない。けど、視界の外では遠くにあると同時に、すぐ近くにもある。『夢幻の世界』を支配するのは物理法則じゃない、精神だ。だから、近くにあると信じれば、すぐそばに存在する。……ほらね」

ククルが唐突に減速した。辺りが急に暗くなる。「え?」と、進行方向に視線を戻した私は目を見開く。すぐ目の前に、紫に輝く球体が浮かんでいた。羽を思い切り広げて急ブレーキをかけるが間に合わない。

ぶつかる! 私は反射的に両手で顔を庇《かば》って目を閉じる。しかし、予想した衝撃はなかった。かわりに、少し粘度のある温かさに全身が包まれる。

おずおずと目を開けた私は目を見張る。体が光の中に浮かんでいた。すみれ色の柔らかい光の塊が私を覆いつくしていた。温かい水の中を漂っているような感覚。

大きく羽を動かしてみる。体を包み込んでいた光が弾け飛び、数多のまばゆい光の欠片となって漂っては、周囲に漂う光球へと吸い込まれていく。

近づいてきたククルが、近くに浮かんでいた小さな蒼い光球を無造作に耳で払った。それは割れることなく移動すると、そばにあったサーモンピンクの光球にぶつかる。二つの光球はさらに他の光球にぶつかっていき、次第に数えきれないほどの光球が連鎖的に衝突しては不規則に動いていく。宝石のビリヤードのように。

光球が通過した後には光の軌跡が残り、空間に三次元の幾何学模様が描かれていく。

「もっと大きな星が浮かんでいるんだと思ってた……」

神秘的な光景に見惚れながら私はつぶやく。

「この世界では、遠近感も狂うからね。それにこの世界では、この光の球こそが〈星〉なんじゃないかな。ほら、星でできているはずの天の川もあんな感じだし」

ククルは耳で私の背後を指さす。振り返った私は声を失った。

光球の海の向こう側に、川が浮かんでいた。絶えず色を変えながら流れる光の奔流が。

その川に私は近づいていく。もう羽ばたく必要はなかった。この空間に重力は存在しなかった。上下も左右も曖昧な世界を、泳ぐように四肢を動かして移動していく。

いくつもの光球を掻き分け、ときには中を通過しながらその川の縁までたどり着いた私は、おそるおそる流れに手を入れてみる。

せき止められた水が飛沫を上げるように、掌の周りで虹が弾けた。その光景に魅せられていると、両耳で平泳ぎをするようにしてククルが近づいてくる。

「いやあ、圧巻だね。この『夢幻の世界』を創りあげている人物は、かなりロマンティックで想像力が豊かなんだろうね」

「この近くに『飛鳥さんのククル』がいるよ。だって、こんなに綺麗な世界なんだよ」

「その可能性は高いかもね。もしかしたら、この天の川の中にいるかも」

「そう、きっとそうだよ！　だって、ここが一番綺麗だもん」

興奮で声を裏返す私の背後に、すっとククルは移動する。

「じゃあ、中に入ってみないとね」

そう言うや否や、ククルは私の背中に向かって思い切り体当たりをした。天の川のほとりにいた私は、そのまま光の奔流に巻き込まれ、流されはじめる。

溺れる⁉ 恐怖にかられて両手をばたつかせるたび、そこに七色の泡が生じて体に纏わりつく。呼吸が苦しくなり、私は川から這い上がろうと必死にもがいた。

「落ち着きなって」

耳元でささやかれ、私は横を向く。そこでは、ククルが長い耳をたなびかせながら、流れに身を任せていた。川の中だというのに、その声ははっきりと聞こえてくる。

「何度も言っているだろ。いまの愛衣はマブイ、つまりは精神体だ。体がここにあるわけじゃないんだから、本当は呼吸をする必要もない。だから、溺れるわけないじゃない。苦しいとしたら、そう思い込んでいるからだよ。ね、もう苦しくないでしょ」

いつの間にか息苦しさが消え去っていた。溺れないよう固く閉じていた口を開け、そっと呼吸をしてみた。周囲に浮かんでいた細かい虹の泡が、体内に吸い込まれていく。胸の中に泡が弾ける感触が広がり、全身が淡く輝きだす。

七色に次々と変化する光を放ちながら流されていると、自分がどこまでも美しいこの川の一部になったような心地になる。

体の力を抜き、私は流れに身を任す。幾重にも織り重なったオーロラの中に浮かんでいるような感覚。波打ちながら色彩を変える光のカーテンの奥に、鮮やかに、艶やかに輝く光球が散らばる海原が、果てしなく広がっている。

その光景に魅了されながら、私は光で編み上げられた『夢幻の世界』を漂い続けた。

8

光球が瞬く空間をクロールで移動しながら、私は大きなため息を吐く。

この空間を漂いはじめてから、ゆうに数時間は経っていた。

「ほら、もっとまじめに探しなよ」

隣で、耳で平泳ぎをしているククルが声をかけてくる。私は唇を尖らせた。

「しかたがないじゃない、疲れたんだから。ずっとここを泳いでいるんだよ」

「だからさ、体がないんだから、どんなに泳いでも疲れるわけがないじゃないか」

「そんなことないよ。体が疲れなくたって、心が疲れるの」

「なんだよ、最初ここに来たときは、あんなにはしゃいでいたのにさ」

たしかに美しい光景に圧倒され、感動した。しかし、人間は慣れる生き物だ。

私は正面に浮かんでいた藍色の光球を無造作に手で払う。割れたその光の塊は、きらきらと輝きながら流れていくが、私はそれを目で追うこともしなかった。

「そんなこと言ったって、もうずっとここにいるんだよ。っていうか。私がこの世界に来てからどれくらい経っているの？」

そこまで考えたとき、ふとあることに気づき、ククルの顔を覗き込む。

「ねえ、現実の世界では大変なことになっているんじゃないの？　だって私、飛鳥さんの頭を触ったまま、ずっと固まっているんでしょ」

「心配いらないよ。『夢幻の世界』では時間の流れが現実とは違うから。ここから脱出したとき、大騒ぎになっているなんてことは絶対にないよ。……そう、絶対にね」

「そういうもんなんだ……」

ククルの思わせぶりなセリフに引っかかりをおぼえつつも、私はとりあえず納得する。

けど、このままじゃ……。

「このままじゃ、じり貧じゃない。こんなに探したのに見つからないってことは、『飛鳥さんのククル』はここにはいないんじゃない？」

「ここにいるはずって言ったのは愛衣だよ」

正論を返され、言葉に詰まる。

「あ、あの時はそう思ったの。けど、いくら探してもうさぎ猫いないんだもん」

「……ん？」ククルは小首をかしげる。「もしかして愛衣、『片桐飛鳥のククル』も僕みたいな姿だと思っている」

「え、違うの？」

「もちろん違うよ。ククルはそれぞれ、全然違う姿をしているんだ」

「それを先に言ってよ！　それじゃあ、『飛鳥さんのククル』はどんな姿なの？」

「分からないよ。さっき言ったように、ククルの姿はマブイを映す鏡みたいなものだからね。その人間の内に秘めた本質が現れるんだよ」

「本質……」私はすっと目を細めてククルを見る。

「おや、納得いかないって顔だね。凛々しくて格好いいドクターである自分の分身が、僕みたいな可愛らしい姿じゃ納得いかないのかな？　けどさ、愛衣の部屋にはぬいぐるみとか、けっこうたくさんあるじゃない。夜寝るときは、それを抱かないと……」

「うるさいな。それより、いまは『飛鳥さんのククル』がどこにいるのか考えないと」

ククルは「でもねぇ……」と長い耳を組んだ。

「この夢幻の世界には、もうこの空間しか残っていないじゃないか。ほら、あれ見てよ」

解いた耳でククルが差した方向を見て、背中に震えが走った。重力が存在しないこの空間では本来、上下左右が曖昧になるはずだ。しかし、その方向だけは間違いなく〈下〉だった。

煌めきで満たされた世界が延々と続いているこの〈空〉。しかし、その方向には〈無〉が一面に広がっていた。光すら呑み込むブラックホールのような、底なしの〈無〉が。

「もはやこの『夢幻の世界』には〈空〉と〈無〉、あとはその境界領域しか存在していない。やっぱり、この〈空〉のどこかにククルはいるはずだよ」

「けど、この〈空〉って果てしなく続いているじゃない。この中にいる、しかもどんな姿をしているか分からないものを見つけるなんて、無理なんじゃないの？」

「うーん、でもいくら広いっていっても、〈距離〉が狂っている世界じゃ、その広さに意味はないはずだよ。だから、すぐに見つかると思っていたんだけど、そう一筋縄じゃいかないみたいだね。ククルを見つけるのに、なにか条件が必要なのかも」

「条件？　どういうこと？」

聞き返すと、片耳をメトロノームのように左右に振りはじめた。

「マブイを吸われるということは、それだけマブイが弱っていたっていうことだ。そうなると、鏡に映った分身みたいなものであるククルも、当然同じぐらい弱っている。弱っているククルは、マブイが創りあげた『夢幻の世界』の中で、ひっそりと身を隠していることが多いんだ」

「こんな広い世界で身を隠されたら、見つかるわけないじゃない！」

「大丈夫。ユタにはそれを見つける力があるからさ。普通なら結構すぐに見つかることが多いんだよ。ただ、ククルによっては『夢幻の世界』の特殊なルールを利用して、おかしな方法で身を隠すことがある。深く傷ついているククルには、特にその傾向があるね。そんな場合は、ククルを見つけるのに一定の手順を踏まないといけない」

「一定の手順って？」

「さあ？　それを見つけることも、マブイグミの一部だよ」

ククルの無責任な物言いに、頬が引きつってしまう。

「なにかヒントとかないの？　それだけの情報じゃ、探しようがないでしょ」

「ククルは元となる人物の経験や記憶の影響を強く受ける。いい意味でも、悪い意味でも、その記憶に強く残っている経験に関係した場所に隠れていることが多いかな」

「いい意味でも、悪い意味でも……」

この美しい空間を生み出した〈空〉の記憶は、飛鳥さんにとって間違いなく『いい経験だった』はずだ。しかし、彼女のククルはいない。それなら、『悪い経験』は……。

「……分かった気がする」

「え？　分かったって、『片桐飛鳥のククル』がどこにいるのかが？」

私はゆっくりと頷くと、〈下〉を指さした。あらゆるものを呑み込む漆黒の虚無を。

「まさか、あの中⁉」ククルの瞳孔が開き、琥珀色だった瞳が真っ黒に染まる。

「そう、きっとあの中に『飛鳥さんのククル』がいる」

現実世界で飛鳥さんは絶望していた。絶望し、苦しみもがき、その結果、何者かにマブイを吸われてイレスを発症した。そこまで彼女が絶望した理由、それは……。

「飛べなくなったから」私は低い声でつぶやく。「飛べなくなって、こんなにも美しい〈空〉を失った。だから、飛鳥さんは絶望したの。ククルが飛鳥さん自身を映す鏡だとしたら、きっとあの〈闇〉の中にいる。あの中に墜ちること、それがきっと『飛鳥さんのククル』を見つける条件だよ。現実の彼女が墜ちたように、彼女のククルはきっといまもあの中で墜ち続けている」

「待ってよ。あの中に行くつもり？　入った瞬間に消滅しちゃうかもしれないんだよ」

「ううん、きっと大丈夫。大きな松ぼっくりが〈闇〉に呑み込まれたときのこと思い出して。あの松ぼっくりたち、笑い声を上げていたでしょ」

「それがどうしたの？」

「呑み込まれたあと、笑い声はだんだん小さくなっていった。つまり、松ぼっくりはすぐ消滅することはなく、落ちていったんだよ。あの〈闇〉の下にもきっと空間が広がっているんだよ」

一息に説明すると、ククルは難しい表情で黙り込んだ。粘着質な時間が流れていく。

私とククルの間に、金色の小さな光の塊が横切った。ククルは耳で無造作に、その光球を薙ぎ払う。金箔をまき散らしたように、細かい光の結晶が私たちの周りで舞い踊る。

「本気であの中に行くつもりかい？」

「うん」私は間髪いれずに頷く。

「愛衣の言ったことは正しいかもしれない。けれど、絶対とは言いきれない。あの〈闇〉の中にどんな危険があるか、分かったもんじゃないんだ。それでも行くんだね？」

私は再度頷く。どれほど危険でも、私はやり遂げる。患者たちを目醒めさせるため、そして自分自身を救うために。強い決意が血流にのって、全身に漲っていく。

睨みつけるように私を見ていたククルの表情が、ふっと緩んだ。

「分かった。そこまでの覚悟があるなら、もう止めないよ。ただし……」

ククルは片耳を私の鼻先に突きつけてくる。

「僕が先に入る。もし僕になにかが起きたら、愛衣はすぐに羽ばたいて逃げ出すんだ」

「待ってよ！　そんなことさせられるわけ……」

慌てて言う私の口を、ククルの耳が塞いだ。

「議論の余地なんかないね。僕は愛衣のククルなんだよ。愛衣が消滅したら、僕も消滅するんだ。僕は鏡に映る、愛衣の影みたいな存在。愛衣自身がいなくなったら、鏡にはなにも映らなくなるだろ。それに、愛衣を助けることこそ、僕の存在理由なんだからね」

これまでになく強いククルの口調に圧倒され、私はなにも言えなくなる。

「僕になにかあったら、助けようとかしないで逃げる。分かったね」

「もし、あなたが……死んだりしたら、……どうなるの？」

「僕は生き物じゃない。だから、『死ぬ』っていう言葉は厳密に正しくは……」

「茶化さないで！」

声を荒らげると、ククルは微笑んだ。どこまでも寂しそうに。

「鏡が割れて、そこに映る自分の姿が見えなくなったとしても、その人は死んだりしないだろ。それと同じ。ククルが消滅しても、人は死なない。精神的なダメージがあるくらいさ。それに大丈夫、もし僕がいなくなっても愛衣ならやっていけるよ」

ククルの耳が私の頭を撫でる。なぜかその感触が懐かしかった。体の奥底から、温かい喜びと、冷たい哀しみが湧き上がり、混ざり合って胸郭の中を満たしていく。混沌とした感情が、涙となって溢れ出した。

「え……？　なんで？」

私は手の甲で目を拭う。しかし、正体不明の想いが濃く溶け込んだその涙は、止め処なく溢れ出してくる。視界が滲み、周りに浮かぶ光球の輝きが、万華鏡のように華麗に広がっていった。

目元に柔らかいタオルでぬぐわれたような感触が走る。まばたきして目を凝らすと、ククルが長い耳で涙を拭いてくれていた。

「大丈夫、大丈夫だよ、愛衣」

その言葉だけで、胸の中で吹き荒れていた嵐が一気に凪いでいく。ごしごしと腕で目をこすった私は、大きく深呼吸をくり返した。

「落ち着いた？」

ククルの問いに、私は何度も首を縦に振る。

「よし、それじゃあ、〈闇〉の中に入るよ。覚悟はいいね」

「うん！」

気合のこもった返事をすると、私は〈下〉に広がる〈闇〉を見つめた。

私とククルは、〈空〉を〈闇〉の方に泳いでいく。不意に全身が引っ張られはじめた。〈闇〉に向かって。私は「わ、わわ⁉」と情けない声を上げて手足をばたつかせる。

「冷静に。〈空〉から出て、重力が戻ってきたんだよ」

ククルに言われてようやく気づく。引っ張られているんじゃない。これは落下しているんだ。

私は羽を広げて風を受け止めると、空中で必死に姿勢を立て直し、まっすぐに足から墜ちていく体勢になる。翼を折りたたんだ私は、重力に身を任せた。体が加速していく。ジェットコースターで最高点から落下していくような感覚が延々と続く。眼下に〈闇〉が近づいてきた。私の少し下では、ククルが同じように自由落下を続けていた。長い耳が風圧で激しくはためいている。

羽ばたいて浮かび上がりたい。その衝動に、私は必死に耐え続けた。

もうすぐだ。もうすぐで〈闇〉に、底なしの深淵に突入する。私は歯を食いしばった。

「入るよ！」

ククルの声が響く。次の瞬間、私たちは〈闇〉に突入した。

衝撃はなかった。〈私〉が消え去ることもなかった。ただ、なにも見えなくなった。

完全なる闇。目を凝らしても、自分の体すら見ることができない。ただ、すさまじいスピードで落下している感覚だけが全身を支配していた。

この〈無〉に満たされた空間で、私はいまだに墜ち続けている。

「ククル！　ククル、いるの⁉」

必死に声を張り上げると、すぐそばから「ここにいるよ」という声が聞こえた。パニックに陥りかけていた私は、わずかに心の均衡を取り戻す。

「愛衣の予想が当たっていたみたいだね。〈闇〉に呑まれても消滅するわけじゃない。ただ、落下し続けるだけだ。たぶん……永遠に」

永遠という言葉の響きに、寒気をおぼえる。

「けれど、僕たちは飛ぶことができるから大丈夫だよ。それじゃあ、とりあえずそろそろこの中を動いて探し回ってみようか。愛衣の予想なら、この空間のどこかにククルがいるんでしょ」

「……ダメ」私は押し殺した声でつぶやく。

すぐそばから「ダメってどういうこと？」という、訝しげな声が聞こえてきた。

「たぶん、飛んだら『飛鳥さんのククル』は見つけられない。墜落事故に遭ってから、飛鳥さんの心は墜ち続けている。だから、『飛鳥さんのククル』もきっと……」

「この空間で落下を続けている」ククルが私のセリフを引き継いだ。

そう、私の予想どおりなら、このなにもない空間で墜ち続けること。それこそが、『飛鳥さんのククル』を見つける条件だ。私は拳を握りしめる。

「だから私たちも、このまま墜ち続けないといけないの」


……どれだけ経ったんだろう？　ふとそんな疑問が頭をかすめる。

時間の流れすら狂っているこの空間で、そんなことを考える意味などないのかもしれない。ただ身体感覚が混乱して、もはや自分が落下しているのか、それとも闇の中に浮かんでいるのかよく分からなくなる程度には時間が経っていた。首を反らす。しかし、やはりなにも見えない。

いまから羽ばたいて上昇したとしても、この空間から逃れることはできないだろう。

私は横を向くと、そこにいるであろうククルに向かって小さく声をかける。

「ククル、……ごめんね」

「ん？　なにが？」なにも見えない空間から、声だけが返ってきた。

「こんなことに巻き込んで。私、間違っていたみたい。やっぱり、私には飛鳥さんを救うことなんてできない。……私にできることなんてなにもない」

幼かったあの日、自分の無力さを呪ったあの日の記憶を乗り越えようと、必死に勉強をして医師になった。人々を救う力を手に入れたつもりだった。けれど、それは勘違いに過ぎなかった。私はいまも無力なままだ。ただ、あの人の手を握ることしかできなかったあの日のように。

「そんなことないよ」

優しい声とともに、羽毛で撫でられたような感触が頬を包み込む。ククルの耳の感触。

「愛衣がどれだけ頑張ってきたのか、僕は知っている。人を救おうと、どれだけ努力をしてきたのかをね。だから、自分を卑下しないで。自分の能力を限定しないで。君は自分が思っている以上に、素晴らしい存在なんだから」

私は口元に力を込める。そうしないと嗚咽が漏れてしまいそうだった。私は素晴らしい存在。ククルの言葉はなぜか、乾いた地面に水が染み込むように心に浸透してきた。

「その証拠に、……ほらね」

闇の中、ククルの姿がうっすらと浮かび上がる。その顔には、ぬいぐるみのような可愛らしい外見には似合わない、慈愛に満ちた表情が浮かんでいた。

「ククル？　なんで見えるの？」

「そりゃあ、光があるからに決まっているじゃないか。後ろを見てみなよ」

促されておずおずと振り返った私は、大きく目を見開く。

ラグビーボールほどの大きさの繭が浮かんでいた。若草色に淡く輝く半透明の繭が。

いや、浮かんでいるというのは正しくない。いまも落下を続けている私のそばにあり続けるということは、この繭もこの虚無の空間を墜ち続けているのだ。

「愛衣が正解だったね」

耳を動かして私の隣へと移動してきたククルが、目を細めて繭を見る。

〈闇〉の中で落下を続ける。それが片桐飛鳥のククルを見つける方法だったんだよ」

「で、でも、私たちはずっと墜ち続けていたじゃない。それなのに、なんで急に……」

「きっと、愛衣が自分自身を信じることができたからだよ。他人を救う力があるってね。やっぱり愛衣は素晴らしいユタになれる」

ユタ。最初の頃は胡散臭さをおぼえるだけだったその単語に、もう嫌悪感はなかった。それどころか、「素晴らしいユタになれる」と言われて、かすかに誇らしくすらあった。

「この繭が、『飛鳥さんのククル』なの？」

私は光の糸で編まれたような繭にそっと手を伸ばす。

「ううん、違うよ。『片桐飛鳥のククル』はその繭の中にいる」

「繭の中？」目を凝らすと、半透明の繭の中に小さな動物が見えた。「……鳥？」

それは鳥だった。スズメほどのサイズの白い小鳥が、繭の中で目を閉じていた。

眉間にしわが寄ってしまう。それほどまでに、その小鳥の姿は痛々しかった。

身を守るように折りたたまれた翼は羽毛の大部分が抜け落ち、片脚がおかしな方向に折れ曲がっている。嘴は先端が欠け、額から右の頬にかけて斜めに傷が走っていた。固く閉じられた右の瞼からは血液が滲んでいて、まるで血の涙を流しているように見える。

「酷いね。ククルがこんな状態じゃ、マブイが吸われるのも当然か」

ククルは低い声で言う。

「……これからなにをするの？　この子を治療することがマブイグミなの？」

「ククルはマブイの姿を反映したものだから、ククルが回復すれば、誰かに囚われているマブイも力を取り戻し、元の体に戻ることができるはずだ。ただ、現実世界みたいに物理的な治療を施したからって、精神体であるククルの傷が癒されるわけじゃない」

「それじゃあ、どうしたら……？」

「ククルが、ひいてはマブイがここまで傷を負った原因を『視《み》る』んだよ。そして、マブイを縛っている身を裂かれるようなつらい経験を、茨の鎖を解いてやるんだ」

「つらい経験を解くって、そんなこと……」

「完全に解決しなくてもいい。ただ、その経験を少しずつでも受け入れられるように、寄り添ってあげればいいんだよ。愛衣がずっとしてきたみたいにね」

つらい経験を受け入れる。私が人生をかけて取り組んできたこと。袴田先生の協力を得て、私は少しずつではあるが、幼いときの悪夢と向き合ってきた。

まだ、あの苦しみを全て呑み込めたわけじゃない。

私は胸元に手を当て、シャツの下に走る醜い傷跡に意識を向ける。いまも、ともすれば血が噴き出しそうなほどに、心に傷を負っている。けれどいま、その傷に立ち向かっている。だから、この夢幻の世界で飛鳥さんを助けようと必死にもがいているのだ。

袴田先生が私にしてくれたことを、私も飛鳥さんにしよう。彼女の主治医として。

「分かった、やってみる。具体的にはどうすればいいの？」

「まずは、両手でククルに触れるんだ。そうすれば、片桐飛鳥の記憶を見ることができる。なにが彼女を苦しめているか、はっきりと理解することができる」

ククルは片方の耳を左右に振った。私はあごを引くと、慎重に両手を伸ばしていく。掌で包み込むように繭に触れた瞬間、その表面に光の波紋が走った。それは次第に激しさを増すと、私の体にまで伝わってくる。波紋が私の腕、体を伝い、顔にまで達した瞬間、記憶の洪水が頭の中に流れ込んできた。

9

両手で震える肩を抱きながら、飛鳥は首を反らす。天まで届きそうな巨大な樹々に生い茂る葉の隙間から、かすかに月明かりが漏れてくる。しかし、その淡い光は、この鬱《うっ》蒼《そう》とした夜の森を照らすにはあまりにも弱々しく、足元すらはっきりとは見えないほどに辺りは暗かった。

「パパ……、ママ……」絞り出した鼻声が、樹々のざわめきに消し去られていく。

松ぼっくりなんか探しにこなければよかった。涙を零しながら飛鳥は後悔する。

今日、幼稚園で男子たちが、松ぼっくりを投げ合って遊んでいた。女の子の友達はそれに全く興味を示さなかったが、半年ほど前に東京からこの田舎町に引っ越してきた飛鳥には、初めて見る幾何学的な模様が組み合わさった茶色い物体が新鮮だった。

「それ……、一個くれない？」

意を決して、おずおずとお願いすると、男子たちは冷たい視線を投げかけてきた。

「嫌だよ。僕たちが森から拾ってきたんだ。欲しかったら自分で取ってくればいいだろ」

森に入るなと母親に厳しく言われていた。すごく危険だからと。

冷たい言葉に泣きそうになる飛鳥に、男子たちが追い打ちをかける。

「なんだよ、森が怖いのかよ。やっぱり東京もんは弱虫だな」

飛鳥は唇を噛む。この半年間、東京からやって来たというだけで、なにかにつけてからかわれていた。これまではただ俯いて、それに耐えてきた。けれど、もう限界だ。

森なんか怖くない。男子たちより大きい松ぼっくりを拾ってきて、自慢するんだ。そうすれば、もう馬鹿にされたりしないはず。そう決意した飛鳥は、家に帰ると「友達の家で遊んでくる」と母に嘘をつき、家の近くにある森へと緊張しながら踏み入った。

柔らかい午後の木漏れ日が差し込み、小鳥のさえずりが響く森は拍子抜けするほど気持ちがよかった。すぐに緊張が解けた飛鳥は、必死に松ぼっくりを探した。数分も森を歩いていると、すぐにそれは見つかった。歓声を上げて松ぼっくりを拾い上げた飛鳥だったが、すぐに口をへの字に曲げてそれを投げ捨てた。

だめだ。男子たちがびっくりするぐらい、大きいのを見つけないと。明日、それを見せつけ、欲しがる男子たちに言ってやるんだ。「自分で取ってくればいいじゃん」って。

そのときの優越感を想像して口元をほころばせた飛鳥は、理想の松ぼっくりを求めて進んでいった。森の奥へ、さらに奥へと……。

「見つけた！」

途中、四つ葉のクローバーを探したりしつつ夢中で森を歩き続けた飛鳥は、ついに見つけた。理想の松ぼっくりを。飛鳥の拳の倍はありそうなそれは、男子たちが持っていたものより遥かに大きく、硬そうで、濃い茶色をしていた。

これなら大丈夫だ。これなら、男子たちがみんな羨ましがるはずだ。紅く色づきはじめた木漏れ日の中、「きゃはは」と思わず笑い声をあげながら松ぼっくりをポシェットにしまうと、飛鳥は顔を上げた。お腹がすいてきたし、もうお家に帰ろう。

足を踏み出しかけた瞬間、顔がこわばった。少し暗くなりはじめた森の中で、せわしなく飛鳥は首を回した。そびえ立つ大樹に囲まれた周囲の光景はどこも同じに見え、自分がどこからやって来たのか分からなかった。

……きっとこっちだ。こっちにまっすぐ歩いていけばお家につくはず。自分に言い聞かせると、飛鳥は湿って柔らかい土を踏みしめて、小走りに森の中を進んでいった。しかし、どれだけ進んでも同じ景色が広がっているだけだった。数えきれないほどの大樹が立ち並んでいる光景が。

同じ場所をぐるぐると回っているような恐怖にとらわれながらも、飛鳥はひたすらに足を動かし続けた。けれど、家につくことはおろか、森から出ることもできなかった。

紅い木漏れ日が消え、わずかな月明かりのみが森を照らすようになった頃、飛鳥は動けなくなった。歩きすぎて足が痛かった。足元が暗くて、うまく歩けなかった。だがそれ以上に、暗い森に一人取り残された恐怖が全身を縛っていた。

小鳥のさえずりは消え、代わりに正体不明の動物の鳴き声が響いている。胸の奥にわずかに残っている勇気を振り絞って足を踏み出そうとしても、迷路のように行く手を遮る巨樹に圧倒され立ち尽くしてしまう。空腹と下がってきた気温が、容赦なく体力を奪っていく。もはや飛鳥は、両手で肩を抱いて身を小さくすることしかできなかった。

森になんか入らなければよかった。ママの言うことを聞いていたらこんなことにならなかったのに。後悔して俯いていた飛鳥は、はっと顔を上げる。樹々のざわめきに混じって、遠くから声が聞こえた気がした。やけにエコーのかかった不気味な声が。

脳裏に、最近読んだ絵本のストーリーが蘇る。その物語では、森に迷い込んだ兄妹が魔女に囚われ、食べられてしまいそうになっていた。恐怖で震えがさらに強くなる。

『……あすかぁー』

また声が聞こえた。今度はもっとはっきりと。私の名前を呼んでる⁉　魔女が私を捕まえに来たんだ。すぐに逃げないと！　でも、どっちに？

森の樹々に反響しているその声は、どこから聞こえてくるのかはっきりしない。間違って魔女のいる方向にいったら捕まっちゃう。

飛鳥が立ちつくしていると、再び『……あすかぁー』と呼ぶ声が響き渡る。さっきよりさらにはっきりと。近づいてきてる。魔女が近づいてきてるんだ。

足から力が抜け、飛鳥は膝から崩れ落ちる。

『あすかぁー。いないのかぁー』声がさらに近づいてくる。

「来ないで！　来ないでよぉ！」飛鳥は両手で頭を覆って叫んだ。

『あすかぁー！　そこかぁー！　そこにいるのかぁー！』

声が大きくなる。飛鳥は座り込んだまま、頭を抱えて体を小さくする。

やがて、落ち葉を踏む足音がかすかに聞こえてきた。あたりが急に明るくなる。目を細め、顔の前に手をかざした飛鳥は、光の中に人影が立っていることに気づいた。喉の奥から悲鳴が迸る。

「大丈夫だ、飛鳥。俺だよ」

声が聞こえてくる。聞き慣れた優しい声が。まっすぐに浴びせられていた光が少しわきにそれ、数メートル先に立つ人影の姿がはっきりと見えた。

「パパ⁉」飛鳥は座り込んだまま声を張り上げる。

そこには父親である羽田将司《はだまさし》が、懐中電灯を片手に安堵の表情を浮かべていた。

「もう大丈夫だよ、飛鳥」

近づいてきた将司は、飛鳥の傍らに跪くと柔らかく抱きしめてくれた。力強いその腕から伝わってくる体温が、体を、そして心を温める。胸の中で感情が爆発する。

飛鳥は泣いた。父親の胸に顔をうずめて、大声を上げて泣き続けた。その間、将司は優しく抱きしめ続けてくれた。

やがて、飛鳥が泣き止むと、将司は羽織っていたコートで包み込むようにして抱き上げてくれた。

「心配したぞ。ここには入っちゃダメだってママに言われていただろ。飛鳥が森に入っていくところを近所の人が見ていたから、なんとか見つけられたけどな」

「……ごめんなさい」飛鳥は洟《はな》をすする。

「いいんだよ。飛鳥が無事だったんだから」

微笑んだ将司はズボンのポケットから携帯電話を取り出し、誰かと話す。

「ママにも連絡したよ。安心してたぞ。なあ、飛鳥。お腹すいているだろ?」

通話を終えた将司が訊ねてくる。飛鳥は「うん」と小さく頷いた。

「ママも飛鳥を探していたから、夕飯を作ってないんだって。だから、外でごはん食べて帰ろうな」

「ごはん? どこで食べるの?」

「ここなら、ちょっと歩けば森を抜けてパパの仕事場につく。そこに行こう」

将司は飛鳥を抱いたまま、懐中電灯を片手に歩き出した。

十分ほど歩くと森を抜けた。そこに広がっている光景に、飛鳥は「わぁ」と声を上げる。フェンスの向こう側に広がる闇の中に、色とりどりの光球が浮かんでいた。

「滑走路だよ」

「かっそうろ?」飛鳥は首をひねる。

「飛行機が離陸したり着陸する場所さ。ここでは夜間飛行の訓練もしているから、ああやって誘導灯も置いてあるんだよ」

言われたことが全部理解できたわけではなかった。ただ、父親がこの美しい場所で働いていることだけは分かった。それが誇らしかった。

「さて、行こうか」

将司に手を引かれてフェンスの外側を移動していく間、飛鳥は暗い空間に浮かび上がる宝石のような輝きを見つめ続けた。

「美味しいかい、飛鳥ちゃん」

顔を覗き込んできた白髪の老人に、飛鳥はカップラーメンをすすりながら頷く。

フェンスの外周を大きく回った将司は、飛鳥をこの小さな事務所へと連れてきた。仕事仲間だという老人は「こんなものでごめんね」と言って、飛鳥にカップラーメンをふるまってくれた。

ほとんど食べたことのなかったカップラーメンの味は刺激的で、なにより冷えていた体を内側から温めてくれて、飛鳥は必死に麵を口に運んではスープをすすった。

「パパ、このお部屋でお仕事しているの?」

ほぅ、とスープの匂いがする息を吐いたあと、飛鳥は訊ねる。

「ここで記録を書いたりもするけど、メインの仕事は操縦を教えることだよ」

「操縦? 教える?」

飛鳥が首を傾けると、老人が優しく微笑んだ。

「飛鳥ちゃんはパパのお仕事、知っているかい?」

「えっと、パイロット……でしょ。飛行機に乗るの」

両親に教えられてその程度の知識はあったが、具体的な内容までは知らなかった。

「パイロットっていうのはね、飛行機を動かして飛ばす人のことだよ。パパはね、もともとすごく優秀なパイロットだったんだよ。大きな飛行機にたくさんのお客さんを乗せてね、外国にまで連れて行っていたんだ。去年までね」

老人は飛鳥でも理解できるように、嚙んで含めるように説明をはじめる。将司が「おいおい」と顔をしかめるが、老人は「いいじゃないか」と手を振った。

「パパ、パイロットやめちゃったの？」

飛鳥の問いに、老人は首を横に振った。

「そうじゃないよ。飛鳥ちゃんのパパはね、いまも優秀なパイロットだ。ただ、たくさんの人を乗せて遠くの外国に行くのをやめて、ここで教官になったんだよ」

「きょーかん？」

「飛行機の飛ばし方を教える人のことさ。ここにはね、飛行機の飛ばし方を習いたい人がくるんだよ。飛鳥ちゃんのパパはね、そういう人たちと一緒に飛行機に乗って、操縦の仕方を教えてあげる先生をしているんだ。飛鳥ちゃんの幼稚園にも先生はいるだろ」

「うん、先生いる。パパ、先生なんだ！」

飛鳥の声が高くなる。先生は優しくて偉い人。そう認識している飛鳥にとって、父親が『先生』だということは嬉しかった。

「生徒は娯楽で自家用機を買うような、偉そうな金持ちばっかりだけどな」

将司が苦笑すると、老人はおどけるように両手を広げた。

「いいじゃねえか。その金持ちの道楽のおかげで、俺たちが稼げているんだから」

「でも、パパはなんで大きな飛行機に乗るの、やめちゃったの？」

「それはね、パパが飛鳥ちゃんのことを大好きだからさ」

老人は目尻にしわを寄せる。将司がなにか言おうとするが、老人が手を振って制した。飛鳥が「私のことが好きだから？」と聞き返すと、老人は大きく頷く。

「飛鳥ちゃんのパパはね、飛鳥ちゃんが可愛くて仕方がないんだよ。けど、遠くの外国まで行くようなパイロットをしていると、何日もお家に帰れなくて、飛鳥ちゃんとあんまり会えない。だから、もっと飛鳥ちゃんと一緒にいられるお仕事を選んだんだよ」

飛鳥は記憶をたどる。そういえば、東京にいるときはパパとあんまり会えなかった。よく遠くの国で買ってきてくれたお土産をくれたが、それでもちょっと寂しかった。けれど、こっちに引っ越してきてからは、パパは早く帰って来てくれる。

どうしてか分からないけれど、お胸があったかい……。口元を緩ませた飛鳥が視線を送ると、将司は照れ臭そうにはにかみながら窓の外を見た。

「今日は夜間飛行訓練の予約が入っていただろ？　機体、置きっぱなしじゃないか」

老人は「強引に話を変えやがって」と苦笑すると、大きく肩をすくめた。

「いまさっき、キャンセルの連絡が入ったよ。インフルエンザに罹ったんだってよ。まったく、こんな直前に連絡しやがって。こっちは準備整えて待っていたっていうのにさ」

「しかたないだろ。それに、キャンセル料は払ってもらえるんだから」

将司が諭すと、老人は苛立たしげにかぶりを振った。

「金の問題じゃねえよ。機体がかわいそうだろ。せっかく、いつでも飛べるように俺が念入りに整備してやったっていうのにさ」

「かわいそう……か」

視線を彷徨わせた将司は、口角を上げると、ぱんっと両手を胸の前で合わせた。

「飛鳥！」

声のボリュームに驚いた飛鳥は「な、なに？」と身を反らす。将司は目を細めた。

「パパの仕事場を見に行こうか」


機体が加速していくにつれ、滑走路に並んでいる光の点が繋がり、一本の線と化す。

「わあぁー！」

正面から押し付けられるような力を感じつつ、飛鳥は無意識に歓声を上げていた。

「離陸するぞ」

操縦席に座る将司が操縦桿を引いた。体が浮かび上がるような感覚。フロントグラスの向こう側に見えていた光の線が消え、代わりに満月の浮かぶ夜空がそこに広がった。

「怖くないか？」

「怖くない。すごい！　すごいよ、パパ！」

「そうだろ。すごいだろ」

目を細めながら将司は操縦桿を操る。夜空へと機体はまっすぐに駆け上がっていった。

やがて浮遊感が消える。のけぞるような体勢になっていた飛鳥の体も、まっすぐになった。飛鳥はシートベルトを付けたまま身を乗り出し、横の窓から外を眺める。

さっきまで目の前にあった誘導灯の光が、遥か眼下に小さく見える。飛行場の周囲には点々と、オレンジ色の光が散在していた。まるで、暗い池で蛍が瞬いているように。

「飛鳥、地面が光っているのが見えるかい？」

「見える！」飛鳥が窓にかぶりつきながら答えた。

「あの一つ一つがお家だよ。家の窓から零れる光が見えているんだ」

「あれがお家⁉ あんなに小さいのに⁉」声が裏返る。

「それくらい高く飛んでいるんだよ。綺麗だろ」

「うん、綺麗！ あの中に、飛鳥たちのお家もあるの？ どれ⁉」

「うーん、どれかまではさすがに分からないなぁ」将司は笑い声をあげた。「それより飛鳥、もっと綺麗なものを見たいかい？」

「うん、見たい！」

即答すると、将司は「よし、それじゃあ行こう」と操縦桿を倒す。機体が傾くが、飛鳥は恐怖をおぼえるどころか、さらに興奮して頬が熱くなっていった。

窓の外に見えていたオレンジ色の光が次第に減っていく。やがて、眼下にはただ漆黒の空間が広がるだけになった。

「ここだよ」

将司のセリフに、飛鳥は「ここ？」と眉をひそめた。

「パパ、なにも見えないよ」

「違う違う。下じゃない。上だよ」

「上？」と視線を上げた飛鳥は目を大きく見開く。そこには光の海が広がっていた。

無数に輝く色とりどりの星に覆いつくされた夜空。

宝石で埋めつくされたプールのごとき光景に、飛鳥は呼吸をすることも忘れてしまう。

「都会と違って街の光もないし、空気も澄んでいるから、綺麗に星が見えるんだよ」

将司の説明も、窓に両手をついて星空に魅せられている飛鳥の耳には入らなかった。

「パパ、あれ！　あれはなに⁉」飛鳥は空を縦に走る光の帯を指さす。

「あれは天の川だな。小さな星が集まって、川みたいに見えるんだよ」

「天の川……」飛鳥は夢見心地でつぶやく。

天空に広がる光景はあまりにも美しく、まるで夢の世界にいるかのような心地だった。

「パパは、いつもこんな綺麗なところでお仕事しているの」

「いつも、こんなに星がたくさん見えるわけじゃない。空はいつも違った表情を見せるからな。けどな、どんなときもここは美しいんだ」

将司の声を、飛鳥は天空に視線を吸い込まれたまま聞く。

「突き抜けるくらい蒼かったり、夕日に紅く染まる世界。そこに燃え上がる太陽や、地平線まで延々と続く真っ白な雲、七色の虹なんかが広がっているんだよ」

将司のセリフが、飛鳥の耳にはお伽噺のように魅惑的に響いた。

「なあ、飛鳥」外を眺める飛鳥に、将司が優しく語り掛けてくる。「そんなに空が気に入ったなら、飛鳥も将来パイロットになるか？　毎日この空でお仕事をするかい？」

「なる！　飛鳥、パイロットになってここでお仕事する。パパと一緒にお仕事する！」

「そうか。それは楽しみだな」

嬉しそうに言いながら将司は操縦桿を引く。機首が上がり、機体が再び上昇していく。

「飛鳥、正面の窓を見てごらん」

再び襲ってきた浮遊感と、席に押し付けられる感覚に戸惑っていた飛鳥は、言われた通りに正面を見て口を大きく開く。もはや声すら出なかった。無数の光彩に満たされた空間が、目の前に広がっていた。そこに向かって機体が飛び込んでいく。

まばたきをすることすら忘れ、飛鳥の意識は無限に広がる星空を泳ぎ続ける。

大きくなったらここで働く。この夢のような世界をパパと一緒に飛んでいく。飛鳥の小さな胸に、星の瞬きのようにキラキラとした決意が生まれた。

しかし、その夢は叶うことはなかった。将司が、愛する父親が空を捨てたから。

10

「……じゃあな、飛鳥」

冷たい風が吹く駅のホームで、将司が声を絞り出す。飛鳥は返事をすることなく、口をへの字に結んだまま俯いた。

「飛鳥、パパにさよならを言いなさい」

手を繋いでいる母親に促されるが、飛鳥は細かく首を横に振るだけだった。

「……飛鳥」将司が飛鳥の前で膝をつく。「パパはずっと飛鳥のことが大好きだからな」

「じゃあ、なんでお別れしないといけないの⁉　なんで一緒に住めないの⁉」

飛鳥の糾弾に、将司はただ哀しそうな笑みを浮かべるだけだった。

飛鳥が小学校に上がる頃から、それまで仲の良かった両親がたびたび喧嘩をするようになった。同時に、将司が家で酒を飲んでいる光景を見る頻度も増えていった。

酔っぱらっても将司は優しかった。酒臭いのが少し気になったが、それでも父が柔らかく頭を撫でてくれるのが嬉しかった。けれど、将司は仕事の、『空』の話をしてくれなくなった。飛鳥が空の話をねだると、つらそうな表情を浮かべて黙り込むようになった。そんな姿を見るのが嫌で、飛鳥も次第に話を振らなくなった。

両親の喧嘩の回数、酔った将司が家にいる頻度は増していった。そして小学二年生に上がる頃に、飛鳥は気づきはじめた。将司がすでにパイロットをやめていると。

その頃になると、飛鳥の頭を撫でるとき、将司の手が震えるようになっていた。その手に飛鳥が視線を注ぐと、将司は慌てて手を引いて顔を伏せ、「……お酒のせいでね」と言いわけするようにつぶやくようになった。いつの間にか、将司は仕事に行かなくなった。学校から帰宅すると、リビングで酔って寝ていることが多かった。

「ねえ、ママ。なんでパパはお仕事行かなくなったの？」

母にそう訊ねると、彼女は悔しそうに、そして哀しそうに唇を噛んだあと答えた。

「パパはね、お酒で仕事を辞めたの。アルコール依存症っていう病気になったの」

「病気なら、治ったらまたパイロットになって空を飛べるの？」

「ううん」母はゆっくりと顔を横に振った。「パパの病気はもう治らないの。あの病気のせいで、パパはパイロットを辞めなくちゃいけなくなって……」

そこで母は口元に手を当てて、押し殺した泣き声を漏らしはじめた。その姿を見て、飛鳥はもうこの質問をしてはいけないのだと子供ながらに悟った。そして飛鳥が小学三年生になる直前、両親の離婚が決定し、飛鳥は東京へと引っ越すこととなった。

友達との別れもつらかったが、それ以上につらかったのは大好きな父親と別れることだった。将司と別々に暮らすことになると知らされたとき、飛鳥は「絶対嫌だ!」と泣き叫び、何日も食事のとき以外は自分の部屋に閉じこもる生活を続けた。しかし、どれだけ飛鳥が反対しても、両親の関係はもはや修復しようがないほどに破綻していた。

そしてついに、別れの日がやって来た。東京へ向かう電車に乗る飛鳥を、将司は駅のホームまで見送りに来てくれた。

「なあ、飛鳥……」

洟をすする飛鳥の頭を、将司が撫でる。いつものように、細かく震える手で。

「会えなくなるわけじゃないよ。時々、飛鳥と会ってもいいんだって」

諭すように言われ、飛鳥は「うん、うん……」と頷く。

「パパも胸を張って会えるように、それまでにちゃんとお仕事探しておくからな」

「お仕事!?」飛鳥は勢いよく顔を上げた。「またパイロットのお仕事するの?」

「……そうだな。また飛べたらいいな」

寂しそうにつぶやくと、将司は飛鳥の頭をぽんぽんとたたいた。

「飛鳥もパイロットになるんだろ。また一緒に空を飛ぼうな」

「うん、飛ぶ。またパパの飛行機に乗って、一緒にお空に行こうね」

飛鳥の脳裏には、満天の星空を泳いだ記憶が蘇っていた。

「ああ、パパも病気を治すように頑張るよ。だから、飛鳥も頑張るんだぞ」

飛鳥が何度も頷くと、母が「そろそろ電車が……」と躊躇いがちに声をかけてきた。

将司は「分かった」と立ち上がる。

「飛鳥、出発の時間だから、ママと電車に乗りなさい。パパは外から見送るから」

促された飛鳥は、母に手を引かれて電車に乗り込む。窓側の席に座ると、外に将司の姿が見えた。その目は充血し、固く結ばれた唇は細かく震えていた。

足の下から重い駆動音が響き、電車が動き出す。

「飛鳥！」将司の声が窓越しに聞こえてきた。

「パパ！」飛鳥は窓ガラスに勢いよく両手をつく。

「また一緒に飛ぼうな！　また綺麗な空を見に行こうな！」

手を振りながら、将司はホームを走り出した。電車が加速していく。

「うん、一緒に行く。パパと空に行くの、楽しみにしてるから！」

飛鳥が叫んだ瞬間、窓の外を走っていた将司の姿が見えなくなった。駅から発車した電車は、田んぼの広がる景色の中を進んでいく。

「……パパ」

つぶやきながら、飛鳥は視線を上げる。雲一つない青空が、どこまでも広がっていた。

東京都武蔵野市にある母の実家に移り住んでからも、パイロットになるという飛鳥の夢は変わることはなかった。高校を卒業した飛鳥は、国際線のパイロットを目指してパイロット養成のための大学へと進学し、国家資格を取るための訓練や勉強に明け暮れるようになった。

月に一回は将司と会うことができた。カフェなどで将司と待ち合わせをして、昼食をとったあとに映画を見たりショッピングをする。それが、なによりの楽しみだった。

父親とのデートを楽しみにしていることを、友人たちからはファザコンだとよくからかわれたが、別に気にはならなかった。ただ、顔を合わせた将司が、アルコールの匂いを纏っていることが少なからずあった。かすかに震えている将司の手を見るたび、胸に鋭い痛みが走っていた。

将司はいつも飛鳥の話を笑顔で聞いているだけで、あまり自分のことについて話そうとしなかった。しかし、言葉の端々から漏れてくる情報により、彼が川崎市で警備員の仕事をしていることを知っていた。

もし、アルコールを断つことができたら、お父さんはまたあの美しい空を飛ぶことができるのに……。将司の震える手を見るたびに、身を焦がすようなもどかしさを飛鳥は味わっていた。

明日はお父さんとデートの日か。土曜日の夜、机に向かい参考書を広げていた飛鳥は、椅子の背もたれに体重をかけて背中を反らせる。長時間、同じ姿勢でいたため体が硬い。掛け時計に視線を送ると、時刻は午後八時を回っていた。

もうこんな時間なんだ。飛鳥は首をひねる。会う日の前日、将司は午後七時頃に電話をしてきて、待ち合わせ場所などの確認をする。しかし、今日はまだ連絡がなかった。仕事が忙しいのかな？　そんなことを考えていると、机の上のスマートフォンが着信音を立てはじめた。飛鳥は素早く手を伸ばす。

「もしもし、お父さん」

『……飛鳥』

聞こえてきた声に胸騒ぎをおぼえる。将司の口調は、どこか深刻な響きを孕んでいた。

「どうしたの？　なんか声に元気がないね。もしかして、明日なにか都合が悪くなった？　それなら、別に気にしなくていいよ。リスケすればいいだけだしさ」

『いや、ちゃんと明日は空けてあるよ。ただ、……ちょっと仕事で疲れていてね』

「そう。もう若くないんだから、あんまり無理をしちゃだめだよ。明日は渋谷のカフェで待ち合わせて、お買い物に付き合ってもらっていいんだよね？」

『あ、できれば待ち合わせ場所を変えたいんだ。調布の駅前のカフェはどうかな？』

「調布ぅ？」

不満が声に滲んでしまう。父親とのデートはできれば都心で楽しみたかった。調布もそれなりに都会だが、渋谷ほどはショッピングを楽しめる場所はないだろう。そもそも、すでに明日見に行く予定のお店を決めていたのに。

『……ダメか？』

「あ、ううん、そんなことないよ。分かった、それじゃあ調布で待ち合わせね」

弱々しい声に、反射的にそう答えてしまう。

『ありがとう、それじゃあ……』

将司は待ち合わせ場所を伝えてくる。飛鳥はそれを参考書の余白にメモしていった。

「了解。でも、お父さん、どうして調布に？　なにか特別な予定とかあるの？」

『それは……、明日説明するよ。そろそろ仕事に戻らないと。じゃあ、また明日』

早口でまくしたてられた飛鳥が、「うん、また明日」と答えると、すぐに回線が切れた。

どうしたんだろう？　様子が変だったけど……。飛鳥はスマートフォンを眺める。

まあ、いいか。明日になれば会えるのだ。詳しいことはそのときに聞けばいい。

「楽しみだなぁ」

口元を緩めた飛鳥はスマートフォンを机に置くと、再び参考書に視線を落とした。

翌日の正午過ぎ、指定された喫茶店に行くと、窓際の席ですでに将司は待っていた。

「飛鳥」将司は嬉しそうに大きく手を挙げる。

「ごめん、少し待たせちゃったね」

「いや、いま来たばかりだよ」

飛鳥はテーブルのカップに視線を送る。ほとんどコーヒーは残っていなかった。かなり前から待っていたのだろう。いつもと同じだ。

やっぱり、昨日の電話で少し様子がおかしかったのは、仕事が忙しかっただけだったんだ。飛鳥は笑顔を返しながら、テーブルを挟んで向かいの席に腰掛けた。

二人はカフェで昼食をとりながら、とりとめのない会話を交わす。それは、飛鳥にはなによりも幸せな時間でもあった。パイロットになるために必要な大量の知識を頭に詰め込む勉強と、毎日の厳しい訓練で疲弊していた心が癒されていく。

「そういえば、あと一年ちょっとで卒業だな。そのあと、飛鳥はどうするんだ?」

ハヤシライスを食べ終え、食後のコーヒーを飲みながら将司が訊ねてくる。口の中に入っているラザニアを飲み込んで、飛鳥は口を開いた。

「できれば、大手の航空会社に就職したいと思ってるんだ。最初は国内線からだろうけど、将来的には国際線の機長を目指したいな」

お父さんと同じように。飛鳥は心の中で付け足す。

「国際線の機長か。いいじゃないか、素晴らしい仕事だぞ」

「競争率は高いからなかなか難しいけどね。あくまで夢としてね」

「そんなことない。飛鳥ならきっとできる。だから自信をもって頑張るんだぞ」

将司は目を輝かせながら力強く言った。少し気恥ずかしくなって、皿に残っていたラザニアの最後の一口を食べたとき、飛鳥はふと違和感をおぼえる。いつもとなにかが違う気がする。しかし、それがなんなのかはっきりしない。飛鳥は眉をひそめながら、胸に湧いた感覚の正体を探る。

「どうかしたか？」

不思議そうに訊ねながら、将司は手にしていたコーヒーカップをソーサーに戻した。陶器がぶつかる小さな音が鼓膜をくすぐった瞬間、飛鳥は目を見開いた。

震えていない？　飛鳥は将司の手を凝視する。

将司の手は細かく震えていた。十年以上ずっと。だから、カップをソーサーに戻すときなど、いつも大きな音を立てていた。それなのに、今日はほとんど音がしなかった。

穴が開くほどに将司の手元を見つめ続けるが、やはり震えていない。将司は少しばつの悪そうな表情を浮かべると、テーブルで死角になる位置に手を引っ込めた。

治ったんだ。お父さんはやっと、アルコール依存症を克服したんだ。昂った気持ちを落ち着かせようと、飛鳥は紅茶を含むが、急いで飲んだせいでむせてしまった。

「大丈夫か。ほら、これを使って」

慌てて将司がハンカチを差し出してくる。しかし、飛鳥はハンカチではなく、将司の手を摑んだ。父の手に触れるたびに感じていた振動、心まで揺らし、細かいひびを入れていたあの震えを今日は感じることはなかった。

「お父さん、今日はどこに行くの？」

手を握りしめたまま訊ねると、将司の顔に緊張が走る。

「……そろそろ、出ようか」

質問に答えることなく、将司は席を立った。飛鳥は興奮を押し殺して父の後を追った。

カフェを出た将司は、飛鳥を連れてタクシーに乗り込み、目的場所が書かれた紙を運転手に渡した。発車したタクシーは住宅地から離れ、多摩川を越える。やがて左右に林が広がってきた。

移動している間、飛鳥は口を開かなかった。どこに行くのか、訊ねることをしなかった。質問をして、予想と違う答えが返ってくることが怖かった。

横目で隣に座る将司を見る。その横顔には、強い決意が漲っていた。

「お客さん、そろそろ着きますよ」

運転手が言うと同時に、左右にかぶさるように生えていた樹々が途切れ、目の前に広々とした空間が開けた。飛鳥の顔に笑みが広がっていく。

そこは飛行場だった。山間の土地に作られた飛行場。

「お父さん！」

甲高い声を上げると、将司は目を細めた。目尻にしわが寄る。

「十年前の約束、今日こそ果たそうな」

座席を通じてエンジンの息吹が伝わってくる。フロントグラスの向こう側には滑走路がまっすぐに伸びていた。プロペラが空気を激しく攪拌する音が響く。

一時間ほど前、飛行場でタクシーを降りた将司は受付に向かうと、予約していた小型のセスナをレンタルする手続きを行った。

いかに小型とはいえ、飛行機のレンタル料はかなりの高額だ。警備員の給料の中から、その代金を払うのは大変だったはずだ。けれど、飛鳥はその心配を口にはしなかった。

お父さんは病気を克服したことを、最高の形で伝えようとしている。それなら恥をかかせることなく、最高のプレゼントを喜ぼう。そう心に決めたときから、心臓の鼓動は加速を続けていた。頭の中には飛行機に初めて乗ったあの夜間飛行の記憶が、パイロットを目指すきっかけになったあの美しい思い出が、煌めきとともに蘇っていた。

手続きが終わると、飛鳥は将司とともにレンタルした小型のセスナに乗り込んだ。二人乗りの小さな機体は、あの記憶の中の飛行機に似ていた。

将司は機体を滑走路まで進めると、機首についているプロペラを加速させはじめた。

飛鳥はそっと、操縦席に座る将司を見る。表情はこわばり、額には脂汗が浮いていた。無理もない、十年以上も操縦をしていないのだ。しかし、不安は感じなかった。

飛鳥は伸ばした手を、操縦桿を握る将司の手に添える。将司が視線を向けてきた。

「大丈夫だよ。だってお父さんは、一流のパイロットなんだから」

不思議そうな表情で数回まばたきしたあと、将司の表情から硬さが消えていった。

「そうだな……。ああ、そうだ。俺は一流のパイロットだ」

将司は大きく息を吐くと、力のこもった眼差しを滑走路に向ける。機体が発進した。

滑走路に引かれた白線が、みるみる加速して迫ってくる。やがて、それが一本の線のように見えはじめたとき、将司が操縦桿を引いた。

機体が離陸し、浮遊感が体を包み込む。フロントグラスの向こう側に見えていた滑走路が消え、代わりに突き抜けるような青空がそこに広がった。

空に吸い込まれていくような感覚。訓練でいつも飛んでいるというのに、飛鳥の胸には初めて飛行機に乗ったときに勝るとも劣らない感動が広がっていく。

「はは、ははははは……」

幸せそうな将司の笑い声に、自然と口元がほころんでしまう。

やがて、上昇を止めた飛行機は水平飛行に移る。飛鳥はどこまでも広がっている空を眺めた。大海原に浮かんでいるような解放感。

「やっぱり空は気持ちいいね、お父さん」

「ああ……、本当に空は気持ちいいな」将司は嚙みしめるように答えた。

しばらく二人の間に会話はなかった。その時間が幸せだった。言葉などなくてもお互い分かり合っている感覚が、胸の奥を温かくしてくれた。

窓の外に広がる蒼天を眺めていた飛鳥は目を閉じる。瞼の裏には、十数年前に見た、宝石をちりばめたような夜空が広がっていった。

数分間、記憶の中の夜空を泳ぎ回った飛鳥は、ゆっくりと瞼を上げ、口を開く。

「お父さん、ありがとう。約束を守ってくれて。病気に勝ってくれて。私、すごく……」

操縦席の将司に向き直った飛鳥は、そこで言葉を失った。

「お父……さん……？」

声がかすれる。数分前、飛鳥が目を閉じる前までの将司は、そこにはいなかった。笑みを浮かべていた口は、軋むほどに歯を食いしばり、幸せそうに細めていた目は、血走って焦点を失っている。息遣いは荒く、唇の端からは涎すら零れていた。

「お父さん、大丈夫⁉　体調が悪いの？」

慌てて訊ねると、将司は熱にうかされたような口調でつぶやきはじめる。

「声が……聞こえる。空から声が……」

「声？　そんなもの聞こえないよ。どうしちゃったの？」

飛鳥はおずおずと手を伸ばす。その指先が肩に触れた瞬間、将司は勢いよく飛鳥の手を振り払った。操縦桿が振られ、機体が大きく傾く。飛鳥は小さく悲鳴を上げた。

「邪魔するな！　俺は空に行くんだ！　神が空にいるんだ！」

嚙みつくように言う将司の剣幕に、体がすくむ。

「神って……、なに言っているの……？」

操縦席に座っている人物は、もはや父親ではなかった。父親の形をした何者かが、この飛行機を操縦している。私の命を握っている。腹の底が一気に冷えていく。

「すぐに着陸して！　お願いだから！」

飛鳥が叫ぶが、将司は虚空を見つめたまま、「神が……、神がいる……」とつぶやくだけだった。

管制に異常を伝えないと。航空学校でくり返した非常時の訓練が、パニックに陥りかけている心のバランスをなんとか支えてくれた。飛鳥は無線に手を伸ばす。しかし、機内無線を取る寸前、将司が飛鳥の手首を摑んだ。骨が軋むような痛みが走る。

「お願い、お父さん、やめて。なんでこんなことをするの？」

涙で視界が滲んでいくのをおぼえながら、飛鳥は声を絞り出す。

将司の顔に笑みが浮かんだ。見るに堪えない、痛々しく歪んだ笑みが。

「もちろん、お前と一緒に空を飛ぶためだよ。ずっと一緒に……」

次の瞬間、将司は操縦桿を倒した。機首が下がり、椅子から体が浮かび上がる。シートベルトが肩に食い込む痛みに顔を歪めつつ、飛鳥は目を剝いた。フロントグラスの向こう側に地面が見えた。急速に迫ってくる地面が。下降、いや墜落している。

「操縦桿を引いて！　上昇して！」

声を張り上げるが、将司は魅入られたように迫ってくる地面を凝視するだけだった。

地面の接近を告げる不吉な警告音が機内に響き渡る。

前方からのしかかってくる重力に耐えながら身を乗り出した飛鳥は、必死に操縦桿に手を伸ばす。もう、地面はすぐそこまで迫っていた。

操縦桿に手が届いたと同時に、飛鳥は全力でそれを引く。機首がぐっと上がった。地面に向かっていた機体が、急速に減速する。

しかし、遅かった。機体は水平に近い飛行に戻っていくが、前方には鬱蒼とした林に覆われた山が立ちはだかっていた。どれほど機首を上げても、もはやそこを越えるほどの角度をつけることは叶わない。

小さな機体はまっすぐに山肌へと向かっていく。密生した樹々がフロントグラスに迫ってくるのを、飛鳥はただ呆然と眺めることしかできなかった。

「飛鳥ぁー！」

将司の叫び声が響き渡る。衝撃が全身に叩きつけられた。


事故から二週間ほど経った昼下がり、半分になった視界で飛鳥は病院の天井を眺める。片目しか見えず、遠近感が曖昧になっているため、天井の模様が迫ってくるような錯覚に襲われる。

事故のあと、飛鳥が全身に走る激痛とともに意識を取り戻したのは三日後だった。四肢や肋骨を骨折し、何十針も縫うような傷を負ったが、なんとか一命をとりとめていた。救急搬送された大学病院で、すでに骨折に対しての手術は終え、主治医の言葉を信じるなら運動機能に大きな後遺症はないだろうということだった。

「あんな激しい事故で、生きていたのは奇蹟ですよ」

昏睡状態から目醒めた飛鳥に、主治医はそう言って笑顔を見せた。

「……けど、生きていてなんの意味があるんだろう？」

口から零れた言葉が、ふわふわと空中を漂う。

砕け散ったフロントグラスの破片によって激しく傷ついた右目は、ほぼ失明状態となっていた。片目の視力を失う、それはパイロットになるという夢を、憧れ続けた大空を失うことと同義だった。眼科の医者から、どうにかしたら視力を取り戻す可能性があるといった説明を受けたような気がするが、その言葉は耳を右から左へと流れていった。

視力が戻ったとしても、私はもうあの空を取り戻せない。幼いときに見た、燦爛たる星空を。

いつも、目を閉じればあの宝石のような輝きで満たされた空が瞼の裏に映し出された。しかし、いまはそれができない。思い出そうとすれば、墜落の記憶が、あのみるみる地面が迫ってくる記憶が蘇り、パニックになるだけだ。

空っぽになってしまった。私はいま、なにも持っていない。

事故のあとずっと、ふわふわとした感覚に囚われていた。気を抜けばふっと『自分』が消えてしまいそうな感覚。

「お父さん……」つぶやいた瞬間、わずかにだが現実感が戻ってきた気がした。

あの時、お父さんになにがあったのだろう？　なぜ、あんな事故が起きたのだろう？

この数日間、繰り返してきた疑問が頭に浮かぶ。毎日、面会に来てくれている母親に、何度か同じ病院に搬送されたという父の状況を訊ねたが、そのたびに痛みに耐えるような表情で「忘れなさい」と言われるので、質問できなくなっていた。

病室の扉が開く。左目だけを動かして見ると、母が顔を覗かせていた。

「飛鳥、どう、調子は？」

おずおずと訊ねてくる母親に、飛鳥は「まあまあ」と投げやりに答える。

「そう、良かった。あのね……、実は飛鳥と話をしたいっていう人がいるんだけど……」

落ち着かない様子で言う母の後ろに、大柄な男が立っていることに気づく。

「失礼しますよ」

野太い声であいさつをしながら、くたびれたスーツ姿の中年男が入ってくる。威圧感のあるその態度に、飛鳥は反感と軽い恐怖をおぼえた。

「どなたですか？」

訊ねると、男はスーツの胸ポケットから二つに折りたたまれた手帳のようなものを取り出し、飛鳥に向かって突き出した。

「多摩中央署の刑事です。ちょっと聞きたいことがありまして。もっと早く話をしたかったんだけど、主治医に止められていまして。ようやく許可が下りたんですよ」

まくし立てるように言われ、動きが悪くなっている頭が混乱する。

「なんで刑事さんが私に話を……？」

「事件についての詳細を聞きたいからですよ。小型飛行機が墜落した事件のね」

林に向かって墜落していく光景がフラッシュバックした。息が乱れる。

「あの……、娘は事故のショックからまだ回復していなくて……」

母が弱々しく抗議をするが、刑事は面倒そうに手を振った。

「分かっていますって。だから、ちゃっちゃと終わらせますから」

「事件ってどういうことですか？　あれは事故じゃ……？」

飛鳥は骨折していない左手で頭を押さえる。

「ええ、最初は単なる操縦ミスか機体の不具合による事故だと思っていたんですよ。けれど、フライトレコーダーを調べたところ、そうじゃない可能性が高くなったので、事件として捜査することになったんです。殺人未遂事件としてね」

「殺人⁉」飛鳥は目尻が裂けそうなほど、左目を見開く。

「ええ、そうですよ。フライトレコーダーの記録では、墜落の数分前から操縦していたあなたの父親がおかしなことを口走っていることが記録されている。そして、その後、明らかに故意と思われる操作により、飛行機は墜落した」

言葉を切った刑事は、無精ひげの生えているあごを撫でた。

「羽田将司はおそらく、あなたを殺そうとしたんですよ」

「お父さんが……私を……？」

なにを言われたか分からなかった。

「違います！」

ベッドから体を起こそうとした飛鳥は、折れた肋骨に走った痛みにうめき声を漏らす。

「違います！　お父さんがそんなことするはずがない！　だって、お父さんは……」

「あなたを愛していた？」からかうように刑事は言った。「そうなのかもしれませんね。調べたところ、羽田将司はあなたにとても執着していたようだ。けれど、あなたを殺そうとすることと、あなたを愛していたことは、別に矛盾はないんですよ」

「どういう……意味ですか？」飛鳥は喘ぐように訊ねる。

「簡単なことですよ。羽田将司はたんにあなたを殺したかったんじゃない。あなたと一緒に死にたかったんだ。つまり、今回の事件は正確には心中未遂ということですな」

「しん……じゅう……」

ショートしかけている脳細胞には、すぐにはその意味が浸透していかなかった。

「人生に絶望した羽田将司は、あなたと一緒に死ぬことを望んだ。一人娘とかつてのように飛行機で空を飛び、そして墜落して心中する。それが彼の計画だったんですよ」

「ち、違う……。お父さんは、そんなことする人じゃ……」

「そう信じたい気持ちは分かりますよ。けれどね、羽田将司はもうあなたの知る父親ではなくなっていたんですよ。数ヶ月前からね」

「なにが言いたいんですか⁉　はっきり言ってください！」

飛鳥はヒステリックに叫ぶ。これ以上、もったいぶった物言いに耐えられなかった。

「それならはっきり言いましょう。羽田将司は末期の膵臓癌だったんですよ。数ヶ月前に、あと一年はもたないだろうと宣告されていたらしいです」

あまりにも唐突に突きつけられた情報に、思考が真っ白に塗りつぶされる。

「それ以来、彼は精神的にかなり不安定になっていた。そして限界まで追い詰められ、押しつぶされそうな現実に耐えきれなくなった羽田将司は、自殺を決意する。けれど、一人で死ぬのは怖いから、最も愛している娘と一緒に……」

「やめて！　もうやめて！」飛鳥は叫ぶと、ギブスが嵌められていない右手で頭をかきむしる。

大好きなお父さんが私を殺そうとした。ずっと乗ってきた飛行機を凶器にして、あの美しい空で私を傷つけようとした。そんなこと信じたくなかった。

「これは失礼、ちょっと調子に乗りすぎましたかね」

たいして反省を感じさせない口調で刑事は言う。

「そういうわけで、精神的に破綻した末の犯行だと思われます。そう考えれば、飛行機を墜落させる寸前に、彼がおかしなことを口走っていたことにも説明がつきますからね」

「……違う」

蚊の鳴くような声でつぶやくと、刑事は「ん？　なにか言いましたか？」と身を乗り出してきた。飛鳥はその顔を睨みつける。

「適当なこと言わないで！　お父さんはそんな弱くない！　癌になったからって、自殺を考えるような人じゃない。だから、あれは……」

刑事が鼻を鳴らしたのを見て、飛鳥のセリフは尻すぼみになっていく。

「すいませんね、一つ大切なことをお伝えし忘れていました。先日、羽田将司は病室で首を吊って自殺をしたんですよ」

思考が硬直する。その意味を理解することを心が、感情が拒絶した。

「床頭台には遺書らしきメモがなぜか運転免許証と一緒に置かれていて、そこには『すまない　許してくれ』と乱れた字で書かれて……」

遠近感が失われた視界の中で、刑事の声がやけに遠くから聞こえてきた。

主治医の予想通り運動機能に後遺症を残すことなく、事故から二ヶ月ほどして飛鳥は退院することができた。しかし、四肢の怪我は治っても、右目の視力が戻ることはなく、それ以上に深く傷ついた心の傷が癒えることもなかった。実家に戻った飛鳥は、ほとんど外出することもなく、魂が抜けたかのように毎日を無為に過ごすようになった。

眼帯をしている自分の姿を見るのが嫌で、部屋にあった鏡は全部押し入れの中にしまい込んだ。

特別な治療をすれば、右目の視力が戻るかもしれないという話を眼科の医者からあらためて説明されたが、飛鳥はそれを拒否した。全てを失[redacted]空っぽにな[redacted]たいま、視力を取り戻[redacted]すことになんの意味があるのか分からな[redacted]かった。

そんな飛鳥[redacted]心配して、母は[redacted]治療を[redacted]

最初は[redacted]全然[redacted]

でも[redacted]先生は[redacted]次第に楽に[redacted]

[redacted]あの日[redacted]だから[redacted]その場所[redacted]

飛鳥は[redacted]意識[redacted]消えて[redacted]

消えて[redacted]全部消え[redacted]

11

「うわあっ⁉」

大きな悲鳴が上がる。

「愛衣、大丈夫？　どうしたの⁉」

幼児のような声に、私はせわしなく首を振った。すぐそばで、うさぎ猫が大きな瞳で不安そうに見つめていた。その長い耳は上方に向かってはためいている。

唐突に体の感覚が戻ってくる。すさまじい速度で落下している感覚が。

「ク、ククル？」

必死に状況把握につとめ、パニックになりかけている心の均衡を取り戻そうとする。延々と墜ち続けているこの感覚があるということは、戻ってきたんだ。飛鳥さんが創り出した夢幻の世界へ。

「ククル？　じゃないよ。急に悲鳴を上げたから驚いたじゃないか」

「え？　もしかしてさっきの悲鳴って私の声なの？」

目をしばたたかせると、ククルは呆れ顔になる。

「気づいていなかったの？　そうだよ、片桐飛鳥のククルに触れて瞑想《めいそう》状態になっていたかと思ったら、急に大声上げてさ。いったいなにがあったんだよ？」

「……飛鳥さんの記憶を見たの。子供の頃から最近まで、ずっと。けど、飛鳥さんが事故に遭ってからの記憶を見ていたときに、なんて言うか、ノイズみたいなものが入って、うまく見えなくなったというか……、記憶の世界から弾き出されたというか……」

「弾き出された、か」ククルははためいていた両耳を組む。「もしかしたらその記憶は、片桐飛鳥がマブイを吸われたことに関係することなのかもね」

「え？　どういうこと？」

「現実世界で片桐飛鳥は、誰かにマブイを吸われたわけでしょ。それって、彼女のマブイにとってはすごい恐怖だったと思うんだよ。強引に体から引き剝がされたんだからね。人間というのは自分の限界を超えた恐怖の記憶を思い出さないように、消し去ったり、心の奥底に隠したりする。自分自身が壊れてしまわないようにね。分かるでしょ」

「……うん、分かる」

　そう、私にはその気持ちが分かる。文字通り、痛いほどに。

　二十三年前のおぞましい事件。そのときの記憶が私にはほとんどない。人間は記憶を消したり、書き換えたりする。自分の心が、マブイが壊れてしまわないように。

「そのノイズがかかった部分の記憶というのは、片桐飛鳥のマブイを吸った人間、または吸われた状況に関係するものだった可能性が高いね」

「それって、すごく重要な部分じゃない！　その記憶を見れば、誰が飛鳥さんのマブイを吸ったのか、誰のせいでイレスになったのか分かるんでしょ！」

　ククルは興味なげに「まあ、そうかもね」と前足の付け根をすくめた。

「じゃあ、どうにかして、そこの記憶をはっきり見ないと」

「どうして？」不思議そうにククルは首をかしげる。

「どうしてって、その犯人、サーダカンマリだっけ？　その人は飛鳥さんだけじゃなくて、他の三人のマブイも吸っている可能性が高いんだよ。なら、見つけて……」

「見つけて、どうするの？」

真顔で問われ、私は「それは……」と言葉に詰まる。

「彼らのマブイを吸った人物は、意図的にそれをしたとは限らない。他人のマブイを吸ったって、別に快感だったり、元気になったりするわけじゃないからね。というか、三人分ものマブイを吸収したら、キャパシティオーバーで自分自身にかなりの負担がかかる可能性が高いんだよ」

「そういうものなんだ……」

「だから、その人を見つけたところで、吸われたマブイを解放できるとは限らない。なにかの拍子に、無意識にマブイを吸い込んでいたら、自分の意思で解放するのは難しいだろうからね」

「じゃあ、飛鳥さんたちのマブイを解放して、目を醒ませるためには……」

「そう、マブイグミをするしかない。マブイの負った傷を癒して、自力で脱出させるしかないんだよ。そのためにはまず、そこまでマブイが傷ついた原因である、つらい経験を知る必要があるんだ。で、片桐飛鳥の苦しんでいる理由については分かったの？」

「うん、飛鳥さんのお父さんがパイロットで……」

私が説明をしようとすると、「言わなくても大丈夫」とククルが身をよじるようにして近づいて来た。長い耳で包み込むように私の頭を摑んだ彼は、大きな瞳を閉じる。ククルと私の額が触れる。その部分に淡いオレンジ色の光が灯った。

「うん、なるほどね。だいたい分かったよ」

「いまので、分かったの⁉」

驚いて声を上げると、ククルは自慢げに鼻を鳴らした。

「僕は愛衣のククルだからね。僕と愛衣は繋がっているんだよ。しかし、想像以上に深刻だね。大好きだった父親に、特別な場所だった空で殺されかけるなんてさ。そりゃ、マブイも衰弱するはずだ。さて、どうしたもんかねえ」

「普通のマブイグミではこれからどうするの？」

「うーん、ここまで重い問題を抱えていることは少ないんだよね。普通は時間が癒してくれたり、狭くなっている視野を広げてあげたりすれば、ある程度は癒せるくらいの悩みのことが多いんだ。逆を言うと、それくらいの悩みでも衰弱するくらい、人間は弱い生き物ってことだね」

ククルは皮肉っぽくウィスカーパッドをくいっと上げる。

「なんとなくカウンセリングに似ているね」

私も袴田先生のカウンセリングによって、あの悲惨な体験に対応する方法を学び、救われた。

「でも、ここまで悲惨な体験をしているとなると、簡単じゃないよ。愛する家族を失うことだけでもつらい経験なのに、そのうえ大好きな父親に殺されかけたなんてさ」

ククルは猫とは思えない渋い表情を作る。

『……違う』

どこからか声が聞こえた気がして、私ははっと顔を上げる。

「うん？　どうかしたの？」

「なにか、声が聞こえてきたような……。頭の中に直接響いてくるような感じで……」

そのとき再び『……違う』という、弱々しい声が頭に響いた。

「ほら、また聞こえた。ククルには聞こえないの？」

「……ああ、なるほどね」ククルは不敵な笑みを浮かべる。

「誰の声か分かったの？」

「そんなの簡単じゃないか。僕の声じゃないとしたら、ここには他に誰がいる？」

「誰がって……」

私は緩慢な動きで振り返る。そこに浮かんでいる、いや墜ち続けている光の繭を。その中で羽を折りたたんでいる小鳥の、飛鳥さんのククルの左目がかすかに開いていた。

「あなたが喋っているの？　違うってどういう意味？　詳しく教えて!?」

勢い込んで訊ねるが、再び『……違う』という弱々しい言葉が響くだけだった。

「無理だよ。このククルは仮死状態みたいなものなんだ。詳しい説明なんかできないよ」

「けれど、なにか必死に伝えようとしているんだよ！　さっきから必死に『違う』って」

「違う、ね」ククルは押し殺した声でつぶやく。「もしかしたらこのククルは、片桐飛鳥自身が気づいていない事実を、僕たちに伝えようとしているのかもしれないね」

「え？　そんなことがあり得るの？」

「えっとね、ククルはマブイを映す鏡みたいなものだけど、それ自身が意思をもつ存在でもあるんだよ。だから、その人物が経験した事柄を、ちょっと違うふうに見たのかもしれない。ほら、物事って見る角度によって、別のかたちに見えたりするでしょ」

なぜか、ククルは早口で言う。取ってつけたような説明に完全に納得したわけではなかったが、飛鳥さんのククルがなにかを伝えようとしていることは間違いなかった。なにか重要なことを。

「どうにか、飛鳥さんのククルが伝えようとしていることを知る方法はないの？」

「あるよ」ククルは言う。「ユタの能力を持っている愛衣なら、このククルの想いを汲み取ることができるはずだよ。このククルと波長を合わせるんだよ。感情の波長をね」

「感情の波長……」

私は繭の中にいる小鳥の弱々しく開いた左目と視線を合わせる。

「ねえ、知っていることがあったら教えて。私は飛鳥さんを助けたいの。心を縛っている鎖から、彼女を解き放ってあげたいの。だから、お願い」

優しく声をかけると風が吹いてきた。繭から流れてくる、穏やかな風。それは落下に伴って下方から吹き上げてくる空気の流れの中でも、はっきりと感じることができた。

小鳥を包む繭がはらりとほどけて、数本の光の糸が風に乗って向かってくる。その糸が体に触れた瞬間、私は体を大きく反らした。

頭の中で花火のように、様々な光景が弾けては消えていく。

白い布にくるまれた新生児、フロントグラスの奥に広がる夜空、無数の計器に覆われたコックピット、赤ワインの瓶、細かく震える手、レントゲン写真、机の上に置かれた十数個の白い錠剤、歪みながら迫ってくる地面、床頭台に置かれたメモと運転免許証、カーテンレールにかけられ輪を作っているベッドシーツ……。そして、笑顔。

幼児の、少女の、大人の女性になった飛鳥さんの笑顔が繰り返し浮かんでは消えていった。

「いまのは……？」頭の中の映像が消えると、私は呆然とつぶやく。

「どうやらいまのが、片桐飛鳥のククルが伝えたかったことみたいだね」

いつの間にか、私のこめかみに頭を当てていたククルがつぶやいた。

「でも、抽象的過ぎてなにがなんだか……。あれだけじゃ、なにも分からないよ」

「そんなすぐに諦めてどうするのさ」ククルの目付きが鋭くなる。

「いまのメッセージは、衰弱した片桐飛鳥のククルが、残った力を振り絞って送ったものだよ。愛衣なら片桐飛鳥を救えるかもしれないと思ったからこそ、このククルはそこまでのことをしたんだ。彼女を救うんだろ。必死に考えるんだよ。このククルがなにを伝えたかったのかさ」

ククルの眼差しに射抜かれ、私は口元に力を込める。そうだ、私は飛鳥さんの主治医だ。深い底なしの昏睡から彼女を救うために、この世界にやって来た。

だから、全力を尽くそう。彼女を、そして私自身を救うために。

私は目を閉じ、飛鳥さんのククルが伝えてきた映像を思い出す。

あの映像の中には飛鳥さんの姿が何回も出てきた。あれらは、羽田将司という人物が飛鳥さんを愛していたことを示しているはずだ。

愛していたからこそ、将司さんは自分もろとも飛鳥さんを殺そうとしたのだろうか？ 末期癌によりうつ状態になり、無理心中を試みたが失敗し、最愛の娘を傷つけたことを後悔して首を吊った。表面だけをなぞれば、一連の事件はそう見える。

「神の声が聞こえる……か」

私は瞼を落としたままつぶやく。墜落する寸前、将司さんが口にしたその言葉が気になっていた。

たしかに、精神疾患によっては妄想や幻覚などが生じることがある。しかし、神からの啓示のような幻聴を聞くというのは、うつ病の症状としてはあまり生じない。

違う種類の精神疾患や、違法薬物の影響で……。

机の上にいくつもの錠剤が置かれた光景を思い出す。

もしかして、あれは違法薬物で、その影響で錯乱状態になって……。

いや、違うな。私は首を振る。一見したところ、あれは違法薬物ではなく、正式に処方された錠剤という感じだった。そもそも、大量の違法薬物を飲んでいたなら、飛行機に乗る前に錯乱状態になっているはずだ。その手のクスリは、内服してから効果が出るまでの時間が短い。

あの錠剤はいったいなんの薬だったのだろう？　抗癌剤？　それとも、抗うつ薬？　どちらにしても、一度にあんな大量に内服することは……。

そこまで考えたとき、私は目を見開く。脳細胞が一気に発火した気がした。

手の震え、アルコール依存症、大量の錠剤、そして……神の声。

全てのピースが複雑に組み合わさっていき、青写真が浮かび上がっていく。

どこまでも哀しい青写真が。

「逆だったんだ……」その言葉が口から零れる。

「逆？　それって、どういうこと？　愛衣、なにか気づいたの？」

ククルが訊ねてくるが、私は答えることなく上方を、漆黒の闇に覆われた空間を仰ぐ。

「飛鳥さん、聞こえる？　羽田将司さんはあなたを殺そうとなんかしていなかった！　あなたと心中する気なんかなかったの！」

喉を嗄らして張り上げた声が、闇に吸収されていく。それでも私は叫び続けた。

「ここがあなたの夢の中なら、どこかにいるんでしょ。お願いだから話を聞いて！」

かすかに声が聞こえた。か細い泣き声が。私はそちらの方向に視線を向ける。闇の中にうっすらと少女が、幼い飛鳥さんがうずくまっていた。暗い森のなかで迷子になっていたときと同じ姿。

私やククルとは対照的に、彼女の髪や服は下からの風にはためいてはいなかった。私は背中で折りたたんでいた羽をわずかに動かして、彼女のそばに近づく。

「飛鳥さん」震える肩に向かって伸ばした手は、彼女の体をすり抜けた。

「触ることはできないよ」ククルが言う。「片桐飛鳥のマブイ本体は誰かに吸い込まれたままで、この夢幻の世界にはいないからね。この子は、彼女のマブイがこの世界に創り出した身代わり、幻影にすぎない」

「でも身代わりってことは、飛鳥さんは聞いているのよね？」

「夢幻の世界を創り出しているマブイは、しっかりと意識があるわけじゃないけど、なんとなく聞こえているとは思うよ」

なら、それで十分だ。説明をしようと口を開きかけた私は、いつの間にか周囲の闇の中に無数の大樹が浮かび上がっていることに気づく。反射的に下を、落下している方向を見る。しかし、そこには底なしの深淵が広がるだけだった。

「……夢幻の世界が、また変化をしているね」

警戒が色濃く浮かぶ口調でククルがつぶやいた瞬間、遠くから『あすかぁー』という、やけにエコーがかかった声が聞こえてくる。男とも女ともつかないその声には、明らかに相手に恐怖を与えようという意図が溶け込んでいた。身がすくんでしまう。

『あすかぁー、どこにいるんだぁー、出ておいでぇー』

「これって、飛鳥さんが林で迷ったときの……」

「うん、その記憶をもとに創られた世界だろうね。けれど、そのときに助けに来てくれた父親は、いまの彼女にとっては自分を殺そうとした人物に他ならない。だから、この世界で気味の悪い声を出している存在は……、あまり考えたくないね」

あの有名な童話の中で、子供たちを食べようとした魔女のように、危険な存在が近づいてきている。背中を冷たい汗が伝った。

「飛鳥さん、聞いて。将司さんは、あなたを殺そうとなんてしていなかったの」

早口で言うと、体育座りをしていた飛鳥さんは、顔を緩慢に上げた。

私は軽く身を反らす。そこには三つの顔があった。幼稚園生、小学生、そして大学生の飛鳥さんの顔がホログラムのように重なっていた。

『嘘よ、パパは私を殺そうとしたの』

三人分の声が重なり合って聞こえる。その間も『あすかぁー、どこだぁー』という不気味な声がどこからともなく響いてきた。

「パパ、お酒を飲んで、パイロットを辞めちゃったの」

「私よりも、お酒の方が大事だったの」

「末期癌になったお父さんは、私を道連れにしようとしたの」

三人の飛鳥さんが口々に苦悩を吐き出していく。

「違う。たしかにそう見えたかもしれない。けれど、実際は違った。パイロットを辞めたのは、お酒のせいじゃない。離婚したのも、お酒がやめられなかったことが原因じゃないはず。なにより、彼は心中なんてしようとしていなかった。あなたのお父さんは、約束を守りたかっただけなの。あなたと一緒にもう一度、大空を飛ぶっていう約束を」

必死に言葉を重ねると、幼稚園生の飛鳥さんの体が一瞬膨らんだ気がした。小さな体から分裂するように、人影が私の前に立ち上がる。それは大学生の飛鳥さんだった。

「なら、なんでお父さんはわざと墜落したの？」

「それはあの時、将司さんは幻覚に囚われて、わけが分からなくなっていたから……」

「じゃあ、やっぱりお父さんはお酒をやめられていなかったってこと？」

大学生の飛鳥さんは、つらそうに細い眉をしかめた。

「違う、お酒はやめていた。幻覚の原因はアルコールじゃなく、病気だったの」

「病気？　それってアルコール依存症のことでしょ。それなら、やっぱり……」

「アルコール依存症じゃない。将司さんは、他にもう一つ病気を持っていたの。だからこそ、将司さんはパイロットを辞めないといけなかった」

体育座りしている幼稚園児の飛鳥さんの体が、再び少し膨らんだように見えた。その体から、小学生時代の飛鳥さんが分離する。

「パパはお酒のせいでパイロットを辞めたんじゃないの？」

「そうよ。飛鳥ちゃんのお父さんは、意志が弱くてお酒がやめられなかったわけじゃない。ただ、病気のせいでパイロットができなくなったの」

小学生の飛鳥さんに言うと、大学生の飛鳥さんが険しい表情で身を乗り出してきた。

「嘘よ！　だってお父さんは、お酒を飲み過ぎて手が震えるようになってパイロットができなくなったんだから！」

『あすかぁー、そこかぁー。そこにいるのかぁー』

悪意に満ちた声が近づいてきた。その声の主が、もうすぐ姿を現す。焦燥が胸を焼く。

「飛鳥さん、逆なの。お酒の飲み過ぎで手が震えるようになったんじゃない。将司さんは手が震えるようになったせいで、お酒を飲むようになったの。病気のせいで手が震えて空を捨てないといけなくなって、その絶望でお酒を飲むようになった」

「病気のせいで、手が震える……？」大学生の飛鳥さんは探るような口調でつぶやく。

「そう、手を震わせていた病気は、アルコール依存症じゃない。その病気は……」

そこで言葉を切った私は、大学生の飛鳥さんの目をまっすぐに見つめながら告げる。

彼女の父親の体を蝕んでいた病の名を。

「パーキンソン病よ」

パーキンソン病。脳内にある黒質という部分の神経細胞が変性することによって、運動機能が阻害されていく難病。そして、パーキンソン病の最も特徴的な症状として安静時の手指振戦、つまりは手が細かく震えることが挙げられる。

「ぱーきんそん……びょう……？」

大学生、小学生、そして幼稚園児の三人の飛鳥さんの、訝しげな声が重なる。

「そう、パーキンソン病。手が震えたり、細かい動作が苦手になる原因不明の神経疾患。あなたのお父さんは、その病気のせいでパイロットを辞めることになった。大好きだった空を捨てないといけなくなった。彼の手が震えていたのはアルコールのせいじゃなくて、病気のせいだったの」

私は必死に言葉を紡いでいく。

『そこかぁー！　あすかぁー、そこにいるのかぁー！』

猛獣の唸りのような声がさらに大きくなり、枯葉を踏みしめる足音が聞こえてきた。

もうすぐ〈なにか〉がやってくる。明らかな悪意を持った〈なにか〉が。

「だったら、なんだっていうの？　お父さんが私を殺そうとしたことには変わりない！　お父さんは一人で死ぬのが怖くて、私を道連れにしようとしたの！」

大学生の飛鳥さんは、迷いを振り払うかのようにかぶりを振った。

「ねえ飛鳥さん、聞いて」

炎で炙《あぶ》られるような焦りを必死に押し殺しつつ、私は話し続ける。

「お父さんは、あなたと心中するために飛行機に乗ったんじゃないの」

「じゃあ、なんで飛行機は墜落したの⁉　お父さんは間違いなく、わざと飛行機を墜とした。そのせいで私は片目を失明して、ずっと憧れていた大空を……」

私は言葉を詰まらす飛鳥さんにそっと手を伸ばし、実体のないその体に触れた。感触はないが、かすかに掌に温かさ、彼女の意思の存在が伝わってくる。

「飛行機が墜落直前、将司さんの様子は普通じゃなかった。そうでしょ？」

うつむいていた飛鳥さんは緩慢に顔を上げ、かすかに頷いた。

「あの時、あなたのお父さんは幻覚に囚われていたの。そのせいで、正常な判断ができなくなっていた。決してあなたを傷つけたかったわけじゃない。全部、病気が原因なの」

「……あれも、病気の症状だったの？」

「いいえ」私は首を横に振る。「あれは病気自体の症状じゃない。薬のせい。薬の副作用が、将司さんに幻覚をみせたの」

「副作用……？」

「そう、パーキンソン病は脳の一部でドパミンっていう神経伝達物質が不足することが原因で生じる。だから、治療ではドパミンを補充する。ただ、ドパミンを過剰に投与された場合、幻覚や妄想が生じる場合があるの。例えば、神様からの声のような幻聴が聞こえたり」

大学生の飛鳥さんは目を大きく見開く。そのとき、彼女の背後に生えている樹々の奥で、なにかが蠢いた。なにか、黒く巨大なものが。

「愛衣、急いで。そろそろ……来るよ」

無言で成り行きを見守っていたククルが、身を低くしながらつぶやく。

「待って！　もう少しだから！」

私が叫ぶと同時に、エコーのかかったおぞましい声が内臓を揺らした。

『みつけたぁー。あすかぁ、みつけたぞぉ』

「分かるでしょ、飛鳥さん！　あの時の将司さんの症状は、パーキンソン病の治療薬の過剰摂取によるものなの。お父さんはあなたを殺す気なんてなかったの！」

ひたひたと近づいてくる〈なにか〉に怯えつつ、私は必死に説得する。

「証拠……」大学生の飛鳥さんは小声でつぶやく。「あなたの話が本当だっていう証拠はあるの？」

「ある！　事故のあった日、将司さんの手が震えていなかったこと、それが証拠よ！」

飛鳥さんたちの背後にある樹々が、めきめきと音をたてながらなぎ倒されていく。とうとう、〈なにか〉が姿を現した。それは〈闇〉だった。巨大な人型の〈闇〉。松ぼっくりを呑み込み、クローバーの絨毯を蹂躙したあのどこまでも深い〈闇〉が、人の形をしてそこに存在した。喉を駆け上がりそうになる悲鳴を呑みこんで、私は話し続ける。あの日、なにがあったのか。

「末期癌で残された時間が少ないことを知った将司さんは、どうにかしてもう一度あなたと空を飛ぶという約束を果たしたかった。けれど、パーキンソン病の症状が出ていては、飛行機の操縦はできない。だからあの日、将司さんは指定された用量を超えたパーキンソン病薬を摂取したの。補充された大量のドパミンによって、将司さんの症状は一時的に改善した。けれど、過剰なドパミンはあなたとの飛行の途中、将司さんに激しい幻覚を引き起こし、錯乱状態にした。そして……飛行機は墜落した」

人型の〈闇〉は、嬲るかのようにゆっくりと迫ってくる。

「あの事故は、将司さんが約束を必死に果たそうとした結果起こった事故なの！」

声を張り上げると、迫ってきている人型の〈闇〉にかすかな亀裂が入った。

「なら、どうしてお父さんは首を吊ったりしたの？　事故のあとすぐに自殺したってことは、最初から死ぬつもりだったってことじゃない」

「違う。将司さんはあなたに遺したいものがあった。だから、彼は自ら命を絶ったの」

「遺したいもの？」

戸惑いの表情を浮かべる大学生の飛鳥さんを見つめながら、私は口を開く。

「角膜よ」

大学生の飛鳥さんの体が、大きく震えた。

「あなたは事故で角膜が傷ついたせいで失明した。けれど、角膜移植さえ受ければ視力が戻るかもしれない。また大空を飛べるかもしれない。だから、自分の角膜をあなたに遺すために、将司さんは自ら命を絶ったの。遺書と一緒に運転免許証を置いたのは、きっとその裏に書かれている臓器提供の意思表示を見てもらうため」

自殺したとしても、飛鳥さんに角膜が渡るか分からない。おそらくは、そうならないだろう。けれど彼には他に道がなかったのだ。自らの失敗により、愛する娘を傷つけてしまった償いをする方法が他に思いつかなかった。

「飛鳥さん、あなたのお父さんは間違っていた。大量の薬を内服してまで、あなたと空を飛んだり、角膜を遺すために自殺したり、明らかな間違いを犯してしまった。けれど、それは全て、愛情から出たものだった。あなたを心から愛していたからこそ、そんな行動を取ってしまったの」

迫ってきた人型の〈闇〉が、両腕を振り上げる。私たちを守るように、ククルが巨人の前に立ち塞がるのを横目に、私は三人の飛鳥さんを順に見つめながら、微笑んだ。

「だから飛鳥さん、お父さんを赦してあげて。そして、彼が最後に望んだように、大空を取り戻して。お父さんとの思い出の大空を！」

私が声を張り上げると同時に、三人の飛鳥さんが振り返る。次の瞬間、彼女たちに襲い掛かろうとしていた人型の〈闇〉が弾け飛び、まばゆい光が辺りを照らした。眩《まぶ》しさに、顔の前に手をかざした私は、光の中に立つ人影に気づく。

「……飛鳥」どこまでも柔らかく愛情に満ちた声が響く。

光が消えると、人型の〈闇〉は消え、代わりに男性が立っていた。森で迷った幼稚園児の飛鳥さんを迎えに来たときの羽田将司さんが。

「お父さん！」

三人の飛鳥さんが、将司さんに向かって飛びついていく。彼女たちの姿が重なり、いつの間にかそこには幼稚園児の飛鳥さんの姿だけが残っていた。

胸に飛び込んできた飛鳥さんを、将司さんは優しく抱きしめる。

「ごめんな、飛鳥……。本当にごめんな……」

「謝らないで、パパ。……大好きだよ」

「ああ、パパも飛鳥のことが大好きだよ。いつまでも愛しているよ」

抱き合った親子の姿が透けていき、やがてかすかな光の欠片を残して消え去った。いつの間にか、周囲を囲んでいた樹々もなくなっている。

私とククルは、再びなにもない空間に取り残された。

「ねえ、ククル。これで私は……飛鳥さんを救えたのかな？」

「すぐに分かるよ」

ククルがそう言ったとき、背後から閃光が走った。慌てて振り返ると、光の繭が輝いていた。さっきまでのように弱々しくではなく、目が眩むほどに明るく。

その繭は次第にサイズを増していき、私よりも遥かに大きくなる。蕾が花咲くように、繭の上部が開いていった。窮屈そうに這い出したものを見て、私は目を疑う。

それは鳥だった。鶴のような長い首と小さな頭、頭部には黄金色の鶏冠が生え、長い尾には孔雀のような色鮮やかな目玉模様が付いている。そして、その羽は燃えていた。紅、蒼、紫、橙……、様々な色の炎で翼が編まれた姿は、想像上の生物である鳳凰を彷彿させる。

大きく一鳴きした鳥は、両翼を羽ばたかせる。闇に支配されていた空間を、炎の明かりが満たしていく。

「あれが……、飛鳥さんのククル……」

繭の中で身を縮こめていた小鳥とあの鳳凰が、同一の存在だとは信じられない。

「うん、その真の姿さ。愛衣のおかげで、本当の姿を取り戻せたんだよ」

ククルは目を細める。気づくと、私たちはもう落下していなかった。足の下に光の床が広がり、その上に立っていた。

飛鳥さんのククルが飛び立った。その翼から舞い散った色とりどりの炎は、光球となって辺りを回転しはじめる。もはや、どこを見回しても闇は存在しなかった。万華鏡の中にいるような極彩色の世界で、私は両手を広げる。

鳳凰が、飛鳥さんのククルが昇っていく。どこまでも高く。そのとき、ガラスの割れるような音が響き渡った。

「そろそろお終いかな」ククルがつぶやく。

「お終いって、なにが」

「この夢幻の世界がさ。ククルが本来の姿を取り戻したということは、片桐飛鳥のマブイが力を取り戻したということだ。もうすぐ、彼女のマブイは自分の体に戻ることができる。役目を終えたこの夢幻の世界は、崩れ去るのさ」

「崩れ去ったらどうなるの？」

「もちろん、目が醒めるよ。愛衣も、そして片桐飛鳥もね」

ククルがそう言ったとき、空間にひびが入った。まるで、鏡にハンマーを打ちつけたかのように、遥か上方からこの世界が砕け散っていく。

その破片が、この世界に満ちる光を乱反射しながら降りかかってくる。恐ろしくはなかった。ただ、その美しさに圧倒されて動けなかった。

「それじゃあね、愛衣。また近いうちに」

ククルの挨拶を聞きながら、私は光のシャワーを全身で受け止めた。


気づくと、私は病室に立っていた。ベッドと床頭台が置かれた、殺風景な個室の病室。そこで、ベッドに横たわる飛鳥さんの額に手をかざしている。掛け時計に視線を送ると、この部屋に入ってきた時刻から、五分ほどしか経っていなかった。

いまのは現実だったのだろうか。それとも、私は夢を見ていたのだろうか。

いや、夢だったのは間違いない。問題は、私が一人で白昼夢を見ていただけなのか、それとも飛鳥さんの夢、『夢幻の世界』に這入り込んでいたかだ。

軽く頭を振りながら手を引いた私は、立ち尽くす。飛鳥さんの左目から涙が溢れ出し、その陶器のような白い頬を伝っていた。焦らすようにゆっくりと、彼女の左目の瞼が上がっていくのを、私は呼吸をすることも忘れて見つめ続ける。

「ここは……？」弱々しくかすれた声で、飛鳥さんはつぶやいた。

「ここは……神研病院ですよ」

胸の奥からこみ上げてくる熱い感情が、声をかすれさせる。

「病院？　……なんで私は病院に？」

「片桐飛鳥さん、あなたは昏睡状態だったんですよ。四十日もの間、ずっと夢を見ていたんです」

「夢……」飛鳥さんは不思議そうにつぶやくと、目元を拭った。「うん、夢を見ていた気がする。すごく怖くて、哀しい夢。なのに、……幸せな夢。でも、どんな夢だったか思い出せない」

飛鳥さんは入院着の胸元を摑む。その唇がかすかに動いた。

「お父さん……」

飛鳥さんの呼吸が乱れていく。その左目から、再び涙が溢れはじめた。

夢は思い出せないものだ。それでいいのだろう。きっと、飛鳥さんはもう知っているのだから。

自分がどれだけ父親に愛されていたかを。

顔を覆って肩を震わせはじめた飛鳥さんに会釈をした私は、出口へと向かう。

廊下に出ると、閉まった扉に背中を預けた。

とうとうやったのだ。私はとうとう、イレスの患者を救うことができた。

温かい達成感を胸に、私はかすかに聞こえてくる深い慟哭を背中で聞き続けた。

幕間　1

昼下がりのナースステーションで、杉野華は電子カルテの画面を眺めながら大きくため息をつく。そこには、担当するイレス患者のカルテが表示されていた。

「なんで、あの子の患者だけ目が醒めたんだろ」

数日前、後輩が主治医を務めていた片桐飛鳥という名のイレス患者がいきなり昏睡から回復した。彼女はいま、四十日間で衰えた体力を取り戻すためにリハビリをはじめている。また、同時に八ヶ月前に傷を負って失明した右目の治療も開始したらしい。噂では角膜移植が必要だが、視力は戻る可能性が高いということだ。

彼女が昏睡から回復したことは素晴らしい。問題は、なぜ回復したのか分からないことだ。

「なにか特別な治療でもしたの？」

一昨日、華が後輩に訊ねると、彼女は「いいえ、普通の治療だけですよ」と胸の前で両手を振った。どこか焦っているような態度に少し疑念を抱いたが、もし特別な治療法があったら、隠す理由などないはずだ。

「私もなんとか助けてあげないと」

華はカルテの画面を指で撫でる。そこには華が担当しているイレス患者の診療情報が表示されていた。患者の名前を見て、華は紅いルージュをひいた唇を嚙む。

「……絶対、助けてあげるからね」

自分に言い聞かせるようにつぶやいたとき、「杉野華先生ですか？」という声が聞こえてきた。見ると、スーツ姿の男性二人がナースステーションの外に立っていた。一人は固太りし、少し髪が薄い中年男で、もう一人は三十歳前後の中肉中背の男だ。

「はい、そうですけど」

担当患者の家族だろうか？　しかし、彼らの顔に見覚えはない。

「私たちはこういうものです」

華が近づくと、中年男が二つ折りにされた黒い手帳のようなものを突き付けてくる。男の顔写真の下に『巡査部長　園崎伸久《そのざきのぶひさ》』と記されていた。

警察？　眉間にしわが寄ってしまう。

「警視庁捜査一課の園崎と申します。後ろにいるのは練馬署の三宅《みやけ》です。お忙しいところお邪魔して申し訳ございません」

警察手帳を懐にしまった園崎は、値踏みするような視線を華に注いでくる。

「はあ、私になんの御用でしょうか？」

戸惑いながら訊ねると、園崎はぼりぼりと頭を搔いた。

「あなたが担当している特別病棟の患者さんについて、お話を聞きたいんですよ。四十日ほど前から、昏睡状態が続いている患者を受け持っているでしょ」

四十日前から昏睡状態。華は横目で電子カルテに視線を向ける。

「守秘義務があるので、患者さんの情報については基本的に話せないんですが……」

「先生、守秘義務があるのは私たちも重々承知していますよ。けどね、今回の事件では、そんな悠長なことを言っている場合じゃないんですよ」

「悠長なことって……。私の担当患者がなにかの事件にかかわっているっていうんですか？」

慇懃無礼な物言いに苛つきながら訊ねると、園崎は骨ばったあごを引いて声をひそめた。

「殺人事件ですよ。先生もご存じでしょ、東京で頻発している連続通り魔殺人事件。あなたの患者がその事件にかかわっているかもしれないんですよ。……とっても深くね」

第2章　夢幻の法廷

1

個室病室の入り口近くに立って、私は窓際に置かれたベッドを眺める。患者のいないそのベッドはシーツが外され、マットレスが露出していた。

この前まで、飛鳥さんが入院していた病室。イレスから目醒めた飛鳥さんは先日、リハビリの専門病院へと転院していった。これまでの昏睡生活で落ちてしまった体力を戻し、そしてドナーが見つかれば角膜移植を受ける予定だということだ。

きっと彼女はまた空を取り戻せるだろう。父親との思い出が詰まった大空を。

「本当に良かった」

口元をほころばせながら窓際に移動し、空を見上げる。晴れ上がっていれば言うことなかったのだが、今日もあいにくの空模様だった。厚く黒い雲からしとしとと雨粒が落ちてきている。次の瞬間、稲妻が空を切り裂き、雷光が外の景色を不気味に照らしだす。鼓膜に痛みをおぼえるほどの雷鳴に、私は身をすくめ、両手で胸を押さえた。

「……けど、飛鳥さんのお父さんは、なんであんな無茶をしたんだろ」

上がっていた心拍数が落ち着いたあと、ふと私はつぶやく。飛鳥さんが目醒めてから、そのことがずっと心の隅に引っかかっていた。

自分の命が尽きる前に、愛する娘を乗せてもう一度だけ大空を駆けたい。その気持ちは痛いほどわかる。しかし、大量の治療薬を摂取して、一時的にパーキンソン病の症状を改善させようなどと思いつくものだろうか？

それに、事故のあとにすぐ自殺を図ったのも、どうにも納得がいかなかった。

自分のミスで娘を傷つけ、パイロットになるという夢を奪ってしまったことに絶望するのは理解できる。自分の角膜を移植させて、娘の視力を取り戻したいと望むのも分からないでもない。だからといって、いきなり首を吊るものだろうか。少なくとも、自分が心中を試みたという誤解を解こうとする方が先ではないだろうか。それをしなかったからこそ飛鳥さんの心は、マブイはあそこまで傷ついたのだ。少なくとも遺書には、真意について記しておくべきだったはずだ。

そもそも、癌患者である将司さんは臓器のドナーになれない。そうでなくても運転免許証の裏にある臓器提供の意思表示だけでは、飛鳥さんに角膜が移植されるとは限らない。あれは誰に臓器を渡すかを選べるものではないのだ。実際、飛鳥さんも父親からではなく、他のドナーからの角膜提供を待つことになっている。それくらいのこと、少し調べればわかるはずなのに……。

「……考えても仕方ないか」空を眺めていた私は、軽く頭を振る。

ゃないか。

人間は常に理性的な判断をするとは限らない。特に追い詰められた状況では。愛する娘を傷つけてしまったことで混乱し、自分が死ねば彼女の視力を取り戻すことができるはずと、視野狭窄を起こして発作的に首を吊ってしまった。きっとそんなところなのだろう。

父親に心から愛されていたことを知り、飛鳥さんは昏睡から目醒めた。それで十分じゃないか。

「そう、それで十分……」

私の仕事は、イレス患者を目醒めさせることだ。いまは残っている担当患者のことをまず考えるべきだ。まだ、昏睡状態にある二人のイレス患者のことを。

マブイを誰かに吸い込まれたことが、イレスの原因。昏睡から目醒めさせるためには、ユタの能力を持つ私が患者たちの創り出している『夢幻の世界』に這入り込み、マブイグミを行わなくてはならない。窓ガラスにうっすらと映る私の顔に、苦笑が浮かぶ。

こんなこと、他人には絶対に言えない。もし間違って口走ったりしたら、ストレスでどうかなったと思われ、主治医を降ろされるだろう。

「だから、全部一人でやらないと」私は小声でつぶやく。

飛鳥さんが目醒めてから二週間ほど経つが、私はまだ次のマブイグミを行えずにいた。夢幻の世界を彷徨い、傷ついた患者のククルを探し、癒す。その一連の儀式は心身を消耗させるらしい。あの日から数日は、血液が水銀に置き換わってしまったかのように体が重く、日常業務を行うのにも一苦労だった。それに、情報が必要だった。夢幻の世界に這入り込み、それを創っている人物のククルに触れれば過去の出来事を知ることができるが、あの場所は決して安全ではない。可能な限り現実の世界で情報を集め、患者の身になにが起きたのか知っておきたかった。そうすることが結果的に、夢幻の世界で身を守ることにも繋がるはずだ。

だから私は、見舞いに来る患者の関係者たちから徹底的に話を聞いた。それにより、イレスにかかっている二人の患者の身に起こったことを、ある程度までは知ることができていた。

けれど、あくまで『ある程度まで』だ。本人がなにを感じ、どう思ったか。生の感情は、患者のククルに触れて追体験しない限り、感じ取ることはできない。

ポーンという音が部屋に響く。掛け時計に視線を向けると、針は六時を指していた。

「あ、しまった」

慌てて部屋を出る。今日は午後六時から救急部で当直だった。早く行かなくては。

廊下を小走りで移動していると、「お姉ちゃん」と声を掛けられる。振り返ると、小学生くらいの少女が手を振っていた。この病棟に入院している久内宇琉子ちゃんだ。

「お姉ちゃん、廊下を走っちゃいけないんだよ」

宇琉子ちゃんは、疾患のせいなのか屈み込むように腰を曲げたまま近づいてきた。

「ごめんね、宇琉子ちゃん。ちょっと急いでいて」

「遅刻？」

猫を彷彿させる大きな瞳で見上げられ、私は首をすくめるように頷く。

「う、うん。六時からお仕事だったんだ」

宇琉子ちゃんはわきにあるナースステーションを指さす。

「六時なら、まだ少し時間あるよ。だから、ちょっとお話ししよ」

見ると、たしかにナースステーションの時計は、五時四十五分を指していた。腕時計を確認するが同じ時間だ。どうやら、病室の時計が進んでいたらしい。胸をなでおろした私は、屈んで宇琉子ちゃんと視線の高さを合わせる。

「少しだけなら時間ありそう。それで宇琉子ちゃん、なにかお話ししたいことあるの？」

「そういうわけじゃないけど、お姉ちゃん元気そうだなと思って。いいことあった？」

「元気？　そうかな。最近、かなり疲れていたんだけどな」

マブイグミをしてからの数日間は、覇気がないとナースたちに心配されていた。

「そうだね。なんかこの前、顔色悪くて髪もぼさぼさで、おばさんっぽくなってた」

子供特有の容赦ない表現が胸に突き刺さる。顔の筋肉に力を込めて必死に笑顔を保っていると、宇琉子ちゃんは「でもね」と続けた。

「お姉ちゃん、なんか嬉しそうだったよ。美味しいもの食べたみたいだった」

嬉しそう……か。私は宇琉子ちゃんの頭を撫でる。

「そうかも。お姉さんの患者さんがね、退院していったの。すごく怖い病気だったけど、治って元気になったんだ。それが嬉しかったの」

「そうなんだ、良かったね。じゃあ、お姉ちゃんの患者さんはみんな治ったの？」

「ううん、他にも患者さんがいるんだ。その人たちはまだ、治っていないの」

「じゃあ、みんな治ったら、お姉ちゃんはもっと元気になるんだね」

みんな治ったら……。残りの二人の患者も救うことができたら、私はきっと過去から解放される。二十三年前のあのおぞましい出来事から。

「うん、きっとすごく元気になるよ」

「そっか、それじゃあ頑張ってね。応援してるよ」

宇琉子ちゃんはそう言い残すと、背中を曲げたまま踵を返し、走って去っていく。

「私に走るなって言ったじゃない」

苦笑しつつ立ち上がった私は、両手で頰を張って気合を入れる。あんな可愛らしい子に背中を押されたのだ、頑張らなくては。

まずは、今日の当直から。


「お疲れさん、愛衣ちゃん」

救急部の奥にある当直医控室に入ると、救急部のユニフォームの上に白衣を羽織った華先輩が、スポーツ新聞を広げてソファーに横たわっていた。

「あれ、華先輩も当直ですか？」

「そ、よろしくね。熱い夜にしましょ」

「熱い夜は嫌ですねぇ。当直の日は静かであって欲しいです」

肩をすくめて、「そりゃそうだ」と言った華先輩に、私は近づいていく。

「その体勢でスポーツ新聞読んでいるのって、おじさんっぽくて女子力ゼロですよ」

「当直中に女子力上げてる余裕なんてないでしょ。それに、この病院にいる男って、おっさんばっかりじゃん。女子力なんて上げても意味ないよ。まあ、おじさん好きの愛衣ちゃんはそうでもないのかもしれないけどさ。そういえば、この前ちゃんと院長には会いに行ったの？　憧れの人とお話しして、少しは落ち着いた」

「だから、そういうんじゃないですって。なにか面白い記事でも載っています？」

袴田先生のことをからかわれた私は、強引に話を逸らしつつ新聞を覗き込む。

そこには、『連続通り魔事件　新たな犠牲者が！』と、煽情的な文字が躍っていた。

「そう、あの連続殺人事件」華先輩は肩をすくめる。

「……また犠牲者が出たんですか？」

「うん。今朝、遺体が見つかったんだって。原形をとどめていない遺体が」

「華先輩、その事件に興味があるんですか？」

「そりゃ、あるよ。こんな猟奇殺人、なかなかお目にかかれないでしょう。それに
……」

華先輩はそこで言葉を切る。

「それに、なんですか？」

「……実はさ、この前いきなり刑事が訪ねてきて、私が担当している患者が、この連続殺人事件にかかわっているかもとか言いだしたんだよね」

「え⁉」私は目を剝く。「この事件にですか？　いったいなんの病気で入院している患者さんですか？」

「それがさ、イレスの患者なんだよね」

「先輩が担当しているイレス患者が⁉」

「声が大きいよ」華先輩は唇の前に人差し指を立てる。

「ごめんなさい」私は慌てて両手を口に当てる。「でも、患者さんが連続殺人にかかわっているって、どういうことなんですか？」

「私にもさっぱりだよ。詳しい話は全然聞けなかったからさ」

肩をすくめる華先輩にさらに質問をしようとすると、勢いよく扉が開いて若い看護師が顔を出した。

「杉野先生、識名先生、急患です。痙攣発作の患者さんが搬送されてきます」

「了解。それじゃあ、愛衣ちゃん。受け入れ準備をしようか」

水を差された私は、「分かりました」と頷くと、華先輩と救急処置室へと向かった。


「いやあ、しょっぱなから重症患者が来ちゃったねぇ」

感染防御用にまとっていたディスポーザブルのガウンを脱ぎ捨てると、華先輩は大きく伸びをした。ユニフォームに包まれたボリュームのあるバストが強調される。

てんかん重積発作で搬送されてきた患者は、なかなか痙攣が止まらず治療に苦労した。

数十分ほどの処置の末なんとか発作を止め、念のため人工呼吸管理にしてベッドに横にしている。入院治療が必要なので、まもなく病棟のナースが引き取りに来る予定だ。

「なんだか、本当に熱い夜になっちゃいましたね」

「なに言っているの、愛衣ちゃん。夜はまだまだこれからよ」

「不吉なこと言わないでください。カルテ書いておきますから、控室で休んでいてください」

「おっ、サンキュー。それじゃあ、夕食の出前取っておくよ。ピザとかどう？」

「いいですね。チョイスは先輩に任せますから、適当に注文しておいてください」

華先輩は「ラジャー」とおどけて敬礼をすると、控室へと消えていった。

さて、診療記録を書くか。電子カルテの前に置かれた椅子に座り、マウスに手を置いた私は、背後に気配を感じて振り返る。そこには痩せた少年が立っていた。小学校低学年ぐらいだろうか、顔色は青白く、伏し目がちで、弱々しく儚い雰囲気を纏っている。

「あれ？　どこの子？」

少年はなにも答えることなく、上目遣いに私を見てきた。

「誰かのお見舞いかな？　お母さんと一緒に来たの？」

少年は力なく首を横に振る。

「それじゃあ、もしかして迷子？」

再び少年は首を横に振った。お見舞いでも、迷子でもない？　戸惑いつつ、私がなんとなしに少年の頭を撫でようと手を伸ばすと、少年は「ひっ！」と身をすくめ、自らの両肩を抱いた。その顔に明らかな恐怖が浮かんでいるのを見て、ある予感をおぼえる。

「大丈夫だよ、怖くないからね」

立ち上がった私は、柔らかく少年の背中を撫でる。全身から警戒心を醸し出しつつも、彼が逃げることはなかった。

「どこか痛いところとかある？ ここは病院だから、治してあげられるよ」

少年は無言のまま、縋りつくような視線を向けてくる。

「ちょっと、シャツをまくってもいいかな？ 怪我がないか見てあげるから」

彼がかすかにあごを引くのを確認して、私はTシャツをまくり上げていった。露わになった背中を見て、口から漏れかけた悲鳴を必死に押し殺す。

肋骨すら浮き出ている痩せ細った背中は、痣で覆いつくされていた。いたるところで、黄色っぽく変色している古い痣の上に、紫色やどす黒い新しい痣が重なっている。皮下出血の痕は背中全体に広がっていて、もはや正常な肌の色をしている部分を見つけることすら難しかった。

虐待だ。それもかなり悪質な。医師になってから、被虐待児は何人も見てきた。しかし、ここまで執拗な虐待を受けている子供は初めてだった。

「ちょっとここに座って楽にしていてね」

シャツを戻した私は、少年をわきにあったベッドに腰掛けさせる。

まずは、検査を行って怪我の状態を確認したあと、入院させて体と心の治療をしないと。ああ、あと警察と児童相談所にも通報を……。頭のなかでこれからの行動をシミュレートしていると、廊下へと続く扉が開き、病棟の看護師が顔を出した。

「入院になった患者さん、受け取りに来ました」

「あ、お疲れさま。えっと、こちらの患者さんです。てんかんの重積発作に対して、最初はジアゼパムを投与したけれど、痙攣が治まらないので……」

私は離れた位置にあるベッドに近づくと、看護師に状況を説明していく。数十秒で引継ぎは終わり、患者を載せたストレッチャーが看護師に引かれて出ていった。

「お待たせしてごめんね。それじゃあ……」

振り返った私は言葉を失った。ベッドに座っていたはずの少年の姿が消えていた。せわしなく救急部の隅々に視線を這わすが、やはり彼の姿を見つけることができなかった。まるで、最初から存在しなかったかのように。

「どこに、行ったの……？」

口から零れたつぶやきが、救急部の空気を虚しく揺らした。

2

「いやあ、疲れたね。ほとんど仮眠もとれなかったしさ。本当に熱い夜になっちゃった」

午前七時過ぎ、隣を歩く華先輩はマスクの下であくびをしながら首を鳴らす。当直を終えた私たちは、引継ぎを終えて救急部をあとにしていた。

「……そうですね」

　生返事をすると、華先輩は首を傾けて顔を覗き込んできた。

「どうしたの？　まともにお返事できないくらい消耗した？　それとも……」

　眼鏡の奥で、華先輩の目がすっと細くなる。

「夜中に来た子供のことを気に病んでいるのかな？」

　図星を指され、口元に力を込める。華先輩はこれ見よがしにため息を吐いた。

「落ち込んでも仕方がないでしょ。警察に通報したんだから、あとは任せなさいって」

「けれど、あの警官、あんまり真剣に聞いてくれませんでしたよ……」

　少年が消えてすぐ、私は彼を捜し回った。しかし、救急部内、一階のフロア、そして院外の敷地まで捜し回ったが、少年を見つけることはできなかった。夜間の警備員にも連絡を取って捜してもらったが結果は同じだったので、警察へ通報をした。しかし、近くの交番からやって来た警官は一通り話を聞くと、「情報提供ありがとうございます」と定型的な言葉を残しただけで帰ってしまい、その後、立て続けに重症患者が搬送されて来て、少年のことを考える間もなく朝を迎えてしまった。

「まあ、実際にその子がいたならまだしも、消えちゃっているからね。被害届が出されたわけでもないし、捜査するのはなかなか難しいのかも」

「でも、あの子は虐待されていたんですよ！　酷い虐待です！　それなのに……」

　感情が昂って、言葉が出なくなる。

「落ち着きなって。感情的になっても、その子が助かるわけじゃないでしょ」

華先輩に背中を撫でられた私は、小さく「はい……」と答える。

「私だってその子を助けてあげたいよ。けれど、できることには限界がある。いま私たちにできることは、適切な機関にその子の情報を提供するぐらい。アンダースタン？」

「……アンダースタン」私は渋々と頷いた。

「あとは、児童相談所への通報ぐらいだね。そっちは私がやっておくよ」

「いえ、そんな悪いですよ。私が……」

「ダメ。感情的になっている人には任せられません。お姉さんに任せておきなさい」

冗談めかしてはいたが、華先輩の口調は反論を許さない強さを内包していた。

「……よろしくお願いします」俯きながら、弱々しい声を絞り出す。

もしあの時、目を離したりしなければ……。後悔が胸を焼く。

「そんな泣きそうな顔しないでよ。私が虐めたみたいじゃない」

こめかみを掻いていた華先輩が、唐突に「あっ」と声を上げた。

「こういうときは、あのおっさんに話を聞いてもらったらいいんじゃない？」

華先輩は私の背後を指さす。振り返ると、外来待合を車椅子に乗ったスーツ姿の男性が横切っていた。この病院の院長にして、私の主治医でもある袴田先生。

「院長、おはようございます！　ちょっと、いいですかー？」

華先輩は声を張り上げながら、袴田先生に近づいていく。私は慌ててその後を追った。

「ちょ、ちょっと、華先輩」

「落ち込んでいるときには、憧れの人に励ましてもらうのが一番でしょ」

「だから、そういうのじゃないって、何回言えば……」

小声で話しているうちに、私たちは袴田先生のそばまで到着する。

「おはよう、杉野君、識名君。なにか用かな？」

「どうもー、おはようございます」華先輩は快活に言う。「院長の大切な患者さんが、また落ち込みモードに入っているんで、主治医としてカウンセリングお願いしまーす」

「落ち込みモード？」

袴田先生が不思議そうに視線を送ってきた。それだけで、頰が熱を持ってしまう。

「じゃあ、私は回診の前にシャワー浴びてメイクしないといけないんでお先に」

華先輩は上げた手をひらひらと振りながら離れていった。

「彼女は相変わらずだね」

袴田先生が苦笑した時、足元から突き上げるような震動が伝わってきた。

「地震⁉」

私は思わず身をすくめる。袴田先生も緊張した面持ちで、車椅子のホイールを摑んでいた。揺れは十数秒ほどでおさまる。

「いやあ、なかなか大きかったたな。最近、なんだか地震が多いねえ」

大きく息をついた袴田先生は、「さて」と私に向き直る。

「話を戻そうか。なにか悩み事かな、愛衣君」

名前を呼ばれ、さらに頰の温度が上がってしまう。

「いえ、大したことでは……」

ごまかそうとするが、袴田先生の柔らかい眼差しを浴びてうまく喋れなくなった。

「少し時間はあるし、ここでよかったら話を聞くよ」

包み込むようなセリフに、口が無意識に開いていく。

「実は……」

一度話しはじめると、言葉が止まらなかった。昨夜の出来事が次から次へと口から溢れてくる。数分かけて説明を終えた私は、少し乱れてしまった呼吸を整えながら袴田先生を見つめる。何度も頷きながら、口を挟むことなく話を聞いてくれた彼は、「なるほど」と小声でつぶやいた。

「自分が目を離してしまったせいで、その少年を救えなかったと悩んでいるんだね」

「……はい、そうです」

「以前から指摘しているが、君はやや自罰的なところがあるね」

「すみません……」

「謝る必要はないよ。それは、他人を助けたいという想いから生じているものだからね。ただ、過剰になると自分を追い詰め、傷つけることになる。分かるかな？」

私は小さくあごを引く。

「人間の能力には限りがある。一人で全ての人間を助けることはできない。まずは自分の限界を知り、それを受け入れなさい。そのうえで、過去を後悔して立ち止まるのではなく、それを教訓にして目の前にいる救うべき人々に全力を尽くすことだ。君にはいるんだろ、救うべき患者が。自分にしか救えない患者が」

「私にしか救えない患者……」

まだ眠り続けている、二人のイレス患者……。私は再び頷いた。さっきより力強く。

「まずはその人たちを救うことに全力を尽くしなさい。それが医師として、君がやるべきことだ。そして、昨日の少年にまた会ったなら、今度こそ救ってあげなさい」

力強く「はい！」と返事をすると、袴田先生は相好を崩した。

「もう大丈夫そうだね。それじゃあ今日の勤務、頑張って」

「ありがとうございました！」

深々と礼をしてエレベーターへと向かう。体温が上がっていく。我ながら単純だと思うが、袴田先生の言葉が胸の奥に炎を灯してくれた。エレベーターで病棟へ上がるとナースステーションを横目に廊下を進み、突き当たりにある個室病室の扉を開く。六畳ほどの病室の窓際に置かれたベッドで、老齢の男性が眠っていた。ベッドの頭側に取り付けられているネームプレートには、『佃三郎《つくださぶろう》』と記されている。私が担当するイレス患者の一人だった。

ベッドに近づいた私は、彼の閉じられた目を見つめる。瞼がぴくぴくと細かく震え、その下で眼球がせわしなく動いている様子が見て取れる。

飛鳥さんと同じように、彼も自らが創り出した夢幻の世界に囚われているのだろう。それを救うことができるのは私だけだ。

飛鳥さんが目醒めてから約二週間、私は慎重に情報を集めつづけてきた。しかし、いま思えばそれは、マブイグミを引き延ばしていただけなのかもしれない。

はじめて這入り込んだ夢幻の世界、飛鳥さんの意識が産み出した夢の世界は、幻想的で美しかったが、同時に危険で恐ろしい場所だった。ククルの協力により、なんとかマブイグミを成し遂げ、飛鳥さんを救うことができたが、後々になって思い返してみると背筋が冷たくなるような体験をしていた。だからこそ、リスクを減らすために情報を集めていたつもりだった。けれど、もしかしたら私は、再びあの世界に行くことに怯えていただけなのかもしれない。

私は右手を伸ばして佃さんの額に触れる。かさつき、深いしわが刻まれた皮膚の感触が掌に伝わってくる。彼が過ごした長い時間の手触りを感じつつ、これまでに集めた佃さんの情報を頭の中で反芻する。

佃三郎、七十二歳、弁護士。奥さんと死別し、子供はいない。刑事事件専門の弁護士で、特に冤罪事件の弁護を精力的に行ってきた人物だった。

天涯孤独に近い状態でありながら、彼にはひっきりなしに見舞客が訪れた。中には弁護士の友人などもいたが、見舞客の大部分は佃さんに弁護してもらったという人々だった。その誰もが心から佃さんの病状を心配し、一日も早く回復して欲しいと願っていた。

見舞客たちから聞いた話では、精力的に仕事に取り組んでいた一方で、佃さんはこの数ヶ月、ふさぎ込んでいた様子だったということだ。彼の友人だという弁護士の見舞客は、その理由についてなにか知っていそうな様子だったが、「佃の名誉にかかわることなので言えない。そもそも、弁護士には守秘義務がある」と取りつく島がなかった。

もうこれ以上時間をかけても、大した情報は得られないだろう。ならばこれ以上、引き延ばす必要などないはずだ。いますぐにマブイグミをはじめよう。どこかに囚われている佃さんのマブイを救い出し、彼を目醒めさせよう。

当直で体は疲労していたが、袴田先生に発破をかけてもらったおかげで心は熱く燃えていた。この炎が消えないうちに前に進もう。大丈夫、夢幻の世界に這入るのは精神体であるマブイだ。体が疲れていても関係はないはずだ。私は佃さんの額に手を当てたまま、ゆっくりと口を開く。

「マブヤー、マブヤー、ウーティキミソーリ」

そっとマブイグミの呪文を唱えると同時に、体が内側から明るく輝きだした。その光が、手を伝わって佃さんの頭へと流れ込んでいくのを感じつつ、私は目を閉じた。

3

瞼を上げると、私は白衣姿で通りの真ん中に立っていた。人気のない夜の街。十メートルほどの幅がある広い道の両側にはブロック塀が並び、その奥に民家が建っている。周囲を見回すが、人の気配はなかった。

私は警戒しつつ大通りから路地へと入る。車がなんとかすれ違えるほどの通りを、街灯の薄い光が寒々しく照らしていた。なんの変哲もない住宅地の光景。

「ここが、佃さんの夢幻の世界……?」

「そうみたいだね」

突然返事をされ、私は小さく悲鳴を上げる。

「ん？　どうしたの？　もしかして驚かせちゃったかな？」

動悸がする胸を押さえながら、声がした方を向く。すぐわきのブロック塀の上で、ウサギの耳を持つ猫が香箱座りをしていた。

「ククル！」

「うん、ククルだよ。久しぶりだね、愛衣。二週間ぶりぐらいかな」

ククルは前足を伸ばして大きく伸びをすると、ブロック塀から飛び降りて私の肩に着地した。長いヒゲが顔に当たってくすぐったい。

「急に声をかけないでよ。びっくりしたでしょ。ククルがいるってことは、やっぱりここは夢幻の世界なんだよね」

「当たり前じゃないか。なに言っているんだい？」

ククルは小馬鹿にするように鼻を鳴らすと、体を伝うようにして私の肩から降りる。

「だって、いかにも普通の住宅街なんだもん。もっとこう、なんというか……」

「非現実的な世界を期待していたってこと？　松ぼっくりがダンスして、目を離すたびに樹の位置が変わる森みたいな」

躊躇いがちに頷くと、ククルは長い耳で狭い額を掻いた。

「現実離れした夢幻の世界も多いけど、ここみたいに現実そっくりな夢幻の世界だってあるんだ。ちょっと考えてごらんよ。夢って全然リアリティがないこともあるし、その逆に現実と区別がつかないぐらいリアルなこともあるでしょ。それと同じ」

言われてみればそうなのかもしれない。私はあらためて周囲の街並みを観察する。立ち並んでいる民家は全て真っ暗で、光が漏れている窓は一つもない。いくら深夜であっても、普通なら一軒くらい明かりが灯っていてもよさそうなものだ。

「けど、たしかにこの世界は、かなり現実に近い作りになっているね。長年、弁護士をやっているだけあって、リアリストなのかもね」

「ククル、佃さんのこと知っているの？」

驚きの声を上げると、ククルは呆れるように前足の付け根をすくめた。

「言ったじゃないか、ククルはマブイを映す鏡みたいなものだって。だから、愛衣が知っていることは僕も知っているよ。というか、愛衣自身が気づいていないことまで色々と知ってるかも」

得意げにヒゲを動かすククルに、顔をしかめてしまう。相手がうさぎ猫でも、自分の全てを知られているということはあまり気持ちのいいものではない。

「そんなことより、早くマブイグミをしなくちゃ。飛鳥さんのときと同じで、佃さんのククルを探せばいいんだよね？」

無理やり話題を変えると、ククルの表情が引き締まった。瞳孔が縦に細くなる。

「うん、まあそうなんだけど、あまり焦って動かない方がいいよ。いくら現実と同じように見えても、ここはあくまで夢幻の世界。なにが起こるか分からない、どんなルールで動いているのか分からない世界なんだからね。警戒しなくちゃ」

飛鳥さんの夢幻の世界で、〈闇〉に襲われたことを思い出し、私は小さく身震いする。

「まずはこの世界のことを調べないとね。とりあえず、夜の散歩としゃれこもうか」

ククルは綿毛のような尻尾をこちらに向け、てくてくと歩きはじめた。私は腰をかがめながら彼のあとについていく。網目状に張り巡らされている路地を、私たちはまっすぐに歩き続けた。左右に立ち並んでいるブロック塀の向こう側から、なにかが飛び出してくるのではないかと不吉な想像が頭から離れず、どうしても腰が引けてしまう。

「ねえ、ククル、急に怪物とか現れたりしないよね」

「そんなに怖がらなくても大丈夫だよ。大抵の敵なら僕がやっつけるからさ」

「やっつけるって、そんなことできるの？」

「もちろん」ククルは両耳を大きく広げる。「言ったでしょ、ユタの力を持った愛衣のククルである僕は、特別なんだって。普通の人のククルより、ずっと力を持っていて、それを使ってマブイグミをサポートするのさ。前回の夢幻の世界では、あんまり力を披露する機会がなかったけど、どんなことがあっても愛衣は僕が守ってあげるから、大船に乗ったつもりで安心しなよ」

「……タイタニック号じゃなければいいけど」

私が小声でつぶやいたとき、両側のブロック塀が途切れた。広い大通りに出る。

「ここって……」

見覚えがある場所だった。最初、この世界にやって来たときに立っていた大通り。

「うん、最初の場所に戻ってきちゃったみたいだね」

「なんで⁉　路地をまっすぐ進んでいたんだよ。常識的に元の場所に戻るわけ……」

「常識？」私のセリフは、ククルの呆れ声に遮られる。「それは現実世界の常識でしょ。ここでは、そんなもの通用しないよ」

「そう……だよね」

混乱しかけた頭を振る。どれだけ現実のように見えても、ここは夢幻の世界。なにが起こるか誰にも分からないのだ。そのことをしっかりと心に留めておかなければ。

「この街の大きさは決まっていて、端まで行くとループして戻ってきてしまうのかもね」

「じゃあ、どうするの？　端まで行っても、目ぼしいものはなにも見つからなかったよ」

「今度はまっすぐ進むんじゃなく、脇道に入ってみるって手もあるけど、全ての路地を調べるのはかなり手間がかかるね。他の場所を調べる方がいいんじゃないかな」

「他の？」

ククルは「うん」と、片耳で大通りに面している手近な民家の門扉を指した。

「家の中に入るつもり!?」声が高くなる。

「そうだよ。なにか問題でも？」

「だって、他人の家に勝手に入ったら、不法侵入に……」

ククルに湿度の高い視線を浴びせられ、私のセリフは尻すぼみになる。

「ならないよね……。ここは夢幻の世界なんだから」

「というか、この夢幻の世界に這入り込んでいること自体が不法侵入みたいなものだよ」

ククルは軽快な足取りで柵状の門扉に近づき、にゅるりと柵の隙間に身体を滑り込ませて通り抜けると、「ほら、早く」と促してくる。しかたなく、私はおそるおそる門扉を押していった。抗議するように軋みを上げながら、門扉は開いていく。その音の大きさに肝を冷やしつつ、私は狭い庭を横切って二階建ての民家の玄関前へと移動する。

とりあえず、インターホンを押すべき？　迷っていると、足元にいたククルが私の体を腰辺りまでよじ登ってきて、伸ばした耳で器用にドアノブを回し、扉を開いた。

「ちょ、ちょっと……」

「鍵はかかっていなかった。ということは、入ってもいいってことだよ。行くよ」

悪びれることなく、ククルは開いた扉の中へと滑り込んでしまう。現実ではないとはいえ、他人の家に無断で上がり込むことに抵抗があるが、仕方ない。扉をくぐった私は、闇に満たされた室内で、手探りで電灯のスイッチを探す。

「もしかして、見えないの？」足元からククルの声が聞こえてくる。

「人間は、猫みたいに夜目は利かないの」

「あのさあ、マブイであるいまの愛衣に、本当は『目』も『身体』もないんだよ。ただ、自分が人間だと『認識』しているから、そんな姿になっているだけ。猫みたいに闇を見通せる目を持っていると信じ込んでみなよ。そうしたら、暗くても見えるよ」

「猫みたいにって、そんなこと言われても……」

「この前は、背中に羽を生やしたじゃないか。猫の目になるなんて簡単だよ」

言われてみればその通りの気もする。私は額に指を当てると、実家の飼い猫である、きなこの目をイメージする。暗闇で妖しく光るあの双眸を私が持っていたとしたら……。

不意に、真っ黒に塗りつぶされていた視界に、うっすらと廊下が浮かび上がった。それはじわじわと鮮明になり、ついにははっきりと家の中を見通せるようになった。

緑がかった色の濃淡によって物体が映し出されている世界は、映画などでよく目にする、暗視スコープ越しの視界のようだった。

「見えるようになったみたいだね。それじゃあ、家探しと行こうか」

ククルは軽い口調で言う。私は小さく頷くと、靴も脱がずに家に上がり込んだ。


「うーん、目ぼしいものは見つからないねえ」

ククルのぼやきに、私は「だね」と生返事をする。長い時間をかけて家の隅々を調べたが、これといったものはなにも見つからなかった。ダイニング、リビング、キッチン、寝室と、そこはなんの変哲もない一軒家だった。冷蔵庫に詰め込まれた食材や、洗濯機に詰められたままの衣服など、やけに生活感はあるのだが、住人の姿は見つからない。

家に上がり込んだときは足が震えるほど緊張していたが、なんの手がかりもないまま長時間の家探しをしているうちに、いつの間にか気が緩んできた。

「ねえ、もうこれ以上調べても意味がないんじゃない？」

声をかけると、耳でソファーの下を探っていたククルが顔を上げる。

「そうかもね。けど、これは困ったな。外にも、家の中にもなにも手がかりがないとなると、どこを探せばいいものやら。とりあえず……、うわっ」

チアリーダーが使うポンポンのようなククルの尻尾が、ぶわっと膨らんだ。

「どうしたの⁉ なにかいた？」

「いや、愛衣の目が光っていて驚いただけ」

「え？ 私の目、猫みたいに光っているの？」私は目元に触れる。

「トイレの鏡で確認してきなよ。けれど、暗闇の中で人間の目が光っているっていうのは、なかなか不気味だね。なんか、妖怪みたいだよ」

「妖怪って、そんな言い方ないじゃない」

口を尖らせた私は、廊下に向かうとトイレの扉を開いた。洗面台の鏡を覗き込んだ私は「あれ？」と声を上げる。鏡にはなにも映っていなかった。顔を近づけて凝視するが、やはりそこには一枚の黒い板が嵌め込まれているようにしか見えない。

「どうかしたの？」トイレに入ってきたククルが、ジャンプして肩に乗ってくる。

「鏡になにも映らないんだけど、これって普通なのかな？ こんなに夜目が利いたことないんで、分からないんだけど」

「……いや、普通じゃないよ」ククルの声が張り詰める。「暗闇の中でも、猫の目ならしっかりと鏡に映った姿が見えるはずだ。これは……普通じゃない」

「じゃあ、これってなにかの手がかり……？」

「たぶん、そうなんだろうね」

ククルは鏡を睨みつけたまま頷いた。狭いトイレの空気が急速に張り詰めていく。

喉を鳴らして唾を呑み込んだ私は、そっと鏡に向かって手を伸ばした。

「触るつもりかい?」

「この鏡が手がかりなんでしょ。危険なのは分かってる」

口の中が乾燥していく。墨で塗りつぶされたかのように黒い鏡は不気味だった。

「でも、やらないと。マブイグミをするためには」

自らを鼓舞しながら、慎重に手を進めていく。かすかに光沢のある闇色の鏡に指先が触れる寸前、ドンッという腹の底に響く音が聞こえてきた。私は体を震わせ、反射的に手を引っ込める。

「ククル、いまの音は?」

「僕にも分からない」

再びドンッと低い音が空気を揺らした。ククルの耳が大きく跳ねる。

ドンッ、ドンッ、ドンッ、ドンッ……。

リズミカルに響く重低音は、明らかに外から聞こえてきていた。

「これって、太鼓の音……だよね?」

「そうみたいだね。……この鏡はあと回しにして、外に出てみよう」

ククルの提案に躊躇《ためら》いつつも頷いた私は、トイレを出ると玄関へと向かい、扉を開く。

民家の敷地内から出て、再び大通りに立った私は目をしばたたかせる。大通りをまっすぐ進んだ遥か先に小高い丘がそびえ立ち、その中腹辺りに淡い橙色の光が灯っていた。

「あんな丘、あったっけ？」

丘を見つめたまま訊ねると、ククルは首を横に振った。

「いや、少なくともさっきは気づかなかった。暗くて見えなかっただけなのか、それとも……存在していなかったのか」

再びドンッ、ドンッと太鼓の音が臓腑を揺らす。それに合わせるように、中腹の光っている部分から、二本の光の線がこちら側に向かってじわじわと伸びてきた。丘の麓まで達した光の線は、今度は大通りの両側を伝うように近づいてくる。

「ククル、どうしよう？」

「待つしかないよ。まずは、なにが起きているのか確認しないと」

「けれど、危険が迫っている可能性もあるんでしょ」

「もちろん。だから、警戒は怠らないようにね」ククルは両耳を立てる。

やがて橙色の光の正体が判明する。大通りの両側に立ち並んでいる民家の窓に、奥から順に光が灯りだしたのだ。ついには、私たちがさっき侵入した民家の窓にまで光が灯った。そこから漏れ出す暖かい光が、街灯よりも遥かに強い光を通りに落としている。

まっすぐ伸びる通りが橙に照らし出される光景は、その先にある丘まで金木犀の絨毯が敷かれているかのようだった。

「これって、あの丘まで行けってことかな？」私は乾いた唇を舐める。

「そんな感じだね。けれど、なにかの罠かもしれないから慎重に……」

ククルは言葉を切ると、せわしなく左右を見回す。両耳がぴくぴくと細かく痙攣した。

「どうしたの、ククル?」

「しっ、聞こえないの?」

聞こえない? 私は聴覚に神経を集中させる。規則的に響く太鼓の音に混じって、かすかに話し声のようなものが鼓膜を揺らした。目を閉じて、声がどこから聞こえてくるか探ろうとするが、それは何重にも重なっているようで、発生源がはっきりしない。

「……愛衣、窓を見なよ」

ククルに言われ「窓?」と瞼を上げた私は、目に飛び込んできた民家の窓を見て言葉を失う。暖かい光が溢れる窓に、人影が写っていた。それも一軒じゃない。通りの両側に立ち並んでいる民家、その全ての窓に住人らしきシルエットが浮かび上がっていた。

「さっきまで、誰もいなかったはずなのに……」

立ち尽くす私のそばで、ククルは片耳を左右に振った。

「そんなこと関係ないさ。ここは夢幻の世界なんだからね」

やがて、話し声は大きくなっていき、四方八方から聞こえだす。その声からは悪意や敵意は感じられず、家族の団欒《だんらん》のような朗らかな響きがあった。

前方にある民家の門扉が開く。そこから姿を現したものを見て、私は目を疑った。

それは犬だった。浴衣を着て直立している柴犬が三匹、大通りに出てきた。

小柄な黄色い浴衣姿の子犬の両手を、両側に立つ紺色の浴衣を着た犬と、赤色の浴衣を着た犬が握っている。その姿は、仲のいい家族そのものだった。

丘から聞こえる太鼓の音がさらに大きくなる。それを合図に、両側に並んでいる民家の門扉が次々に開いていき、動物の家族たちが大通りに出てきた。

羊、狐、山羊、牛、熊、鶏、ワニ、はてはライオンまで、様々な動物が浴衣姿で二足歩行している。家から出た彼らは全員、丘に向かって進んでいた。動物の表情を読み取るのは難しいが、その足取りは軽く、楽しげな雰囲気が伝わってくる。

予想外の事態に硬直していると、すぐわきから扉が軋む音が聞こえてきた。そちらを見た私は身構える。さっき家探しをした民家の玄関扉から、私と同じぐらいの身長の黒豹が二匹出てきていた。柄のそろった青と桃色の浴衣を着ているところを見ると、若い夫婦なのかもしれない。

黒豹たちは私を見て足を止める。私は一歩後ずさり、足元のククルは身を伏せて毛を逆立てて戦闘態勢を取る。しかし、黒豹たちは目を細めて笑みと思われる表情を浮かべると、警戒心を漲らせる私たちをよそに、会釈をして脇を通り過ぎていった。

拍子抜けした私は戦闘態勢を解いたククルとともに、二匹の背中を見送る。

「敵意はないみたいだね」

ククルがつぶやく間も、民家や路地から浴衣姿の動物が溢れ出し、丘に向かう。

「みんなあっちに向かっているね。なにがあるのかな？」

小声で訊ねると、ククルは私の肩に跳び乗って、片耳で淡く輝く丘の中腹を指した。

「とりあえず、僕たちも行ってみようよ」

ドンッ、ドンッ、と規則正しく響く太鼓の中、首をすくめた私は左右を見ながら、足を進めていく。私とククルは浴衣姿の動物の集団に交ざって丘を目指していた。

丘に近づくにつれ、通りを進んでいく動物たちは増えていき、いまや隣と体が当たりそうなほど混雑している。しかも右隣を歩くのが、筋骨隆々で鋭い牙《きば》を持った虎だったりする。いまは穏やかな表情で、手を繋いでいる子虎に話しかけているが、いつ嚙みつかれるかと気が気でない。

「大丈夫だって。もしものときは、僕がやっつけてあげるからさ」

肩に乗っているククルが囁いてくるが、うさぎ猫が虎に勝てるとは思えなかった。

ふと気づくと、いつの間にか通りの両側に連なっていたブロック塀は消えていた。丘の麓にたどり着いたらしい。

丘を覆う鬱蒼とした森を幅の広い石段が貫き、その両側には等間隔に石行灯が並んでいた。行灯の中で儚く揺れる山吹色の炎を眺めながら、石段をのぼりはじめる。一段一段踏みしめていくにつれ、太鼓の音が近づいてきた。気分が高揚してくる。

初めて着た桃色の浴衣、リズムよく響く太鼓の音、食欲を誘うソースの香り、そして両手を引いてくれる温かい手。脳の奥底からセピア色の記憶が浮き上がってくる。

「ねえ、ククル。これってもしかして、あれなんじゃ……」

「うん、そうだね。きっとあれだよ」

そんな会話を交わしていると、石段が途切れた。左右から被さるように延びていた樹々の枝も消えて視界が開ける。思わず「うわぁ」と声が漏れる。そこは神社だった。夏祭りで賑わっている神社。石造りの鳥居の奥に広がる境内を無数の提灯が照らし、正面に伸びる広々とした参道の両側には出店が並んでいる。人波に、いや獣波に押されるように私は鳥居をくぐる。辺りは祭りを楽しむ浴衣姿の動物たちで溢れていた。

「いやー、楽しそうだね。僕たちも出店をひやかそうよ」

はしゃいだ声を上げるククルを、私は横目で睨む。

「遊んでいる暇なんてないでしょ。早く佃さんのククルを見つけないと」

「愛衣は真面目だなぁ。少し肩の力抜くこともおぼえないと、人生やっていけないよ」

ククルは耳で私の肩を揉んでくる。

「覚えているでしょ。夢幻の世界でククルは、その人物に関係が深い場所に隠れていることが多いって。ここの様子を見ると、佃っていう男にとって夏祭りは人生において重要なことが起こった場所だったんだろうね。だとすると、この神社のどこかに佃三郎のククルが隠れているかもしれない」

「それなら、神社を見て回ればいいだけじゃない。祭りを楽しむ必要なんてないでしょ」

「なに言っているんだい、愛衣」

ククルはチッチッと舌を鳴らしながら、片耳を左右に振った。

「隠れているククルを出現させるために、特定の条件が必要な場合もあるって教えたじゃないか。もしかしたらこの世界では、夏祭りを楽しむことがククル出現のための条件になっているのかもよ」

自分が楽しみたいだけなのだろうが、あり得なくもないので反論がしにくい。

「時間はたっぷりあるんだからさ、まずは祭りを楽しもうよ。それでも佃三郎のククルが見つからなかったら、他の方法を検討すればいいじゃないか」

ククルがまくしたてる。私は苦笑しつつ、「分かった」と肩をすくめた。

「それじゃあ、まずは手近な店から覗いてみようよ」

ククルは私の肩から飛び降りると、動物たちの足元をすり抜けていく。

「ちょっと、踏まれないように気をつけてね」

あとを追っていくと、ククルは長い列ができている出店を見上げていた。列の向こうから、ジユージユーとなにかが焼ける食欲を誘う音が聞こえてくる。

私とククルは動物たちの列を避けて移動し、横から出店を覗く。目に飛び込んできた光景を見て、口があんぐりと開いてしまう。そこでは作務衣を着て、頭にねじり鉢巻きを巻いた巨大なタコが、あろうことかタコ焼きを作っていた。

八本の足、一本一本が意思を持っているかのように複雑に動きまわっている。半球状の型がいくつも彫り込まれた鉄板に溶いた小麦粉を流し込んだり、楊枝で器用にタコ焼きを回転させたり、でき上がったものをプラスチックの容器に詰め込んだり、客にそれらを渡したり。

よく見ると、足の一本が包丁を持ち、もう一本の足の先端を切って、具としてタコ焼きの中に落としていた。切断されるたび、足の先端は瞬時に再生してはまた切り落とされを続け、延々とタコ焼きの具を提供し続けている。

あまりにもシュールな光景に眩暈をおぼえ、私はこめかみを押さえた。

「最高にシャレが効いてるね。それじゃあ愛衣、早く並ぼうよ」

「絶対に嫌！」

「なんで？　美味しそうじゃないか」ククルは不思議そうに小首をかしげる。

「美味しそうって……、そもそも私、お金とか持ってきてないよ」

あんなグロテスクなものを食べたくない一心で言うと、ククルは「お金ってあれのこと？」と列の先頭を指さした。紫の浴衣を着た子馬が、タコの足の一本からタコ焼きを受け取る代わりに、コインほどの大きさをした白と青の縞模様の球体を渡していた。受け取ったタコの足は、無造作に球体をわきに置かれているざるに放り込む。そこには、その球体が山積みになっていた。

「あれって……飴玉？」

「たぶん、この世界では飴玉がお金なんだろうね。つまり、飴玉がないとお祭りを楽しむことができないのか。さて、どうしたものかなぁ」

ぶつぶつとつぶやいていたククルのヒゲが上を向く。その顔に、実際の猫ではありえないような悪戯っぽい笑みが広がるのを見て、不吉な予感が胸に満ちていく。

「ちょっと、なにするつもり？　変なことしないでよ」

釘をさす私を一瞥したククルは、「大丈夫大丈夫、任せておいて」と参道へと戻っていく。そのスキップするような軽い足取りを見て、さらに不安が膨らむ。

参道の中心で足を止めたククルは、天を仰ぐと大きく口を開けた。

「にゃおおーん！」

その小さな体軀からは想像できないほどの咆哮が夜空に向かって駆け上がる。あまりの声量に、前方から音の壁が迫ってきたような気がして、私は身をすくめた。周囲の動物たちが体を震わせて動きを止め、誇らしげに胸を張っているうさぎ猫に視線を注ぐ。

「さて、お立ち会い」

陽気に言うと、ククルは一度深く身を沈めたあと、大きく飛び上がった。参道を照らしている提灯よりも遥か上、現実ではありえない大跳躍。動物たちが首を反らしてククルを見上げる。

最高点まで達したククルは両耳を大きく左右に開いた。その耳はみるみる伸びてくと、唐突に勢いよく回転し始めた。ヘリコプターの羽のように長く伸びた耳を回して、ふわふわとホバリングをしているククルの姿を、私はただ啞然と見つめる。

ククルがゆっくりと下降してくる。勢いよく回る耳を避けるかのように、動物たちが後ずさっていく。動物たちが後ずさっていく。木の葉が落ちるように、ふわりとククルが石畳に着地すると、直径五メートルほどのステージができていた。

私は人混み、いや獣混みを掻き分けて最前列まで移動する。ステージの中心では、ククルが三メートルほどに伸びた耳を持ち上げ、見せつけるかのように揺らしていた。

ククルと目が合う。声は出さず、口の動きだけで「なに考えているのよ？」と訊ねると、彼は悪戯っぽくウインクをしてきた。混乱しつつ私はステージを取り囲む動物たちを眺める。戸惑っている様子はあるものの、彼らの目には好奇と期待の光が宿っていた。

「イッツ・ショータイム！」

気取った発音で言うと、ククルは頭上で耳を素早く交差させる。気づいたときには、両耳には太い松明が二本ずつ握られていた。熟練の手品師のマジックのように、空間から突如、松明が湧きだしてきたかのようだった。

ククルが見せつけるように松明を持った耳を振ると、観客たちから歓声と拍手が上がった。さらに得意げな表情になったククルは、松明を高く放ると、耳で器用にジャグリングをはじめる。

複雑な軌道を描きつつ、四本の松明が空中で回転していくのを見ながら、私は懐かしさをおぼえていた。小学生の頃、おばあちゃんにお手玉を教えてもらい、一日中練習していた時期があった。かなり上達してくると今度は父さんに、学生時代に少しやっていたことがあるというジャグリングを習いはじめた。

夕食のあとよく、リビングで父さんと二人でジャグリングをして遊んだことを思い出す。ホットの紅茶を飲んだように、みぞおち辺りが温かくなっていく。

「愛衣」

名前を呼ばれ我に返ると、ククルが招き猫よろしく、前足をくいっと動かした。

「な、なに？」

「いいからおいでって」

促されて、おずおずと一歩足を踏み出した瞬間、松明が私に向かって放物線を描いて飛んできた。私はほとんど無意識のうちにそれを手で取って回転させると、その勢いのままに投げ返す。

「ナイス！　それじゃあ、行くよ」

歌うように言うと、私が制止する隙も与えず、ククルは次々に松明を放ってくる。どうすればいいんだっけ？　頭はパニックになりかけるが、体が勝手に反応した。両手が自然と動き、飛んでくる松明をテンポよく受け取っては投げ返していく。

私とククルの松明のジャグリングは、次第に加速していく。それにつれ、観客たちの間から上がる歓声が大きくなっていった。

「さて、お客さんたちも温まってきたし、もっと盛り上げようか」

ククルは空中で回転している松明に向かって口を開ける。息吹とともに、ククルの小さな口から深紅の炎が吐き出され、私に向かって飛んできた松明が燃え上がる。

「え⁉　ちょっと⁉」

驚きの声を上げる私に、ククルは「大丈夫」と微笑みかける。

恐怖をおぼえながらも、私は松明をキャッチした。ルビーのような紅色の炎が腕に纏わりつくが、火傷するようなことはなく、優しいぬくもりが腕に伝わってくる。私はまばたきをしつつ、炎を宿している松明をククルに投げ返した。

「ね、大丈夫だったでしょ」

ククルは残りの松明に向かって次々と色の違う炎を吐いていく。観客たちから一際大きな拍手が上がる。蒼、紫、黄、そして深紅。四色の炎を灯した松明が私たちの間を飛び交っては、光の残像を描いていく光景に、私は手を動かしたまま魅了されていった。

「さて、そろそろフィナーレかな」

つぶやいたククルは、炎が点いたままの松明を全て耳で摑むと、また前足で手招きした。動物たちの好奇の視線を浴びつつ、私は首をすくめてククルに近づく。

「フィナーレって、なにをするつもり？」

小声で囁くと、ククルは返事をすることなく私の頭上までジャンプをした。また両耳を勢いよく回転させはじめたククルは、「後ろ足を摑んで」と指示をしてくる。

「え？　あ、うん」

指示通り目の前に浮かぶ後ろ足を両手で摑むと、ククルは耳の回転速度を一気に上げる。それとともに私たちは上昇していった。石畳から足が離れ、観客たちの姿が小さくなっていく。

「愛衣、上を見てごらん」

促されて顔を上げた私は、神秘的な光景に言葉を失う。回転する四色の炎の軌跡が重なり合い、まばたきをするたびにその色を変化させている。松明から溢れた火の粉が周囲に広がり、そこに大輪の炎の華を咲かせていた。

もう、観客たちの歓声は聞こえなかった。空中に浮いている恐怖も消え去っていた。

私は息をすることも忘れ、夜空に描かれた炎の芸術を眺め続けた。

4

体が下降していく。靴底から地面の感触が伝わってきた。私は摑んでいたククルの足を放す。

ククルも「よっこいしょっ」と気の抜けた声を上げて着地する。いつの間にか、握っていたはずの松明は消え去り、耳も元の長さに戻っている。一連の大道芸を終えた私たちは、ステージの中心へと戻っていた。後ろ足で直立したククルは、カーテンコールの役者のように前足を胸元に当て、気取った仕草で頭を下げる。

「ほら、ぼーっとしていないで愛衣も一礼しないと」

促され、慌てて頭を下げると、拍手のシャワーが全身に降り注いだ。

「愛衣、白衣を脱いで」

「え、なんで白衣を？」

「いいから早く」

急かされた私が戸惑いつつ白衣を脱ぐと、ククルがそれを耳で奪い取って地面に大きく広げた。

「ちょっと、汚れちゃうじゃない」

抗議の声を上げたとき、四方八方から球状の小さな物体が降ってきた。私は額に当たった物体を手に取る。それは飴玉だった。様々な色の縞模様が入った飴玉を観客たちが放ってきていた。

「大道芸といえばおひねりだよね」

ククルは両耳で飴玉をかき集めて白衣の上に山を積んでいく。やがて、飴玉の雨もおさまり、周囲を取り囲んでいた動物たちも思い思いに散っていった。

「いやあ、大漁大漁」満足げにククルは飴玉の山を白衣で包み込んでいく。

「……白衣を風呂敷がわりにしないで欲しいんだけど」

文句を聞き流しつつ、ククルは耳で器用に四方を結んで白衣を袋状にする。

「どう、上手でしょ。こうやってしっかり運べるようにするの、けっこう難しいんだよ」

「知ってる。子供のときおばあちゃんに風呂敷の包み方、習ったことあるから」

暖簾《のれん》に腕押しということわざの意味を実感しつつ、私はため息をつく。

「で、ククル。軍資金は手に入れたけど、このあとどうするつもりなの？」

「だから、お祭りを見て回ろうって。とりあえず、さっきのタコ焼き……」

「絶対に嫌！」

「しかたがないなあ、それじゃあ他の店を覗きつつ、奥に向かおうか」

ククルは片耳で、白衣で作った袋を摑むと、それを担いだ。自分の体よりも一回り以上大きな袋を担いだうさぎ猫の姿には違和感しかなかったが、浴衣姿で直立歩行している動物たちが溢れたこの世界では、特に注意を引かないようだ。

「本当にこんなことしている場合なのかな？」

私がひとりごつと、ククルが耳を白衣の隙間に差し込み、飴玉を取り出した。

「ぐちぐち言っていないで楽しみなって。ほら、この飴でも舐めてさ」

受け取った飴玉を顔の前に持ってくる。大理石のように光沢のある白地に、波状の藍色が走っている球体には、美しさと可愛らしさが同居していた。

「これって、食べても大丈夫なの？」

「大丈夫だよ、ほら」

ククルはもう一つ飴玉を空中に放ると、落ちてきたそれを小さな口でキャッチした。

「うん、美味しい。毒見はしたから愛衣も食べなって。ほら、早く。ほらってば」

「分かったから、急かさないでよ」

おそるおそる飴玉を口に含むと、舌が甘みと爽やかな酸味に包まれた。懐かしい味、私は記憶をたどってその正体を探る。

ああ、分かった。ラムネだ。家族で海水浴に行ったときに飲んだラムネの味だ。

飴を舐めているだけだというのに、何故かあの日の潮の香り、日差しの温かさ、泳いだ後の心地よい疲労感、そして両親と手を繋いで歩いた幸せな気持ちが蘇ってくる。私は足を止めて瞳を閉じ、それらの感覚に意識を集中させる。

ころころと舌で転がしているうちに飴玉の味は変化していった。

キャンプで食べたカレーの味、おばあちゃんの家の裏で取れたサトウキビを噛んだ味、実家の庭で取れたトマトの味、そして……ママが作ってくれたホットケーキの味。様々な味が口に広がるたびに、五感の記憶が鮮やかに蘇り、感情の波が押し寄せてきた。

「愛衣」

声をかけられて、私は目を開く。気づくと頬が濡れていた。

「美味しかったかい？」

振り返ったククルが、猫らしくないやけに大人びた表情で語り掛けてくる。私は口を固く結んで頷く。胸がいっぱいで、口を開くと泣き声が漏れてしまいそうだった。

「よかった。じゃあさ、そこのお店を見てみようよ」

白衣の風呂敷を背負ったまま、ククルは猫らしい柔軟な動きで動物たちの足元をすり抜けていく。私は顔を拭うと、彼のあとを追った。

追いつくと、ククルは大きな水槽の前にいた。中では金魚が優雅に泳いでいる。

水面にうっすらと自分の顔が映る。瞳孔が細い縦長になっていることに気づき、思わず軽くのけぞってしまう。いまも猫の瞳のままになっているらしい。

「やっぱり、お祭りといえば金魚掬《すく》いだよね。おじさん、一回いくら？」

ククルが声をかけると、水槽の向こう側で座っている甚平姿のアライグマは、わきに置いてあったやけに大きなポイを肉球で触れながら、ガウガウと声を上げた。

「うーん、言葉は通じないみたいだね。けれど、まあなんとかなるか」

ククルが白衣の風呂敷から飴玉を二個取りだして差しだすと、それを受け取ったアライグマはポイを二つ渡してくれた。

「取引成立っと。はい、愛衣。お一つどうぞ」

「あ、ありがとう」

ククルからもらった、しゃもじほどの大きさのあるポイの紙の部分を見つめる。そこには熟れた桃のような色をした、やけにリアルな出目金が描かれていた。

「あ、あの……。これ使っていいんですか？　破れたらもったいないような」

私がつぶやいた時、ポイの表面に波紋が走った。

気のせい？　私が顔を近づけると、唐突にポイに描かれていた出目金が泳ぎはじめた。そのひれが動くたびに、ポイの表面が波打っていく。

「こ、これ、どうしたらいいんですか？」

泡を食って訊ねる。アライグマはつまらなそうに水槽を指さした。

「ポイを水につけろっていうことみたいだね」

ククルがつぶやくのを聞きながら、私は「う、うん」とポイを水に沈めていく。紙面を泳いでいた出目金がポイから抜け出して、水槽の中を気持ちよさそうに漂いはじめた。ククルも「なるほど、面白いね」と、耳で取っ手を摑んだポイを水槽に浸す。そこから桃色で細身の金魚が水中に飛び出した。

「えっと、この金魚を掬えばいいのかな？」

私はとりあえず、目の前を泳いでいる濃い紅色の金魚をポイで掬おうとしてみる。ポイが近づいていくにもかかわらずその金魚は逃げるそぶりを見せなかった。

捕まえた。そう思って掬い上げようとしたとき、ポイは金魚を通過してしまった。私は「え？」と戸惑いながら、再び同じ金魚を掬おうとする。しかし、結果は同じだった。まるで幻影を掬っているかのように、ポイはその金魚をすり抜けてしまう。

「うーん、こっちもダメだねえ」

見ると、ククルも白い金魚を掬おうとしているが、ポイがすり抜けてしまっている。

いったんポイを水の中から引き上げると、私は水槽全体を見つめる。金魚の大部分は濃い紅色か白色で、一割ほどがもともとポイに描かれていた金魚と同じように桃色をしていた。その中には、さっき私のポイから出てきた出目金もいる。私は「あっ⁉」と声を上げる。気持ち良さそうに泳いでいた桃色の出目金の姿が淡く輝き、次の瞬間、白色と紅色の二匹に分裂した。

目をこすってよくよく観察すると、いたるところで金魚が分裂したり合体したりしている。桃色の金魚が分裂すると紅色と白色の二匹の金魚が生まれ、逆に紅色と白色が合体すると一匹の桃色の金魚となっている。

「なるほどね。ということは……」

ククルが耳に持ったポイを素早く動かして、近くにいた桃色の金魚を狙う。その金魚は必死にポイから逃げようとするが、ついには水槽の端へと追い詰められた。ククルのポイが掬い上げたかに見えた次の瞬間、金魚の姿が消え去っていた。

「あれ？　金魚、どこに行ったの？」

私が目をしばたたかせると、ククルが「ここだよ」とポイを掲げる。その紙の部分に桃色の金魚が泳ぎ回っていた。

「このポイは、容器も兼ねてるみたい。ほら、愛衣もやってみなよ」

私は「う、うん」と頷き、近くを泳いでいた桃色の小さな金魚に狙いをつけて腕を振るう。ポイが金魚を通過すると同時に、その姿は水槽から紙の部分へと移動した。紙の上を泳ぐ金魚の姿は可愛らしく、思わず口元が緩んでしまう。

「愛衣、勝負しないかい？　どっちの方が多く掬えるか」

「いいよ。負けないから」

私とククルは、桃色の金魚に狙いをつけて夢中でポイを振るい続けた。桃色の金魚はポイが近づくと必死に逃げるので、なかなか捕まえることができない。それでも、私は水槽の端に追い詰めたり、油断している金魚を見つけたりして数匹掬うことができた。見ると、私のポイから出てきた紅色と白色の出目金が泳ぎながら、磁石が引きつけ合うようにふわふわと近づいていた。やがて二匹の姿が重なり、淡く輝くと、一匹の桃色の出目金へと戻る。私は手首を返すと、出目金に向かってポイを振るった。その姿が水槽から消える。

もといたポイへと戻った出目金は、掬われた他の金魚たちとともに窮屈そうに紙の上を泳ぎだす。その時、鏡が割れるように、ポイの紙面にひびが走った。

「あー、これでお終いかぁ」

ククルがつぶやく。見ると、彼のポイにも同じようにひびが入っていた。

「愛衣は何匹とれた？」

「えっと……」私はポイの中を泳いでいる金魚を数える。「五匹かな」

「僕は六匹。僕の勝ちだね、やったやった！」

小さく飛び跳ねながら大人げなく勝ち誇るククルに軽い苛立ちを覚えていると、アライグマが身を乗り出してきて、私とククルのポイを奪った。

アライグマはわきに置いてあった無地の団扇の上でポイを無造作に振りだす。ポイから桃色の金魚が零れ、団扇へと落ちていく。

なにかガウガウと言いながら、アライグマが団扇を差し出してきた。受け取った私は小さく声を上げる。団扇の中には掬った金魚たちが優雅に泳いでいた。水槽の中と同じように、分裂と合体をくり返しながら淡く輝いている。

「なかなかおつな団扇だね」ククルは耳で持った自分の団扇を扇ぐ。「さて愛衣、次はどの店に行こうか。佃三郎のククルを探すためにも、この夏祭りを思う存分楽しもうよ」

「うん！」

不可思議で魅力的な夏祭りに心奪われた私は、子供のように元気よく返事をした。

金魚掬いの出店をあとにした私たちは、手当たり次第に目についた店を覗いていった。

雷雲のように電撃を孕み、食べると舌が痺れるような美味が広がる綿菓子。崩れることなく人型を抜き出すと、それが激しいダンスを踊って祝ってくれる型抜き。数えきれないほどの動物のお面が表情を変えながら歌い、壮大なオペラを演じているお面屋。巨大なホッキョクグマが鎌のような爪で削り出すかき氷は、口に含んで息を吐くと雪の結晶がダイヤモンドダストとなって提灯の明かりを乱反射した。

立ち並ぶミステリアスな出店たちを、私たちは楽しみつつ参道を奥に進んでいった。

ずっと響いている太鼓の音が、さらに大きくなっていく。

「いやあ、楽しいね、愛衣」

ハミングをし続けるライオンのお面を側頭部に付けたククルが言う。ネコ科として、百獣の王に憧れがあるのかもしれない。

「うん、楽しいけれど、こんなことしていていいのかな？」

子供のとき以来、夏祭りに来たことなどなかった。しかも、眩暈がするほどに魅惑的な祭りだ。気分は高揚している。しかし、心の片隅では罪悪感がはびこっていた。

「仕事中なのに楽しんでいいのかな、とか思ってる？」

ククルに内心を的確に言い当てられ、私は軽く身を反らした。

「なに？　私の頭の中を読めるの？」

「そんなことできないよ。愛衣は単純で、昔から思っていることが顔に出るだけ」

「単純で悪かったわね」

口を尖らすと、ククルは金魚が泳ぐ団扇を持った耳を左右に振った。

「馬鹿にしているわけじゃないよ。愛衣が素直で真面目な子だって言っているだけ」

「子って年齢じゃないけどね……」

急に持ち上げられ、照れる私を見つめたまま、ククルは喋り続けた。

「けれどね、自分を追い込み過ぎなところがあるかな。真面目なことは美徳だけど、少しは肩の力を抜くことも覚えないともたないよ。別に愛衣は、担当する患者を見捨てて遊んでいるわけじゃないんだ。罪悪感を抱く必要なんて、まったくないんだよ」

「そっか……。うん、そうだよね……」

ククルの言葉はなぜか、すっと胸に染み込んでくる。

「ありがとう。なんか体が軽くなった気がする。けど、なんだかククルって父さんみたいだよね。よく同じようなこと言われていたんだ」

「お父さん？」ククルはやけに芝居じみた仕草で、団扇と白衣の風呂敷を持った耳を広げる。「こんなに可愛らしい僕が、中年男とどう似ているっていうのさ」

「外見の話じゃないよ。喋り方とか仕草とかの話」

苦笑すると、ククルは前足の付け根辺りをすくめた。

「いいけどさ。ところで、愛衣のお父さんは元気にしているのかな？」

ククルが見つめてくる。つぶらな瞳に私が映りこんだ。

「うん。この前、実家に顔見せたんだ。父さんも、おばあちゃんも元気だった」

「久しぶりって言うと、しばらく会っていなかったの？」

「うん、会うのは十ヶ月くらい前に、父さんが出張で近くまで来たから、病院に顔を出してくれたとき以来かな。あの時、同僚とか上司とかを紹介したんだけど、父さん『うちの娘をどうぞよろしくお願いします』ってみんなに頭を下げてさ、過保護すぎてちょっと恥ずかしかったな」

「そうなんだ。けど、そんな歳で出張となると、お父さんも大変だっただろうね」

「そう、病院が終わったあと、一緒に夕食に行く予定だったのに、『少し疲れた』ってホテルに戻っちゃった。あの時は顔色が悪かったから、ちょっと心配だったな」

「愛衣は優しいね。ねえ、愛衣。お父さんとかおばあちゃんのことは好きかい？」

「当たり前じゃない」

一生懸命働いて私を育ててくれた父さん。ずっと私の面倒を見てくれたおばあちゃん。好きで当然だ。ククルは「そうなんだ」とウィスカーパッドを上げた。

「ああ、そう言えば、袴田先生にもよく、自分を追い詰めすぎだって言われてるな」

「……袴田？」

「うん、私の上司で、よくカウンセリングもしてくれている先生だけど、どうかした？」

「……愛衣は、その先生のことも好きなのかい？」

「好きってそんな……」

ごまかそうとするが、ククルに見つめられ、私はどう答えるべきか言葉を探す。

華先輩によくからかわれるように、私は袴田先生のことを好きなのだろうか？

これまで、彼に対する気持ちをしっかりと考えたことはなかった。考えないように気を付けていた。袴田先生は私を救ってくれた恩人だ。医師としても尊敬している。その感謝と敬意を、私は好意と間違えているだけなのではないか。目を閉じた私は、意識を自分の内部に深く落とし込んでいく。袴田先生の笑みが瞼の裏側に映し出された。

感謝と敬意、そして事故で重傷を負った彼に対する憐憫、それ以外にも様々な感情が渦巻いて、混沌とした気持ちになってくる。

私は目を開けると深呼吸をくり返した。考えすぎたせいか、少し頭痛がする。

ククルが心配そうに「大丈夫かい?」と声をかけてくる。私はなんとか笑みを作った。

「ちょっと頭を使いすぎて気分が悪くなっちゃった。

「デリケートな質問をしてごめんね。」じゃあさ、気を取り直して祭りを楽しもうか」

「そうだね。けれど、出店ももうあまりないみたいだけど……」

いつの間にか参道の奥まで来ていた。左右に連なっていた出店も途切れ、前方は暗くなっている。そちらからドンッドンッと、太鼓の音が響いてくる。

「出店だけが祭りの楽しみじゃないよ」

楽しげに言うと、ククルは音が聞こえてくる方向に向かって駆けだす。

「ちょっと待ってよ」ククルを追って少し走った私は足を止め、立ちつくした。

大きく開けた広場で、大勢の動物たちによる盆踊りがくり広げられていた。

見上げるほどに高く組まれた櫓の頂上には、でっぷりと太った褌姿の狸が、撥を持った両手を掲げている。狸の腕が振り下ろされ、撥が大きく膨らんだ腹を叩くと、市街地にまで響いていたあのドンッという太鼓の音が響き渡った。

狸は左右に揺れつつ、文字通りの太鼓腹を撥でリズミカルに叩いていく。櫓の中層には艶やかな着物姿の孔雀たちが並び、その美麗な羽を広げたり閉じたりをくり返している。その光景は太鼓の音に合わせて、大輪の花が咲き乱れているようだった。

「僕たちも踊ろうよ」踊っている動物たちの輪を、ククルは耳で指す。

「え、でも……」

戸惑っていると、ククルは背中側に回り込み、「いいから」と耳で押してきた。その小さな体躯には似合わない力に、私はじわじわと盆踊りの輪へと近づいていく。

私を無理やり動物たちの輪の中に押し込んだククルは、自分も二本足で立ち上がり、見せつけるように耳で持った団扇を振りはじめる。

ククルの言うとおり、いまは楽しむべきかもしれない。開き直った私は苦笑すると、大きな角を持つ鹿の後ろで両手を挙げて踊りはじめた。

「いい感じだね。けれど、盆踊りなのにその格好だと、風流じゃないよね」

ククルは耳を伸ばすと、金魚が泳ぐ団扇で私の胸元に触れる。水面に波紋が広がるように、白いブラウスが鮮やかな水色の生地へと変化していく。波紋が体全体へと広がる。気づくと、私は浴衣を纏っていた。日本庭園でよく見るような、石で縁取られた池が描かれた浴衣。赤い橋がかかったその池には、団扇の金魚と同じように、色とりどりの鯉が泳ぎ回っている。

「せっかくだし、ちょっとお邪魔するよ」

唐突に、ククルが体当たりでもするように勢いよく飛びついてきた。驚いて身構えるが、予想したような衝撃はなかった。代わりにククルの姿が煙のように消え去る。

「あれ、ククル？　どこ行ったの？」

「ここだよ」返事は胸元から聞こえてきた。

視線を下げると、浴衣に描かれている池にかかった橋の上で、ククルが踊っていた。

「ほらほら、手が止まっているよ。一緒に盆踊りを……」

そこで言葉を止めたククルは体を震わせると、橋の下を通り過ぎようとした錦鯉に向かって前足を振った。どうやら、猫としての本能が刺激されたらしい。水面を薙いだ鋭い爪を、錦鯉はするりと躱した。狩りの失敗をごまかすように、ククルは咳ばらいをして居ずまいを正す。

「失敬、一緒に盆踊りを楽しもうよ」

「はいはい、分かったわよ」

私は響き渡る腹太鼓に合わせて手を振って踊っていく。山羊、蛙、ハムスター、河馬……。舞っている動物たちの顔には、幸せそうな笑みが浮かんでいた。

腹太鼓の音がさらに大きくなっていく。櫓の中腹で踊る孔雀たちの羽から、オパールのように複雑な色合いの目玉模様が零れ出てくる。舞い落ちていく途中でそれらは、蝶へと姿を変え、頭上を飛び回りはじめた。盆踊りの輪に、煌めく燐粉が降り注ぐ。

神秘的なまでに美しい光景に魅せられながら踊るうちに、体が火照り、現実感が希釈されていく。この感覚には覚えがあった、幼稚園にもまだ入っていない頃、はじめて参加した夏祭り。

眩《まぶ》しいほどに明るい提灯の光、威勢良い声があがる出店、見たことのないほど大勢の浴衣姿の人々が舞う盆踊り。見るもの全てが新鮮で、お伽噺の中に迷い込んだかのような気分だった。

大人になって久しく忘れていた興奮が全身を駆け巡る。

あの時の夏祭り、戸惑う私の手を取り、一緒に踊ってくれたのは……。

哀愁の情に締め付けられる胸元辺りから、ククルの声が聞こえてくる。

「懐かしいね、愛衣」

「うん、懐かしい……。すごく……懐かしい」

震え声で答えたとき、唐突に腹太鼓の音が途切れた。盆踊りの輪も回転を止める。いまのいままで楽しそうに踊っていた動物たちが、不安げに固まっていた。私は彼らの視線の先を追う。

いつの間にか、社の正面の引き戸が開き、そこに〈人〉が立っていた。

笑みを浮かべる猿のお面を被っているが、それは間違いなく〈人〉だった。細身の体をスーツに包み込み、袖から覗く明らかに人間の手首には腕時計が巻かれている。

サラリーマンのような身なりと、顔に付けている安っぽいお面がアンバランスで、不気味な雰囲気を醸し出している。まるで散歩をするように盆踊りの輪に近づいてきたその〈人〉は、おもむろに腕を振った。そばに立っていたサイの胴体が両断され、体が上下にずれていく。いつの間にか、〈人〉の手には日本刀が握られていた。

サイの姿が透けていき、やがて霞のように消えていく。それを合図にしたように、浴衣姿の動物たちが悲鳴を上げて一斉に逃げはじめた。様々な動物たちの鳴き声が混ざり合い、不協和音を奏でる境内を、日本刀を持った〈人〉は悠然と歩いては、近くにいる動物を屠《ほふ》っていった。

「な、なんなの、あれ!?」

立ち尽くす私の胸元からククルが飛び出し、全身の毛を逆立てる。

「分からない。けれど、警戒して」

周囲の動物たちの体に遮られ、いま〈人〉がどこにいるのか分からなかった。私は呼吸を乱しながら左右に視線を送る。そのとき、すぐ目の前を走っていたカピバラが上下に真っ二つにされた。左右にずれていくカピバラの体が薄くなっていき、その奥に日本刀を手にした〈人〉が現れる。猿のお面の瞳が、まっすぐに私を捉える。日本刀を振り上げるのを、私はただ硬直したまま眺めることしかできなかった。提灯の明かりが妖しく刀身に反射する。

「愛衣！」

叫びながら私と〈人〉の間に飛び込んできたククルが、片耳を大きく振るった。鞭《むち》のようにしなりながら、柔らかそうなその耳は長く、鋭く伸びながら、金属の光沢を帯びていく。三日月のような煌めきを残して、刃と化した耳が〈人〉の胴体を薙ぐ。日本刀を振り上げた姿のまま、〈人〉は霧散した。

「あ、ありがとう……。ククル、本当に強かったんだね……」

「どうやら、夢幻の世界が変化しているみたいだね。愛衣、油断しないようにね」

血糊を振り払うように鋼の耳を振ったククルは、硬い声でつぶやきながら振り返った。

「油断って、いまの〈人〉もう……」

ククルに倣《なら》って背後を見た私は言葉を失う。鳥居の向こう側から、動物の仮面を被った〈人〉の集団が押し寄せていた。彼らの手には、鉈《なた》、鎌、鋤《すき》、槍、果ては青竜刀まで、ありとあらゆる刃物が握られている。参道に押し寄せた彼らは、浴衣姿の動物たちを機械的なまでに無感情な動きで斬りつけながら闊歩していった。

境内を照らしていた提灯が、奥から順に消えていく。それにつれて、浴衣姿の動物たちや、立ち並んでいた出店の姿も透けていき、ついには消え去ってしまう。蒼い月光に妖しく照らされた薄暗い境内には、いつの間にか私たちと無数の〈人〉だけが立っていた。

「この〈人〉たち、どこから湧いて出たの⁉」

上ずった声で叫ぶと、両耳を刃に変化させたククルは戦闘態勢を取る。

「いまはそんなことより、ここを切り抜けることを考えないと」

「切り抜けるって……」

冷たい汗が背中を伝っていくのを感じながら、私は首を回す。いつの間にか、私たちは仮面を被った〈人〉の集団に取り囲まれていた。彼らが被っている可愛らしい動物のお面が、手にしている凶器をさらに禍々《まがまが》しく見せている。

「囲まれちゃったね」

「この世界から脱出することもできるんでしょ？　一回、現実に戻ろうよ！」

じわじわと小さくなっていく〈人〉の輪に怯えつつ、私はまくしたてる。

「ダメダメ。それにはちょっと時間がかかるんだよ。いまやったら、その隙に襲われちゃうよ。とりあえず背中合わせになって戦おう。後ろの奴らは任せたよ」

「そんなことできるわけないでしょ！」

悲鳴じみた声を上げると、ククルは「なんで？」と、不思議そうに小首をかしげた。

「愛衣はユタなんだよ。この世界では、愛衣は僕以上に強い力を持っているんだ」

「そんなこと言われても……」

「ほら、この前も言ったでしょ。自分の力を信じて、解き放つんだ。前回は翼を生やして空を飛んだんだ。武器を想像して、創造するなんて簡単でしょ」

「武器……」私は手にしている金魚の団扇を見つめる。〈人〉の輪が、さらに迫ってくる。

「そう、武器だよ。僕の耳みたいに、あいつらを蹴散らす武器をイメージするんだ！」

ククルは〈人〉の壁に向き直ると、「シャーッ！」と威嚇の声を上げた。

「武器、武器……」

呪文のようにつぶやきながら、私は手にしている団扇を凝視する。

あの怪物を薙ぎ払うことができる強力な武器。

精神を集中させると、団扇の中の金魚が激しく動きはじめた。分裂と合体を何度も繰り返し、そのたびに光を放っていく。やがてその光量が、直視できないほどの強さになるとともに、熱されたガラスが溶けるように団扇が形を変えていく。

光が収まる。自分の手にしている物に気づき、私は眩しさに細めていた目を見張る。

それは水鉄砲だった。ピンク色の出目金の形をした水鉄砲。尾びれがグリップとなり、すぼめた唇の隙間が銃口になっている。

失敗だ。焦った私は、再び武器をイメージしなおそうとする。しかし、近づいてくる

〈人〉の壁が精神集中を妨げる。

「撃つんだ！」

後ろからククルの声が聞こえてくる。首だけ回して振り返ると、ククルは両耳を振り回し、迫ってくるお面を被った〈人〉を次々と薙ぎ払っていた。

「撃つっていっても、こんな水鉄砲……」

「どんな外見でも、強くイメージすれば強力な武器になる。自分を信じて！」

覇気のこもった声に思わず「はい！」と背を伸ばした私は、正面に向き直り、包丁を振り上げて迫ってくる〈人〉に銃口を向けると、腹びれの引き金に人差し指を掛ける。

これは、私が創り出した強力な武器。きっと、銃弾が勢いよく発射されて……。歯を食いしばると、私は強い反動を覚悟しつつ金魚型水鉄砲の腹びれの引き金を絞った。

銃弾が出ることはなかった。反動どころか、わずかな手応えすら伝わってこなかった。

しかし、銃弾よりも遥かに強力なものが金魚の口から吐き出された。

それはレーザーだった。金魚から発された紫色のレーザー光線が、正面の〈人〉の胸部に穴を穿《うが》っただけでなく、その背後に並んでいた〈人〉たちを貫いていった。

レーザーの直線上にいた〈人〉が一気に消え去る。あまりの威力に、私は金魚型の水鉄砲、いやレーザー銃を眺める。誇らしげに、出目金は両目をくるくると回した。

「いいじゃない。可愛い外見に似合わず凶悪だね。愛衣の本性を表しているのかな」

おどけながら、ククルは近づいてくる〈人〉を鋼の耳でなで斬りにしていく。

「人聞きの悪いこと言わないで！」

抗議の声を上げつつ我に返った私は、〈人〉の壁に銃口を向け、腹びれを引いていく。その度に、色が違うレーザー光線が彼らを撃ち抜いていった。しかし、仲間が次々と斃《たお》れているにもかかわらず、お面の〈人〉たちが怯むことはなかった。あとからあとから湧いては迫ってくる。

「これ、きりがないんだけど……」

虹を描くかのようにレーザーを乱射させながら、私はちらりと背後のククルを見た。

「あぶない！」

ククルが私に向かって刃の耳を振るう。頬をかすめていった耳は、死角から私に鍬を振り下ろそうとしていたパンダのお面を被った〈人〉の顔面に打ちつけられた。パンダのお面が高く跳ね上げられ、その下の顔面が露わになる。小さな悲鳴が口から零れる。そこには、なにもなかった。ただ白くのっぺりとした平面が、顔に張り付いているだけだった。

「のっぺらぼう……」

有名な妖怪の名前を口にした瞬間、滑らかな顔面をククルの耳が粉砕した。

「あ、ありがとう、ククル……」

「礼はいいから集中！　まだまだいるよ。いくらなんでも数が多すぎる」

いつの間にか、ククルの口調から余裕が消えていた。

「じゃあどうするの？」

「こいつらが湧いている場所を突き止めて、破壊しないと」

「けど、このままじゃ動くこともできないよ。ねえ、さっきみたいに飛んだら？」

「それも考えたけど、一斉に刃物を投げられたらひとたまりもないよ」

「そんな、じゃあどうすれば……？」

「考えるんだ。どこがこいつらの発生源なのか。それを突き止めれば、対処できるはず」

のっぺらぼうたちの発生源……。五月雨《さみだれ》のようにレーザーを放ちながら、私はのっぺらぼうが現れたときのことを思い出す。盆踊りをしていた浴衣姿の動物たちが急に止まり、彼らが見ていた方向には……。私は思わず「あっ！」と声を上げた。

「なにか気づいたの？」

「社！　最初ののっぺらぼうが現れたとき、閉じていたはずの社の扉が開いていたの。もしかしたら、のっぺらぼうはそこから出てきたのかも！」

叫びながら横目で社が立っているはずの方向を見る。何重にも重なったのっぺらぼうの人垣の奥に、社の屋根がわずかに覗いていた。

「分かった。社の中を調べよう」縦横無尽に耳を振るいながらククルがつぶやく。

「調べようって言っても、どうやってあそこまで行くの？」

「あっちにいるのっぺらぼうたちに集中攻撃して、道を切り開くんだ」

「でも、そんなことしたら他ののっぺらぼうたちが一斉に襲い掛かってくるかも」

「それでもやるしかない！　このままじゃ、いつかやられる！」

力強いククルの言葉に、私は「わ、分かった……」と頷いた。

「あそこまで行くには、ある程度の幅がある道を切り開かないといけないな。力をため込んで、社がある方向に一気に攻撃を集中させるんだ」

「力をため込む……」

私は出目金の銃を見る。返事をするように、出目金が両目をぐるぐると回した。

「愛衣、準備はいいかい。三でいくよ、一、二の……三！」

合図とともに、ククルと私は体を反転させて社がある方向を向く。ククルは鋼と化している両耳を束ねてドリル状にすると、勢いよく回転させながらのっぺらぼうたちに向かって伸ばす。回転する刃がのっぺらぼうたちを蹴散らし、その姿を掻き消していった。

しかし、のっぺらぼうの人垣は厚く、社までの道はまだ開けない。

「お願い、力を貸して」

私は腹びれの引き金を絞る。出目金は胸びれを大きく震わせると、すぼめていた唇を大きく開いた。そこから散弾銃のように、細かいレーザーが放射状に発射される。射線上にいたのっぺらぼうたちが一気に蒸発し、社までの道が開けた。

「いまだ！」

ククルの掛け声とともに、私は地面を蹴って走りはじめる。草履《ぞうり》を鳴らしつつ、レーザーを乱射しながら、全力で駆けていった。足元ではククルが四本の足で飛ぶように走りながら、襲い掛かってくるのっぺらぼうを耳で薙ぎ払っている。

背後から大量ののっぺらぼうの足音が聞こえてくるが、振り返る余裕などなかった。

私とククルは社に飛び込むと、急いで扉を閉めて閂をかける。辺りが闇に満たされるが、まだ猫の瞳をしている私には室内の様子をはっきりと見通すことができた。

私は息を乱しながら、埃っぽい社の中心に鎮座するものに視線を注ぐ。

「鏡……」

それは歴史を感じさせる円形の鏡だった。直径は五十センチほどだろうか、鏡の周囲を縁取る青銅の部分には、精巧な竜の彫刻が施されている。

「この鏡が、御神体かな？」

近づいて鏡を覗き込んだククルが、「なんにも映らないな」と首をひねった瞬間、鏡から腕が生えてきた。腕時計が嵌められたその手には、大ぶりなハサミが握られている。

ククルは「にゃっ⁉」と声を上げると、大きく飛びすさって全身の毛を逆立てた。やがて、手だけではなく、頭部まで鏡から出現してくる。リスのお面を被った頭部が。

「……愛衣の予想が正解だったみたいだね。のっぺらぼうはここから出てきたんだ」

ククルは窮屈そうに鏡から這い出してきたのっぺらぼうの首を、刃の耳で切り落とした。のっぺらぼうの姿が消え去ったのを確認して、私とククルは慎重に鏡に近づいていく。その表面をおずおずと覗き込むが、そこに自分たちの姿が映ることはなかった。

漆が塗られた鉄板のような、黒く光沢のある平面がそこには嵌め込まれていた。

「これって、民家の鏡と……」

「そうだね。トイレで見た鏡と一緒だ。のっぺらぼうはこの鏡だけじゃなく、街にある全ての鏡から這い出してきているのかも。そりゃ、無尽蔵に湧いてくるわけだ」

メキッという生木が裂かれるような音が空気を揺らす。振り返ると、閂がかかった扉から柳刃包丁の刃先が飛び出ていた。外にいるのっぺらぼうたちが扉を破ろうとしているのだろう。次々と刃物が扉を貫通していく。

「……ここまでみたいだね」疲労の滲む声でククルがつぶやく。

「ここまでってどういうこと？」

「この鏡を壊したところで、街にある鏡からあの化け物たちは無限に生まれてくる。とりあえず、今回のマブイグミは失敗。一度この夢幻の世界から脱出して仕切り直そう。あの扉が破壊される前には、元の世界に戻れるはずだよ」

「でも……」

「迷っている暇はないよ。この世界から抜け出る前に扉が破られたら、さすがに守れない。言っただろ、この世界で消滅することは、現実世界での死に等しいってさ。分かったら、いますぐ脱出するよ」

ククルは「まずはこの鏡を破壊して……」と耳を振りかぶる。

「待って！」

鏡を叩き割る寸前で、ククルの耳が停止する。

「どうしたんだよ？　時間がないって言ってるじゃないか」

「もしかしたらこの鏡の奥になにかがあるんじゃない？」

「え？　なにかって？」

「飛鳥さんのときの、〈闇〉の中みたいな世界」

ククルの瞳孔が大きく開いた。つぶらな瞳が真っ黒に染まる。

「つまり、のっぺらぼうは鏡の奥の世界からやってきているってこと？」

「そうかもしれない。きっと、佃さんにとって鏡はなにか意味のあるアイテムなんだよ。だから、その奥にもう一つの夢幻の世界がある。そして、佃さんのククルは……」

「きっとそこに隠れている」私とククルの声が重なった。

メリメリと音が響く。振り向くと、刃物でできた穴にのっぺらぼうたちが腕を差し込んで、閂を探っていた。もうすぐ扉がこじ開けられ、化け物たちが雪崩れ込んでくる。

「愛衣、脱出するならもう時間がない！　それでも試してみるかい？　間違いなく、この鏡の奥に違う世界があるんだね」

「うん！」私は迷うことなく、力強く頷いた。

この鏡の奥に、もう一つの夢幻の世界が広がっている。なぜか、私はそう確信していた。そして、佃さんを救うためには、その世界に行かなければならないとも。

「分かった、行こう。一緒に」

ククルの耳が短くなっていく。鋼鉄のきらめきは消え、ふわふわの毛が戻ってきた。元通り、柔らかそうな毛に包まれた耳を、ククルは差し出してくる。私はククルの耳をしっかりと握りしめると、もう片方の手を漆黒の鏡に向かって伸ばしていった。

鏡の表面に指先が触れた瞬間、濁流に手を差し込んだかのように体が引っ張り込まれそうになる。肩まで鏡に沈み込んだところで、私は足に力を込めてなんとか踏ん張った。

力を抜けば、鏡の中に吸い込まれる。この奥にはどんな危険があるのか分からない。それどころか、吸い込まれた瞬間に〈私〉が消滅してしまうかもしれない。

いまになって恐怖が心を黒く染めていく。

社の扉に空いた穴はさらに大きくなり、そこから伸びた十数本の腕が閂を探して蠢いていた。やがてその一本が閂に触れ、ゆっくりと外していく。

飛び込むしかない。けれど……怖い。足から発生した震えが全身に広がっていく。

「愛衣」

柔らかい声が鼓膜を揺らした。視線を上げると、ククルが微笑んでいた。

「大丈夫、ユタである愛衣が感じたんだから、この鏡の奥にはもう一つの夢幻の世界が広がっているはず。それに、どんな危険があっても、僕が守ってあげる」

闇色に染まっていた心に、ほのかな光が灯った。

「……ありがとう、ククル」

大きな音を立てて社の扉が開く。のっぺらぼうたちが刃物を振り上げて迫ってくる。

私は体の力を抜いた。足が床からふわりと浮く。

ククルの耳を摑んだまま、私は鏡へと吸い込まれていった。

5

回る……。世界が回る。私自身が回転する。

黒塗りの鏡に吸い込まれた私は、巨大な赤黒い渦の中で翻弄されていた。洗濯機の中に放り込まれたかのような感覚。気を抜けば体が千切れてしまいそうだ。

歯を食いしばって全身にかかる負荷に耐えながら、すぐ横を見る。そこではククルが竜巻に巻き込まれた木の葉のように、激しく振り回されていた。

「ククル、大丈夫？」

必死に声を絞り出しながら、私はククルの耳を握る右手に力を込める。

「う、うん、大丈夫だけど、なんだかすごい世界だね。僕の耳を離しちゃだめだよ」

思いのほか余裕のあるその口調に、不安がわずかに薄れる。

「ここが鏡の中の世界なのかな？」

そうだとしたら。佃さんのククルを探すどころじゃない。

「いや、多分違うよ。あっちを見てごらん」

回りながら、ククルは私に握られていない方の耳を動かした。首を反らせてククルが差した方向に視線を向けると、遥か遠くで弱々しく白い光が点滅していた。

「たぶん、あそこがもう一つの世界だ。ここは、二つの世界を繋ぐ空間みたいだね」

「じゃあ、どうにかあの光のところまでいかないと」

「大丈夫だよ。勝手にどんどん近づいてる。このまま渦に身を任せていたら、あの光の所まで運ばれていくんじゃないかな」

言われてみれば、徐々にだが確実に光との距離は縮まっている。どうやら渦は、あの光に向かって吸い込まれるように生じているようだ。

「じゃあ、ここからは脱出できそうなんだね」

痛みに耐えながら声を絞り出すと、突然ククルの体の回転が止まった。クリーム色の毛で覆われたその顔に、険しい表情が浮かんでいる。

「油断しちゃだめだよ。あの光の奥にある夢幻の世界からのっぺらぼうたちが来たんだとすれば、かなり危険な場所のはずだ」

「わ、分かった……」

光に近づく。長方形の穴が口を開き、白く点滅する光が漏れだしていた。

「出るよ！　気を付けて！」

ククルが声を上げる。私は体を小さくしながら穴に引きずりこまれていった。

背中に棍棒で殴られたかのような強い衝撃が走る。肺の空気が強制的に押し出された。目を固く閉じ、歯を食いしばって激痛に耐えていると、「大丈夫かい？」という声が降ってきた。薄目を開けると、アーモンド形のつぶらな瞳が、顔を覗き込んでいた。

「大丈夫じゃ……ない……」声を絞り出して、私の胸の上に乗っているククルに言う。

「すごい勢いで背中をぶつけたね。僕は体を反転させて、足から着地したけどさ」

ククルは得意げに言うと、やすりのようにざらざらした舌で私の鼻先を舐めた。

「ほら、立ち上がりなよ。悠長に痛がっている余裕はないんだよ」

「そんなこと……できない……。背骨……折れたかも……」

「背骨？」ククルは片足を上げる。「この世界には『骨』なんかないんだよ。痛みを感じるなら、それは愛衣が勝手に想像しているからさ」

「そんなこと言われても……」

「それならさ、自分に背骨なんか存在しないって想像してみなよ。そうしたら、『折れた骨』自体が存在しなくなるからさ」

背骨がない？　そうなったら……。そこまで考えたとき唐突に、首から下が溶けた。支えを失った体が、液体になったかのように浴衣から溢れ出し、床の上を広がっていく。驚いて手で体を支えようとした私の喉から、か細い悲鳴が上がる。腕がとぐろを巻く蛇のようにらせん状に曲がっていた。その姿はグロテスクで、自分の体の一部だと受け入れることに強い拒否感をおぼえる。見ると、手だけでなく足も同じ様にぐにゃぐにゃと、それ自体が一匹の生物のように蠢いている。もはや私の姿は、足を半分失ったタコが床を這っているかのようだった。

「な、なんなの、これ⁉」

「だから、背骨がなくなった体だよ。手足の骨まで消えちゃったみたいだけどね。いやあ、自分で言っていてなんだけど、人間が軟体動物になるのってけっこう不気味だね」

「呑気なこと言ってないで、どうにかして！」

「どうにかって、簡単だよ。元の体をイメージしなおせばいいんだ。ほら、集中して」

「こんな状態で集中なんかできない！」

ククルは「世話が焼けるなぁ」と愚痴りつつ、うねうねと蠕動している私の腕に片耳で触れる。その部分から、体の内部で固い骨が伸びていくのを感じる。四肢が関節を取り戻し、床にスライム状に広がっていた体に支えが生まれ、形を取り戻していった。

「ひどい目に遭った……」軟体動物の状態から脊椎を取り戻した私は、胸を撫でおろす。

「けれど、骨の痛みはなくなっているでしょ」

「ほんとだ……」

打ちつけた腰に触れていると、ククルが肩に乗ってきた。

「今回みたいな怪我は、状況に応じて愛衣自身が想像して生じるものだから、簡単に治せる。けれど、前回の〈闇の巨人〉とか、今回の〈のっぺらぼう〉みたいな悪意を持った存在が攻撃してきた場合は、そうはいかないからね。ああいうのは、精神体である愛衣に直接ダメージを与えることができる。その傷は、簡単には治せない」

「心の傷を治すには時間がかかる。そして、ある程度以上のダメージを負った心は完全に壊れちゃう。……そういうことね」

そう、心に刻まれた傷はそう簡単には治らない。二十三年前に負ったあの傷は、未だに癒えていないのだから。胸から脇腹にかけて、鋭い痛みが走る。私は浴衣の襟元を軽くはだけると、中を覗き込む。胸元から右の脇腹に、痛々しい傷跡が走っていた。

現実の世界で、私の体にこんな傷跡はない。しかし、この夢幻の世界にやってきている私の魂には、しっかりとあの時の傷が刻み込まれている。ただ……。私は指先でそっと傷跡に触れる。ケロイド状に盛り上がったその部分の滑らかな感触とともに、疼くような痛みが走る。わずかにかさぶたが剝がれ、そこから紅い血液が少量滲み出す。

ただ、飛鳥さんの夢幻の世界で見たときよりも、傷は小さくなっている気がした。

担当する三人のイレス患者。彼らを救い出すことができたとき、この傷は癒えるのかもしれない。二十三年前、眠り続ける彼女のそばでおぼえた、身を裂かれるような無力感。いまも私を苛み続けるあの感覚から逃れることができるのかもしれない。

「なにぼーっとしているんだい、愛衣」

あの日の記憶を反芻していた私は、ククルの声で「あ、ごめん」と我に返る。

「油断しないようにって釘を刺しておいたじゃないか。ほら、それじゃあまずは、ここがどんな世界なのか確認しないと」

言われて私は周囲を見回す。タイルが敷かれた四畳半ほどの空間、シャワーや洗面台が見える。

「バスルーム……？」

狭いバスルーム。そこで私はバスタブに背中を預けて座り込んでいた。

「うん、そうみたい。けれど、なんか不気味だよね」

たしかに、この空間には濁った空気が満ちていた。天井の蛍光灯はいまにも消えそうに点滅しているし、床のタイルには黄ばみが目立つ。洗面台の下部についている排水管の接続部からは、ぽたぽたと水がしたたり落ち、隅にある排水口には髪が詰まっていた。

鼻先をかすめた匂いに、反射的に口元に手が行く。腐敗臭。真夏の部屋に魚を放置したような匂いが漂ってきた。私は吐き気をおぼえながらゆっくりと立ち上がる。視点が高くなると、さらにこの空間の異常さが明らかになった。

洗面台の鏡が割れていた。蜘蛛の巣のように、細かいひび割れが放射状に走っている。

鏡……。社に祀られていた鏡の、漆を塗られたように黒光りする姿を思い出しつつ、私は鏡を覗き込む。ひび割れによっていびつに歪んではいるものの、そこに私の顔が映りこんだ。私は怪我しないように割れた部分を避け、おそるおそる表面に指を這わせてみる。社の鏡を触ったときのように、中に吸い込まれることはなかった。

「……バスタブ」

肩の上でククルが押し殺した声でつぶやく。「え?」と振り返った私は、「ひっ!?」としゃっくりのような声を上げつつ、大きく飛びすさった。背中が壁のタイルにぶつかる。

水垢の目立つ白いバスタブは、液体で満たされていた。赤黒く、粘着質な液体で。

液体がゆっくり渦を巻く。色の濃淡がいびつなまだら模様を描き、その禍々しさを増していく。腐敗臭がさらに強く、呼吸をすることすら躊躇われるほど濃厚になる。

「な、なんなのこれ?」

「……分からない。けれど、あまりいいものではなさそうだね」

鼻を押さえたまま固まっていると、液体の中からなにかがゆっくりと浮かび上がってきた。白く、滑らかな曲線を描く物体。それがなんなのかに気づいたとき、口を覆った掌の下で悲鳴が響いた。

それは骨だった。人間の頭蓋骨。恨めしげにこちらを向く空洞の眼窩《がんか》と目が合った瞬間、私は身を翻した。扉を開けてバスルームを出る。短い廊下の先に玄関があることに気づき、そちらに向かって走る。

「ちょっと、愛衣。どこに行くんだよ?」

分からない。けれど、あのバスルームから離れなければ。本能がそう告げていた。

玄関扉を開けて飛び出ると、そこはマンションの外廊下だった。扉が等間隔に並んでいる。私は廊下の突き当たりにある非常階段へと駆けていく。あと少しで階段にたどり着くというとき、進路を遮るように扉が開いた。慌てて足を止めた私は目を剝く。扉から出てきたのは、スーツ姿ののっぺらぼうだった。その手には鋸が握られている。のっぺらぼうはぐるりと首を回してこちらを向く。その顔に目などないのに、敵意に満ちた視線を感じる。のっぺらぼうが鋸を大きく振り上げた瞬間、銀色の軌跡がその体を薙ぎ払った。のっぺらぼうの姿が霧散するのを、私は固まったまま眺める。

次の瞬間、「しっかりしなよ」という声とともに、頬に衝撃が走った。鋼と化した右耳でのっぺらぼうを屠り、毛に包まれた柔らかい左耳で私の頬を打ったククルが、鋭い視線を向けてくる。

「パニックになってる場合じゃないよ。ユタらしく冷静に行動するんだ。佃三郎のククルを見つけて、彼のマブイを救い出すんだろ」

そうだ、そのために私はここに来たんだ。混乱で沸騰していた頭が冷めていく。

「少しは落ち着いたかな」

「……うん。ありがと、ククル」

「礼を言うのは早いよ。この夢幻の世界は、かなり危険な場所だ。マブイグミをやり遂げるまで、油断しないように……」

ククルがそこまで言ったとき、背後の玄関扉が軋みを上げて開いた。私はその場で勢いよく回転すると、右手に持っていた金魚のレーザー銃を掲げる。扉から錐《きり》を持って出てきたのっぺらぼうの姿を確認すると同時に、腹びれの引き金を絞った。紫のレーザー光線によって脇腹を貫かれたのっぺらぼうの姿が消えていく。

「もう、大丈夫みたいだね」

ククルはニヒルな笑みを浮かべると、非常階段を耳でさした。

「それじゃあ、あらためて佃三郎のククルを探しに行こうか」

私は「うん！」と、力強く頷いた。


金魚型のレーザー銃を胸元に構えつつ、警戒しながら細い路地を進んでいく。

非常階段を降り、敷地から出た私たちは、両側にブロック塀がそびえ立つ路地を歩いていた。時折、刃物を持ったのっぺらぼうが曲がり角からぬっと姿を現したりするので気が抜けない。

足元を歩くククルが「よいしょっと」と、緊張感のない掛け声を上げながら、ブロック塀の上から顔を出したのっぺらぼうの首を、耳の刃で薙ぎ払う。

「いやあ、これで何匹目だろう。きりがないね」ククルは芝居じみた仕草で首を鳴らす。

「ねえ、佃さんのククルって、この世界のどこかにいるんだよね」

「そうなんじゃないかな」

頼りない答えに、眉根が寄る。

「そんな顔しないでよ。ククルを探すのは本来、ユタである愛衣の仕事なんだからさ」

「そうなんだろうけどさ……」

口を尖らせつつ、離れた路地から出てきたのっぺらぼうをレーザーで撃ち抜いた。

「まあ、ここにいる可能性は高いと思うよ。前にも言ったけど、夢幻の世界を創り出しているマブイはかなり傷つき、弱っている。そういう人物は概して、マブイを映す鏡であるククルも同じ状態になっているんだ。そして、弱った状態で夢幻の世界に囚われているククルは、その傷を負ったきっかけとなるような場所で隠れていることも多い」

「飛鳥さんのククルが、あの底なしの暗闇の中にいたみたいに……」

私がつぶやくと、ククルは「そういうこと」と耳を振った。

「のっぺらぼうが跋扈《ばっこ》するここは、佃三郎のマブイが重い傷を負った出来事と深い関係があるはずだ。きっと、佃三郎のククルはこの悪夢のような世界のどこかにいるさ」

「でも、ここってかなりの広さがあるよ。のっぺらぼうのせいで慎重に進まないといけないし、どうやって佃さんのククルを探せば……」

そこまで言って、私ははっと顔を上げる。左右にそびえ立っていたブロック塀が、少し先で尽きていた。私とククルは顔を見合わせると、小走りに進んでいく。

路地を抜けると、大通りが広がっていた。左右に並ぶブロック塀の奥に建つ民家、通りを照らす街灯、地面に描かれた標識。その全てに見覚えがあった。

「ククル、ここって……」

「……ああ、そうだね。鏡の向こう側にあった大通りそっくりだね」

佃さんの夢幻の世界に這入り込んですぐ、私が立っていたあの大通りに似ている。しかし、あの時の大通りとは、明らかに雰囲気が異なっていた。街灯は半分ほどが消え、残りの半分もちかちかと点滅している。ブロック塀は青黒い苔《こけ》に覆われ、ところどころ崩れていた。地面に描かれた標識も、かすれて読み取れない。

私は金魚型のレーザー銃を構えたまま、左右に立ち並ぶ民家を目で追っていく。どの家からも明かりが漏れていないのは、最初に見た大通りと一緒だ。あの時は違和感をおぼえたが、ここでは当然と感じる。それほどに、どの民家も荒れ果てていた。

門扉は錆びて倒れ、塗装が剥げた外壁にはシダ植物が這い、窓ガラスは多くが割れている。何年間も放置され、風雨に晒され続けたゴーストタウン。辺りはそんな様相を呈していた。

「なんか……気味が悪いね……」

足元に寄り添うククルが緊張を孕んだ声でつぶやいたとき、遥か遠くに明かりが灯った。私はまばたきをくり返す。明かりに浮かび上がったのは異様な光景だった。

鏡の向こう側の世界では祭りが開催されていた丘があった場所、そこにマントを纏った巨大なのっぺらぼうが立っていた。そのサイズは首を反らしてしまうほどに大きく、人型の高層ビルがそびえ立っているかのようだった。その周囲には鬼火のように蒼い炎が浮かび、巨大のっぺらぼうの顔を下方から不気味に照らしている。

「愛衣、あそこ……」

ククルが巨大のっぺらぼうの足元を耳で差す。目を凝らすと、マントの隙間がトンネルのようになっていて、そこから刃物を持ったのっぺらぼうが出てきていた。

「あれが……、のっぺらぼうの発生源？」

「そうみたいだね。で、どうする？」ククルは身を低くして、警戒態勢を取る。

「え？　どうするって？」

「だから、あの巨大のっぺらぼうの中に入るかどうかだよ」

「あの中に⁉」声が裏返る。

「佃三郎のトラウマにのっぺらぼうが深くかかわっている。そうなると……」

「……あの巨大のっぺらぼうの中に、佃さんのククルがいる」

唾をのんで言うと、ククルは「そういうこと」と耳を振った。

息を乱しながら、巨大のっぺらぼうを見る。あんな不気味なものの内部に這入り込むことに、本能的な恐怖をおぼえた。しかし、佃さんのククルはきっとあそこに……。

脳裏に、穏やかな顔で眠る美しい女性の横顔がよぎる。

軽く頭を振った私は、上目遣いに巨大のっぺらぼうを睨んだ。

「行こう！　じゃないと、佃さんを治せないんだから」

「いい気迫だね。なかなかユタっぽくなってきたよ」

ククルは楽しげに言うと、ジャンプして私の肩に飛び乗った。

「それじゃあ、洞窟探検に出発しよう」

頷いた私が足を踏み出そうとしたとき、巨大のっぺらぼうの足元からこちらに向かって、二本の蒼白い光が伸びはじめた。大通りの両側に立ち並んでいる廃墟と化した民家の窓に、奥から順に光が灯ってきている。ついには私のそばにある民家にも光が灯る。それと同時に、静寂が満ちていたゴーストタウンがざわめきに満ちていく。

鏡の向こう側でも似たようなことがあった。しかしあのときとは違い、民家の窓から零れる光は不気味な蒼色で、聞こえてくるのは怨嗟に満ちたうめき声だった。

「これは……、よくないね」

ククルがつぶやくのを聞きながら、私は民家の二階にある窓に視線を送った。背中に冷たい震えが走る。そこには、のっぺらぼうがいた。刃物を持ったのっぺらぼうが割れた窓から、存在しない目でじっとこちらを見ていた。

「愛衣、全力で走るんだ！　もうすぐ、民家からのっぺらぼうたちが溢れ出してくる！」

私が慌てて走り出そうとすると、ククルは「そうじゃない！」と叫ぶ。

「え？　そうじゃないって？」

「人間の足じゃ間に合わない。もっと速い動物をイメージして、変身するんだ」

速い動物。誰よりも速く大地を駆ける獣。ククルの指示を理解した私は、目を閉じて必死にイメージを膨らませる。全身に波紋のように震えが走り、手から金魚型のレーザー銃が零れ落ちた。

体内からごきごきと骨が変形していく音が響く。痛みはなかった。関節を鳴らしたときのような心地よさすらおぼえていた。脊柱が湾曲し立位を保っていられなくなる。私は倒れこむように両手を地面につく。いや、それはもはや手ではなく、前足だった。四肢の関節が人間とは、霊長類とは明らかに違う角度に曲がっていき、皮膚の下で筋肉がしなやかに蠕動しつつ膨らんでいく。

全身の皮膚に粟立つような感触が走ったあと、黄金色の柔らかい毛が生えてくる。八重歯が伸びてできた鋭い牙を剝くと、私は空に向かって大きな咆哮を上げる。

「おお、チーターだね。これならきっと間に合う。行くよ」

背中に乗ったククルの声を聞きながら、黄金の体毛に包まれたチーターと化した私は、弾力のある肉球で地面を蹴った。四肢の筋肉で地面を蹴った力が、強力なバネのように柔軟で強靭な背骨によって加速へと変換されていく。

左右に廃墟と化した民家が連なっている光景が、これまで経験したことのない速度で流れていった。遥か遠くに立っていた巨大なのっぺらぼうが、みるみる近づいてくる。

とうとう前方にある民家の敷地から、のっぺらぼうたちが溢れ出し、通りの中心に殺到してくる。その光景は、左右から壁が押しつぶそうと迫ってくるかのようだった。

大丈夫、襲われる前に巨大ののっぺらぼうに到着できる。そう思ったとき、巨大ののっぺらぼうのマントの隙間、いまから私たちが飛び込もうとしている場所から、日本刀を手にしたのっぺらぼうが姿を現した。そののっぺらぼうは、私たちを待ち構えて一刀両断しようとするかのように、頭上に刀をふりあげた。このままじゃ斬られる。けれど、少しでも減速したら両側から迫ってきているのっぺらぼうたちに襲われる。

「このまま突っ込め！」躊躇している私に向かってククルが叫んだ。

「でも……」

「いいから僕を信用するんだ！」

覚悟を決めた私は一際強く地面を蹴ってさらに加速していく。そのとき、頭上から見慣れたものが視界に入ってくる。それはククルの耳だった。

長く伸びた二本の耳が縒り合いつつ、質感を変化させていく。やがてそれは銀色に輝く槍になった。中世の騎士が持つような、円錐状の巨大な槍。

槍の先端が、日本刀を構えるのっぺらぼうに向く。意図を悟った私は、ただがむしゃらに走り続けた。左右に立ち並んでいた民家が途切れる。迫っていたのっぺらぼうの壁も見えなくなる。巨大のっぺらぼうがすぐ目の前に迫る。

「行けえ！」

ククルの声を聞きながら私は、立ち塞がるように刀を構えているのっぺらぼうに向かって突っ込んだ。のっぺらぼうが刀を振り下ろすようなそぶりを見せた瞬間、槍の先端がその胸に突き刺さる。霞のように散るのっぺらぼうの体を突っ切るように、私はトンネル状になっているマントの隙間へと飛び込んだ。

暗闇の中、肉球で地面をこすって急ブレーキをかける。完全には勢いを殺すことができず、体は数メートル横滑りしてようやく止まった。私は素早く振り返って、いま飛び込んできた入り口を見る。のっぺらぼうたちが追って来ることはなかった。

「外の奴らは入ってこれないみたいだね」

ククルが私の背中から飛び降りる。縒り合わさって巨大な槍と化していた耳がはらりとほどけて短くなり、またふわふわとした毛に包まれた元の形へと戻った。

「よかった……」

安堵の息を吐く私の足元に淡い光が灯った。その光は繭のように私の体を包み込んでいく。私は目を閉じ、自分の体が再構成されていく感覚を味わう。それは温かな液体の中で溶けていくかのようで、心地よかった。

光の繭が消えたとき、黄金色のチーターは消え、私は白衣を纏った姿に戻っていた。

「あれ、チーターはやめたの？　なかなか機能的な身体だったのに」

同じネコ科の姿をやめたのが不満だったのか、ククルはつまらなそうに言う。

「いくら機能的でも、やっぱり四足歩行は違和感があるしね。それに、もうお祭り気分じゃいられないから、この格好に戻ってみたんだ」

「たしかに、ここはお祭り気分でいられるような場所じゃなさそうだし」

「だね……」

闇の中になにかが潜んでいる気配がする。なにか、危険なものが。

息を殺していると、足元の床が弱い光を放ちだした。非常灯のような薄緑の光。それが奥に向かって伸びていくにつれ、闇の奥に隠れていたものが浮かび上がってくる。

現れた圧倒的な光景に、私はあんぐりと口を開けて立ち尽くした。

そこには牢が並んでいた。鉄格子でできた二メートル四方ほどの立方体の牢が道の左右に高々と積まれ、壁を作っている。首を反らすが、牢の壁がどこまで達しているのか分からなかった。それらの牢の一つ一つに、のっぺらぼうが閉じ込められていた。

言葉を失う私の足元で、ククルが狭い額を耳で掻く。

「ここはのっぺらぼうの収容所、……というか刑務所か拘置所なのかな？」

「刑務……所……？」

「佃三郎は弁護士だったんでしょ。そういう場所と関係が深かったんじゃないかな。そのイメージが顕在化したのが、この牢の壁なんだと思うよ。さて、それじゃあ行こうか」

「え？　奥に行くの⁉」

「この場所は、佃三郎の精神が大きなダメージを負った出来事と密接に繋がっているはずだ。つまり、ここにククルが隠れている可能性が高いんだよ」

「そうかもしれないけど……」

「ぐずぐずしている暇はないよ。夢幻の世界は時間が経つにつれ変化していく。いつ外ののっぺらぼうたちが押し入ってくるか分からないんだから、さっさと行かないと」

妖しく緑色に光る道を、ククルは軽い足取りで進みはじめる。

佃さんを救うためだ。私は拳を握りしめると、ククルのあとを追った。

牢の壁に挟まれた道を歩いていく。鉄格子の隙間から、のっぺらぼうたちが手を伸ばしてくる。かなり道幅があるので、その手が届くことはなかったが、道の両側に無数の手が生えている光景はおぞましく、全身に鳥肌が立ってしまう。口がないにもかかわらず、のっぺらぼうたちが上げるうめき声が不協和音を奏で、恐怖をさらに搔き立てた。

「いやあ、気持ち悪い光景だね。大量の芋虫か、巨大なムカデの足が蠢いているようだな」

楽しげに言うククルに「やめてよ！」と抗議していると、唐突に数個先の牢の扉が開き、中からのっぺらぼうが出てきた。

「ごめんごめん」

ククルは謝りながら片耳を刃物に変えながら伸ばし、のっぺらぼうの首を薙いだ。

「けど、たしかに軽口叩いている場合じゃないね。ここにある牢が一気に開いたりしたら、一斉に襲い掛かられる」

恐ろしい想像に、背筋が冷たくなる。

「そうなる前に、佃三郎のククルを見つけないと。愛衣、急ぐよ」

私は頷くと、恐怖を押し殺して駆けだした。私たちは牢の壁が両側にそびえる道をひたすらに走っていく。時々、牢から出てきたのっぺらぼうが襲ってくるが、足元を駆けるククルが耳で切り裂いてくれる。

どれだけ走っただろう。延々と続く同じ光景、心を蝕む気味の悪い光景に時間の感覚が麻痺しだした頃、道の遥か先にぼんやりとした紫色の光が見えた。

「ククル、あそこ！」

私は正面を指さしながら、スピードを上げる。やがて、妖しく光る道とともに、左右に連なっていた牢の壁が消え去った。私とククルは足を止める。

闇の中に、それはあった。瑠璃色に淡く光る立方体の檻。

のっぺらぼうたちが閉じ込められている牢より遥かに小さく、一辺は五十センチほどしかないだろう。格子は鉄ではなく、プラスチックのように半透明で、それ自体が弱々しい光を放っている。まるで、サイリウムライトでできた檻のように。

緊張しつつ檻へと近づき、格子の隙間から中を覗き込んだ私は口を固く結ぶ。

そこには幼い少女が、膝を抱えるようにして横たわっていた。

年齢は幼稚園児ぐらいだろうか。麻袋に穴を開けたような簡素な服から伸びる手足は枯れ木のように細く、幼い顔は血の気がなく蒼白だった。四肢には擦り傷が目立ち、片方の足首には無骨な鉄の枷すらはめられている。

「ククル、これが……」

「ああ、この子が佃三郎のククルで間違いないだろうね」

「ひどい状態……。まるで、奴隷にされた子供みたい……」

「それだけ、佃三郎のマブイも傷ついているってことさ。さて、ようやく佃三郎のククルを見つけることができた。でも、マブイグミはここからが本番だよ。僕は夢幻の世界を案内することはできるけど、ここからは愛衣が一人でやらないといけない」

「うん……、分かってる」

一度大きく深呼吸をした私は、檻に向かって手を伸ばす。

淡く光るその格子に両手が触れた瞬間、記憶の奔流が流れ込んでくる。

私は目を閉じてその流れに意識をゆだねた。

6

遠くから祭囃子が聞こえる。

木製の桶を持った佃三郎は、足を止めて音が聞こえてきた方向を向いた。自然と頰が緩んでしまう。今日は近所の神社で行われる、年に一度の夏祭りの日だった。夕方の仕事が終われば祭りに行っていいと、両親から許可は貰っている。

「おい、三郎。なにぼーっとしてんだよ。そんなんじゃ、祭りに行けないぞ」

三歳年上の兄が声をかけてくる。まだ十四歳だというのに、その太い両腕で大人が持つのも苦労する樽を抱えていた。三郎は「あ、兄ちゃんごめん」と、慌てて謝罪する。

「まったく、仕事も大してできないくせに休むなよ」

いやみったらしい兄のセリフに、三郎は唇を嚙む。三郎には兄が二人いた。彼らが同年代の中でも際立って体格がよく、力が強いのに対し、三郎はかなり小柄だ。

「そういえば、お前、また試験でいい点数取ったんだって。母ちゃんが言っていたぞ」

三郎はこのあとなにを言われるか予想し、気持ちが重くなっていく。

「勉強なんてしている暇があったら、もっと体を鍛えろよな。お前が使えない分、俺たちが余計に働くことになるんだから」

「……ごめん」俯くと、兄は小馬鹿にするように鼻を鳴らした。

町のはずれで畜産業を営む佃家では、子供たちも重要な労働力だ。その中で、非力な三郎はいつも兄たちと比較され、惨めな思いを強いられてきた。

「頭なんか良くても、なんの意味もないんだよ。それなのにお前ときたら……」

兄の小言を黙って聞き流しながら、三郎は桶を摑む手に力を込める。

そんなことはない。これからは勉強ができる奴の時代なんだ。

俺はこんな田舎町を出て東京に行く。そこで、牛の世話なんかじゃなく、もっと大切なことをするんだ。兄ちゃんたちにはできないような、大切なことを。

牛舎に入りながら、三郎は自らに言い聞かせるように胸の中でくり返す。

「そういえばお前さ、いつか東京に行きたいとか言っているらしいな」

頭の中を読んだかのような兄のセリフに心臓が跳ねる。顔を上げると、牛の水飲み用の細長い升の前で足を止めた兄が、冷たい眼差しを向けていた。

「お前みたいな奴が、東京に出てなにをするつもりなんだよ？」

兄は抱えた樽の水を豪快に升に移す。牛たちが一斉に水を飲みはじめた。

「なにか、大切なことを……」視線の圧力に萎縮し、口ごもってしまう。

「大切なこと？　家族の仕事を手伝うよりも大切なことってなんだよ？」

「それは……」

「なんだ、考えていないのか？　お前はうちの仕事から逃げたいだけだろ」

図星を指されて、三郎は無言で顔を伏せる。

「そんな奴が、東京に出て『大切なこと』なんてできるわけないだろ。分かったらくだらないこと考えてないで、牛にブラシをかけてやれ。全頭な」

「全頭って、兄ちゃんは……」

「俺は祭りだ。女と回るんだよ。ああ、あと犬と猫たちに餌もやっておけよ」

「俺だって祭りに……」抗議の言葉は、兄に睨まれて尻すぼみになる。

「東京に行くなんて、馬鹿なこと言った罰だ。まあ、頑張れば祭りに間に合うだろ」

樽を担いでいく兄の姿を見送った三郎は、落ちていたブラシを手に取り牛に近づく。枷がつけられているかのように足が重かった。

息を切らしながら石段を駆け上がっていく。響いてくる太鼓の音が大きくなるにつれ、鼓動が高まっていく。必死に牛たちにブラシをかけ、犬と猫の餌やりを終えた三郎は、夏祭りが行われている神社に向かっていた。なんとか、祭りが終わる前に仕事を済ますことができた。まだ十分に楽しむ時間はあるはずだ。

ズボンのポケットの中で、硬貨がガチャガチャと音を立てる。石段を上がり切った三郎は、肩を激しく上下させながら「わぁ」と歓声を上げる。鳥居の向こう側に、夢の世界が広がっていた。

色とりどりの華やかな浴衣を着る参拝客たち、参道を明るく照らす提灯、左右に連なる出店。刺激の少ない田舎町に住む三郎の目には、それは浮世離れした光景に映った。

誘いこまれるように、三郎はふらふらと参道を進んでいく。背が低いため、浴衣姿の人々で出店がよく見えなくなる。しかし、それも楽しかった。これほど多くの人が集まっているのを見るのは、年に一回、この夏祭りだけだ。

人の波を掻き分けながら、三郎は出店を覗き込む。金魚掬い、お面、型抜き、タコ焼きなど、様々な屋台が連なっていた。三郎はポケットから硬貨を取り出して数える。この日のために、なけなしの小遣いを貯めたものだった。

大切に使わないと。三郎は小さく飛び跳ねて屋台の種類を確認し、なにを食べ、なにで遊ぶか計画していく。それだけで、家業の疲労を忘れられた。

まずはこれだ。すぐ近くにあった出店に向かった三郎は、そこでリンゴ飴を買った。

「ほい、毎度あり！」

威勢のいい声をあげる店主からリンゴ飴を受け取った三郎は、それを一口齧《かじ》る。柔らかい飴の層を抜けた前歯が、瑞々しいリンゴの果肉を齧り取る。シャリッという小気味いい音が弾けた。口の中で、飴の甘さとリンゴの酸味が融け合っていく。

普段の生活では経験することのない美味を堪能しながら、三郎は参道を奥へと進んでいく。小遣いには限りがある。どの出店で遊ぶか吟味する必要があった。浴衣姿の親子で賑わっている金魚掬いの屋台を覗き込む。しゃがみこんでいる客たちの肩越しに、金魚が泳ぐ水槽が見えた。提灯の光に照らされた金魚はそれ自体が淡く発光しているかのように美しかった。

一瞬、ポイを買おうかと思うが、三郎は口を開きかけたところで思いとどまる。

金魚を持って帰ったところで、飼うことはできない。自宅ではネズミ避けに数匹の猫を飼っている。よくスズメなどを狩って食べている彼らにとって、金魚はおやつにしか見えないだろう。

金魚掬いの屋台から離れた三郎は、リンゴ飴を齧りながら出店をひやかしていく。

参道を半分ほど進んだところで、お面屋にずらりと並ぶ様々な動物のお面を眺めていた三郎は、肩に強い衝撃をおぼえた。食べかけのリンゴ飴が手から零れて地面に落ちる。

「ああ、悪いな、三郎。背が小さくて気づかなかったよ」

三郎は歯を食いしばって顔を上げる。そこには、同級生の少年が三人、嘲《あざけ》るような笑みを浮かべて立っていた。普段からなにかと嫌がらせをしてくる少年たちだった。リーダー格の少年は、三郎より頭一つ背が高い。

「ひどいよ。せっかく買ったリンゴ飴だったのに……」

三郎が勇気を振り絞って抗議の声を上げると、リーダーの少年の目がすっと細くなる。

「お前が小さくて見えなかったから、肩が当たったんだよ。なにか文句でもあるのか」

少年は三郎に近づくと、覆いかぶさるように睨みつけてくる。その迫力に、三郎は目を逸らしてしまった。少年は分厚い唇に笑みを浮かべると、わざとらしく鼻をひくつかせる。

「くさいな。動物の匂い、牛の糞の匂いだ」

屈辱と羞恥が体温を上げる。三郎は両手でシャツの裾を強く握った。

三郎の生活には、常に動物が傍にいた。家業の手伝いで日常的に牛の世話をし、害獣避けのための犬や猫も数匹ずつ飼っている。家の裏の山からは、よく狸や鹿が出てくるし、猪の姿を見たこともある。朝は外から聞こえてくる小鳥の鳴き声で目が醒めていた。

動物は好きだった。彼らは自分を馬鹿にしたりしないから。毎日を懸命に生きている彼らの姿を見ることが楽しかった。ただ、常に動物が周りにいる環境はたしかに、独特な匂いを肌に染み込ませる。特に、日課の一つである牛たちの糞の処理は。

自分がとてつもなく惨めな存在であるように思えて、視界が滲んでくる。

「おい、なにを泣いてるんだよ。男のくせに」

少年が額を小突いてきた。それだけで、小柄な三郎は二、三歩後方にたたらを踏んでしまう。その姿を見て満足したのか、少年たちは笑い声を上げつつ去っていった。

彼らの姿が見えなくなると、三郎は背中を丸めて歩き出す。さっきまで眩しいほどに明るかった提灯の光も、いまはくすんで見えた。

パンッという小気味いい音が三郎の鼓膜を揺らす。反射的にそちらに目を向けた三郎の足が止まる。そこには射的の屋台があった。同年代の少年たちが空気銃を構え、コルクの弾で小さな菓子箱などを撃ち落としている。三郎の視線は、棚の一番上にある景品に吸い寄せられた。それは、車の模型だった。こんな田舎町では決して走っていないような、外国の車の模型。

以前、裕福な家の子供が、同じような物を学校に持ってきて自慢したことがあった。男子全員がその同級生の机を取り囲み、模型に羨望の眼差しを向けた。さっき絡んできた三人も。

あの模型を手に入れたら、あいつらを見返せる。

三郎は硬貨が収められているポケットに手を入れながら、大股に屋台に近づいていく。

「おう、坊主。お前もやるか？」

店主に威勢のいい声をかけられた三郎は、首をすくめるように頷いた。

代金を払った三郎は、受け取った空気銃にコルク弾を詰めると、両手で構える。予想を超える重量にぶれる銃口をなんとか一番上の棚に鎮座する模型の箱に向けると、引き金を絞った。パンっという破裂音とともに伝わってきた反動で、銃口が上を向く。コルク弾は天井の布に当たり地面に落ちていった。

「ダメだよ、ダメ。もっと力を込めないとな。坊主は小さいんだから」

店主が小馬鹿にするように言う。その表情に、絡んできた少年の嘲笑が重なった。三郎は次のコルク弾を装塡し、すぐに撃つ。弾は一直線に地面に向かって飛んでいった。

額の辺りが熱くなっていくのをおぼえながら、三郎は弾を装塡しては、引き金を絞っていく。小さな皿に載っていた五発のコルク弾を全て打ち尽くしたが、模型を撃ち落とすことはおろか、まともに棚まで届かせることもできなかった。

「終わりだな」

空気銃を奪おうとする店主に向かい、三郎は硬貨を握った掌を突き出す。

「なんだ、坊主。まだ続けるのか？」

三郎は無言で手を突き出し続けた。店主は「はいはい」と硬貨を受け取り、代わりにコルク弾を皿の上に置く。すぐに銃口にコルク弾を詰めた三郎は、再び模型に向かって撃ちはじめた。何発も撃つうちに、次第に弾は棚の方向へ、そして模型の箱のそばへと飛ぶようになる。上達を実感した三郎は、コルク弾が尽きるたびに、店主に代金を払って新しい弾を買った。

射的にのめり込むうちに、いつの間にかこの日のために貯めていた小遣いは底をついてしまった。皿の上には最後のコルク弾が一個だけぽつんと置かれている。それを手に取った三郎は、慎重に銃口に詰めていく。何十発も撃ったおかげで、ほとんどの弾が模型の箱のそばに当たるようになっていた。

最後の一発。これが外れたら、小遣いを全部つぎ込んだことが無駄になる。

構えた銃身に顔を添わせながら片目を閉じる。引き金にかけた人差し指が、緊張でかすかに震えた。銃口をまっすぐに模型の箱に向けながら、三郎は深呼吸をくり返す。

大丈夫だ。次こそ当たる。あの模型を撃ち落とすことができる。

息を止めると、人差し指の震えが止まった。三郎は引き金を絞る。

銃を通して伝わってくる反動を、力を込めて抑え込む。圧縮された空気に押し出されたコルク弾が、一直線に模型の箱に向かって飛んでいくのを、三郎はまばたきもせず見つめ続けた。

箱の中央に描かれた外車にコルク弾が衝突するのを見て、三郎は両手を高く掲げる。

しかし、喉を駆け上がってきた歓声は口の中で霧散した。

箱をとらえたコルク弾は、まるで壁に当たったかのように跳ね返ると、力なく地面へと落下していった。両手を掲げた姿勢で固まったまま、三郎は微動だにしていない模型の箱を眺める。

「残念だったな、坊主。景品は撃ち落とさないともらえないんだよ」

店主は無造作に三郎の手から空気銃を剝ぎ取ると、小さな飴玉の箱を差し出してくる。

「まあ、頑張っていたから特別賞だ。気を落とすなよ」

放心状態で飴玉の箱を受け取った三郎は射的の屋台から離れると、おぼつかない足取りで参道を奥へ進んでいく。背中に漬物石でも載せているかのように体が重かった。視界が揺れ、雲の上を歩いているかのように足元が定まらない。

なんて馬鹿なことをしてしまったのだろう。小遣いを全部使ってしまった。手に入ったものは、わずかな飴玉だけ。もう、夏祭りを楽しむこともできない。

こんなことなら、祭りになんか来ずに、牛の世話でもしていればよかった。そうすれば、同級生に馬鹿にされることも、こんなにつらい思いをすることもなかったのに。

うなだれ、足を引きずるように歩いていた三郎は、臓腑を揺らす太鼓の音に顔を上げる。いつの間にか境内の奥までやってきていた。社の前の広場に高い櫓が組まれ、その周りで浴衣姿の人々が盆踊りを舞っていた。提灯に照らされた人々の笑顔を見て、惨めな気持ちがさらに強くなる。

三郎が踵を返そうとしたとき、「佃君」と声を掛けられる。見ると、そばに浴衣姿の少女が立っていた。同級生の南方聡子《みなみがたさとこ》だった。

「こんなところに突っ立って、なにしてるの?」

金魚があしらわれた桃色の浴衣を着た聡子に、切れ長の目で見つめられた三郎は、「いや……」と言葉を濁す。美人で気が強く、思ったことはなんでもずばずばと口にする彼女に苦手意識があった。それに医院を営んでいる彼女の家は、町でも有数の資産家だ。昔から聡子を前にすると、劣等感を掻き立てられる。だから、できるだけかかわらないようにしていた。なのに、この同級生の少女はなにかにつけて話しかけてくるのだ。

「盆踊りするなら早い方がいいよ。もうすぐ終わりの時間だから」聡子は櫓を指さす。

「いや……、いま帰るところだから……」

「え、盆踊りしないで帰るの？　なんで？」

問い詰めるような口調が気持ちを毛羽立たせる。三郎は「ほっといてくれよ」とかぶりを振ると、逃げるように離れていった。盆踊りの輪から離れ、参道のわきにある木にもたれかかった三郎は、片手で目元を覆う。気を抜いたら泣きだしてしまいそうだった。早くここから離れたいのだが、帰路につく気力さえもわかなかった。

焦点の合わない目で盆踊りを眺めていた三郎の肩が叩かれる。緩慢に首を回すと、さっきからかってきた三人組の少年が立っていた。

「な、なんだよ」

身構えた三郎の胸に、リーダー格の少年がなにかを押し付けてくる。腕の中にある物を見た三郎は目を剝いた。それは模型の箱だった。射的で狙っていた外車の模型。

「それやるよ。リンゴ飴をだめにしちまったからさ」

少年は三郎の肩を叩きながらどこか作り物っぽい笑みを浮かべる。三郎が「え、でも……」と戸惑っていると、少年たちは走って去っていった。

狐につままれたような心地で、三郎は立ち尽くす。なにが起きているのか分からなかった。ただ、喉から手が出るほど欲しかったものが、いま腕の中にある。その事実に胸が高鳴る。

せわしなく箱を開けようとしたとき、背後から重い足音が響いてきた。次の瞬間、三郎の体は浮き上がり、木の幹に背中から叩きつけられた。

「さっきのガキか！」

痛みにうめいていると、怒声が浴びせられた。怒りで表情を歪めた中年の男が、三郎のシャツの襟を摑んで木の幹に押し付けていた。混乱する三郎に男がぐいっと顔を近づけてくる。その顔には見覚えがあった。さっき、小遣いを使い果たした射的屋の店主。

「よくもうちの景品を盗んでくれたな！」

店主の剣幕に身をすくめながら、三郎はすぐに状況を理解する。同級生の少年たちは、この模型を盗み出したが、店主に発見されて追いかけられた。だから、それを三郎に押し付けたのだ。

濡れ衣を着せられたことを悟った三郎は、必死に誤解であることを伝えようとする。自分は盗みなどしていないと。しかし、歯を剝き、顔を真っ赤に紅潮させた店主の姿は昔話に出てくる赤鬼のようで、恐怖で言葉が出てこなかった。

「覚悟はできてるんだろうな」

店主は片手で三郎を幹に押し付けたまま、もう片手で拳を作る。

「お、俺が盗んだんじゃ……」

舌がこわばって声が出ない。拳が大きく振り上げられる。

殴られる。絶望しながら目を閉じたとき、鋭い声が上がった。

「止めてください！」

三郎がおそるおそる薄目を開けると、少し離れた位置に少女が立っていた。色鮮やかな金魚があしらわれた、桃色の浴衣を着た少女が。

「……南方？」

三郎は目をしばたたかせながら、同級生の少女の名を呼ぶ。しかし、南方聡子は三郎に目をくれることもなく、店主を睨んだままつかつかと近づいてきた。

「その子を放してあげてください」すぐそばまでやって来た聡子が、凛とした声で言う。

「うるさい、関係ないガキは引っ込んでろ」

店主が吐き捨てるが、その声には戸惑いが色濃く滲んでいた。聡子は自分の三倍は体重がありそうな男に全くひるむことなく、さらに一歩、足を進める。小柄な少女とは思えない迫力に圧倒されたのか、店主は軽く身を引いた。首元にかかっていた力が緩み、三郎は大きく咳き込む。

「あなたは間違っています」

鼻先に指を突きつけられた店主は、「なにがだよ?」と軽くのけぞる。その顔からはすでに怒りの表情は消え、どこか不安げですらあった。

「私、見てました。模型を盗んだのはその子じゃありません。盗んだ男子たちが、その子に模型を押し付けたんです」

「あっちにいるのが本当の泥棒です」

聡子は店主に突きつけていた人差し指で、林の奥をさす。そちらに視線を向けると、模型を渡してきた少年たちが大きな樹の陰で様子をうかがっていた。

見つかった彼らは、「やばい!」と声を上げると、慌てて逃げ出す。

「こら! 待ちやがれ!」

店主は三郎の腕から模型の箱を奪い取り、少年たちを追って走っていった。

「あっ、関係ない子を疑ったんだから謝りなさいよ!」

林の中に消えていく店主の背中に、聡子が怒声を浴びせる。「悪かったな、坊主」という声が樹々にこだましてかすかに聞こえてきた。

助かった……。膝の力が抜けていく。三郎はその場にへたり込んでしまった。

「もっとちゃんと謝るべきじゃないの」

不満そうにつぶやく聡子を、三郎はひざまずいたまま見上げる。

「どうして、こんなことを……？」

三郎はまだ動きが戻っていない舌を必死に動かして訊ねる。学校のなかでも目立つ存在である聡子が、自分のような惨めな存在を助けてくれたことが信じられなかった。

「どうしてって、迷惑だった？　助けない方がよかった？」

聡子は形のいい眉をわずかにひそめる。三郎は顔を大きく横に振った。

「そんなことない。でも、なんで俺なんかのために？」

「誰とか関係ないでしょ。佃君はやってもいないことで責められて困っていた。それなら、助けてあげないとって思っただけ。困っている人を助けるのは、正しいことでしょ」

「正しいこと……」

三郎はその言葉をくり返す。その瞬間、くすんでいた周囲の光景が一気に明るくなった気がした。

「それより、なにか私に言うことあるんじゃない」

呆けていた三郎は、慌てて「あ、ありがとう」と礼を口にする。

「どういたしまして」

花が咲くように笑みが広がっていく聡子の顔から、目が離せなかった。恐怖で血の気が引いていた頰が熱くなっていく。この同級生の少女が、優しい笑顔を浮かべるのを見たことがなかった。それどころか、彼女の顔をこんなにはっきりと見たことすらなかった気がする。

「いつまで座っているの？　立ちなよ」

聡子が手を差しだしてきた。三郎はおずおずとその柔らかい手を握って立ち上がる。顔の火照りがさらに強くなった。聡子は三郎の手を離すことなく、歩きだした。

「え？　どこ行くんだよ？」

手を引かれた三郎が訊ねると、聡子はあごをしゃくって盆踊りの中心に立つ櫓をさす。

「盆踊り。一緒に踊ろうよ」

「いや、でも俺、牛の世話でくさいから……」

「くさい？　それって、お家の仕事を手伝っているからついたんでしょ。偉いじゃない。気にすることなんかないよ」

聡子は三郎の首筋に鼻先を近づけた。

「それにこの匂い、嫌いじゃないよ。動物の匂い。生きてるって感じの匂い」

はにかむ聡子の姿に魅せられ、三郎は言葉が継げなくなる。

住む世界が違うと思っていた。ずっと馬鹿にされていると思って、近づかないようにしていた。けれど、そう思い込んで自分から壁を作っていただけなのかもしれない。

「正しいこと……」

再びその言葉を口の中で転がしながら、三郎は聡子とともに盆踊りの輪に加わる。

楽しそうに舞う聡子の姿は、三郎にはまばゆいほどに輝いて見えた。

あれだけ欲しかった模型も、いまは頭から消え去っていた。提灯の灯りの下、聡子とともに踊りながら、三郎は自らの未来が明るく照らされていくのを感じていた。

7

パイプ椅子に腰かけながら、三郎はもぞもぞと尻の位置をずらす。殺風景で狭い部屋は十分に暖房が効いているとはいえず、肌寒かった。持病の坐骨神経痛で、尻から足にかけて痺れるような痛みが走る。

まだか……。アクリル板で仕切られた向こう側を見ながら、三郎は重いため息をつく。

東京都葛飾区にある東京拘置所。その面会室で三郎は独り待たされていた。

ここに来るためには、小菅駅を降りてから大きく迂回して歩く必要がある。若い頃はなんとも思わなかったその距離も、七十年以上使ってきて様々なところにがたが来ている体にはこたえた。とくに、今日のように骨身に染みるような寒さの日には。

「いつまで待たせる気だ」思わず愚痴が零れる。

この部屋に入ってから、十分近く経っていた。嫌がらせでもされている気になってしまう。

まあ、嫌がらせをされても仕方がないか。ここの職員たちからすれば、私は商売敵のように見えるだろうからな。三郎は唇の片端を上げると、スーツの内ポケットから二つ折りの定期入れを取り出す。それを開くと、頰の筋肉が緩んだ。そこには写真が収められていた。妻である佃聡子と並んだ写真が。数年前に撮ってもらったものだ。

五十数年前、地元の高校を卒業した三郎は東京の大学へと進学し、自ら学費を稼ぎながら必死に勉強をして弁護士となった。そして、中学時代から交際していた南方聡子、あの日、自分の進むべき道を示してくれた女性を妻に迎えた。

刑事事件、とくに冤罪事件の弁護活動を中心に仕事をしてきたため、収入は決して多くはなかった。しかし、夫婦二人で支え合い、質素ながらも幸せに生きてきた。

ただ、その妻も、三年前に乳癌で他界してしまった。

聡子は最期まで気丈にも、弱音をほとんど吐くことがなかった。それどころか、「俺を残して逝かないでくれ」と涙ながらに懇願する三郎に、「私が死んだら、ちゃんと再婚しなさいよ。あなたは一人じゃなにもできないんだから」と微笑んでくれさえした。

聡子が亡くなったとき、身の置き所のないような喪失感に苦しめられた。自分がこの世にいる理由が消えた気がした。彼女の葬式を終えたあと、自ら命を絶とうかと、何度も考えた。しかし、幼い頃に聡子から聞いた言葉が三郎を思いとどまらせた。

「困っている人を助けるのは、正しいこと……。だよな、聡子」

三郎は写真の中の聡子に語り掛ける。妻の四十九日が過ぎたあと、三郎はそれまで以上に精力的に仕事に励むようになった。再婚などは一度たりとも考えたことはなかった。

自分にとって聡子以上の女性など、いるわけがないのだから。

子供がおらず、親兄弟もすでに亡くしている三郎は、いつ自分の命が尽きてもかまわないと思っていた。ただ、あの世でまた聡子に、愛する妻に再会するとき、胸を張って伝えたかった。「君が言った『正しいこと』を、俺は一生懸命やってきたよ」と。

だから、いまの三郎にとって仕事は、生きる理由そのものだった。自らの命を燃やして、不当な扱いを受けている弱者を救う。ただ我武者羅にそれをくり返してきた。

足に電気が走るような痛みをおぼえ、三郎は顔をしかめる。

「この調子じゃ、近いうちにそっちに行けそうだ。もうちょっと待っていてくれよ」

苦笑しながら写真を見つめていると、扉の開く音が響いた。

やっとか。三郎は定期入れを懐にしまい、アクリル板の向こう側を見つめる。職員に付き添われて、長身の男が部屋に入ってきた。年齢は三十五歳ということだが、覇気がないせいか四十代に見えた。髪はだらしなく伸び、あごには無精ひげが目立つ。顔の筋肉は弛緩しきっていた。

職員に促された長身の男は、アクリル板を挟んで向こう側の椅子に腰かける。鮮魚店に並ぶ魚を彷彿させる濁った瞳が三郎を捉えた。

職員が部屋から出ていく。弁護士との面会には彼らが立ち会うことはできない。これから交わす会話は、目の前の男と自分だけの秘密となる。三郎はわずかに前のめりになり、男の全身に視線を這わせた。その体から発するメッセージを絶対に逃さないように。

臀部から太腿にかけて走っていた痺れるような痛みも、いつの間にか消えていた。

「はじめまして、久米隆行《くめたかゆき》君だね。弁護士の佃三郎だ」

長身の男、久米隆行の目をまっすぐに覗き込みながら、三郎はアクリル板越しに身分証明書を提示する。久米は「どうも……」と、首をすくめるように会釈をした。

「聞いているとは思うが、君の支援者から私に弁護の依頼が来た。だから、まずは君の話を聞きたいと思ってこうして会いに来たんだ」

「はあ、お疲れ様です。よろしくお願いします」

大根役者がセリフを棒読みするような口調で久米は言う。その態度は三郎には見慣れたものだった。よほど精神が強靭な者でない限り、長期間の拘禁によって心がすり減っていく。そして、目の前の男のように、感情の起伏が消えることも少なくない。

まだ判断できないな。久米の顔を見つめたまま、三郎は乾燥した唇を舐める。

「勘違いしないでくれ。まだ弁護を引き受けるとは言っていない。まずは直接会って、話をしたいと思ってね」

「話って、なんのですか？」

「もちろん、君が起訴されている事件についての話だよ」

弛緩していた久米の表情がこわばるのを見つめながら、三郎は資料で読んだ事件のあらましを頭の中で反芻する。事件が起きたのは、十ヶ月ほど前だった。被害者は杉並区にある啓明大学理工学部の大学院生である佐竹優香《さたけゆうか》。二日間連続でバイトに現れず、電話にも出なくなった彼女を心配した友人の女性が、石神井公園駅から徒歩十分ほどにある優香のマンションを訪れた。

インターホンを押しても反応がなかったので、玄関扉のドアノブを回してみると、鍵はかかっていなかった。友人がおそるおそる室内を覗き込むと、玄関には靴が散乱し、短い廊下の奥の部屋では本棚が倒れていた。なにか良くないことが起きたと確信し、部屋に上がり込んだ彼女は、その判断をすぐに後悔することになる。

八畳ほどの部屋は竜巻でも起きたかのように荒れていた。ベッドのカバーは破れ、カーテンは外れ、化粧道具や本が床に散乱し、さらに姿見が粉々に砕けていた。そこに優香の姿は見当たらなかったので、彼女は続いてバスルームの扉を開けた。その瞬間、鼻の粘膜を突き刺すような刺激臭と、むせかえるような腐敗臭が壁となって彼女にぶつかってきた。激しく咳き込んだ彼女の涙でかすむ視界に飛び込んできたのは、赤黒い液体で満たされたバスタブと、その中に浮かぶ白い半球状の物体。人間の頭蓋骨だった。

悪夢のような光景に恐慌状態に陥った彼女は部屋を這い出し、外廊下で悲鳴を上げ続けた。それに気づいた近所の住人の通報により警官が駆け付け、事件は明るみに出ることになった。

鑑識が調べたところ、バスタブには強酸性の液体が満たされており、遺体の軟部組織はほとんど溶解して、骨もかなり浸食された状態だった。DNA検査により、被害者は部屋に住む佐竹優香であることが確認された。遺体の損傷が激しかったので死因の特定は困難だったが、頸部の骨にかすかに刃物によるものと思われる傷が認められ、首を刺されたことによる失血死と推測された。

室内の状況より、佐竹優香が何者かに殺害された可能性が極めて高いということで、警視庁は石神井署に捜査本部を設置し、捜査を開始した。そして、すぐに参考人として挙がってきたのが、優香の所属していた研究室で講師をしていた久米隆行だった。

周囲の者の証言によると、久米と優香は交際をしていたが、事件の半年ほど前に破局したということだった。何人かの研究室の関係者が最近、久米がしつこく復縁を迫ってきて困っていると優香から相談を受けていた。マンションのエントランスに設置されていた防犯カメラには、遺体発見の三日前の夜、マンションに入り、数時間後に出ていく久米の姿が映っていた。それはちょうど、友人たちが優香との連絡が取れなくなった時間帯でもあった。また、犯行現場である部屋からは久米の指紋や毛髪等が発見された。

以上より、捜査本部は久米を最重要参考人と位置づけ、任意の事情聴取をくり返したのち、殺人容疑での逮捕に踏み切った。

当初、優香殺害を否定していた久米だったが、逮捕から数日後には自白をはじめた。事件の夜、なんとかよりを戻そうと優香のマンションを訪ねたが、「これ以上付きまとったら警察に通報する」と言われて激高し、優香を何度も殴りつけたうえ、ナイフで首を刺して殺害したと。

その後、研究室から前もって持ち出していた数種類の薬剤を使いバスタブで強酸性の液体を作り、遺体を沈めて証拠隠滅を図ったが、予想したように遺体があっさりと溶解することはなかった。バスルームに広がるおぞましい光景と、人を殺したことへの恐怖でパニック状態に陥り、十分な証拠隠滅を行う前にマンションから逃げ出した。それが、久米の自白内容だった。久米が所属する研究室を調べたところ、証言通りに酸を作るための薬品が盗まれていることも確認された。

東京地裁で行われた裁判員裁判で、久米の担当になった国選弁護人は、反省の念を示して情状酌量を狙ったうえで、事件が殺人ではなく傷害致死に当たると主張した。殺意はなく、怒りに任せて殴ったところ被害者が護身のためナイフを持ち出し、それを奪おうともみ合った結果、首を刺してしまったと。

資料でその主張を読んだ三郎は、呆れと怒りで眩暈をおぼえた。殺意がない者が、前もって遺体を処理するための薬品など持ち込むわけがない。刑事事件に興味も経験もない弁護士が、義務として国選弁護人を押し付けられた際の、典型的なやっつけ仕事だ。当然、傷害致死に当たるという主張は一蹴された。薬品を持ち込んだことで強い計画性が認定され、遺体を溶かして証拠隠滅を図るという残虐性、傷害致死を主張した反省のない態度が、裁判員の心証を著しく損ねた。その結果、無期懲役という極めて重い判決が下されたのだった。

ただ、それだけなら三郎がこの事件に興味を持つことはなかった。問題は判決が読み上げられたあとに、久米が裁判長に向かって放った言葉だった。

「俺は佐竹さんを殺してなんかいないんです！　ただ、認めたら執行猶予がつくって弁護士に言われて、その通りにしただけなんです！」

大声で騒ぎ立てた久米は廷吏により退廷させられ、報道ではその言動が強く糾弾された。いわく、殺害を認めてきたにもかかわらず突然無実を訴えるなど不自然であり、反省が見られない。重い判決は当然である、と。しかし、刑事事件を長年経験してきた三郎は知っていた。同じような状況で、いくつもの冤罪事件が発生していることを。

そして、一審の判決から一ヶ月ほど経ったある日、事件と三郎を結び付ける出来事があった。いつものように事務所に出勤すると、入り口の前に女性が立っていたのだ。彼女は三郎を見るなり駆け寄ってきて、「先生に久米隆行さんの弁護をお願いしたいんです！」と、縋りつくように言ったのだった。

事務所に入れて話を聞くと、女性は「久米さんの友人で、加納環《かのうたまき》と申します」と名乗り、「彼は無実です。力を貸してください」と深く頭を下げてきた。

環の主張では、事件について報道されていることは全てでたらめだということだった。実際には久米は佐竹優香に捨てられたのではなく、逆に久米から別れを切り出した、だから彼が優香を殺す理由がない。久米はあまり社交的ではないので誤解されやすいが、とても優しい性格で、他人を傷つけるようなことは絶対にできない。彼が自白したのは、厳しい取り調べに耐えきれなくなり、刑事が作った筋書きを言われるがままに認めたに過ぎない。彼女は切々とそう訴えた。

環の話をそのまま信じたわけではなかった。彼女の主張は関係者たちから零れてくる話と大きくかけ離れていた。それに、周囲から『優しくて善良』と思われていた人物が、目を覆いたくなるほど残虐な犯罪を起こした例を、三郎はいくらでも知っていた。

ただ、事件の一連の流れを報道で見て、違和感をおぼえてもいた。久米という男を弁護することが、『正しいこと』なのかもしれないという予感があった。

だから、三郎は環に言った。「まずは、久米さんに会ってみましょう」と。

「あの……、事件についてって、具体的になにを話せばいいんでしょう？」

久米が泣き出しそうな表情で訊ねてくる。彼も理解しているのだろう。もし、三郎に弁護を引き受けてもらえなければ、自分の未来は閉ざされるということを。無期懲役の判決を受けてすぐ、久米は担当弁護士を通して控訴を行っていた。しかし、高裁での控訴審に臨む態勢は全く整っていない。

担当弁護士の指示通りにしたにもかかわらず重い判決が出たこと。そして、久米が最後に突然無実を主張したことで、二人の信頼関係は破綻している。このまま高裁の審理がはじまったとしても、まともな弁護活動など行えるはずもない。

「今日、君に訊きたいことはたった一つだけだ」

三郎は身を乗り出し、アクリル板に顔を近づける。気圧されたのか、久米は軽く身を引いた。

「なんでしょう……？」

「君は佐竹優香さんを殺していないのか？」

直球の質問をぶつけた三郎は、まばたきもせず久米の顔を凝視する。そこに浮き上がる、どれほど小さな変化も見逃さないために。

「僕は……」久米の息が乱れる。弛緩していた表情筋に力がこもってくる。「僕は、佐竹さんを殺してなんかいない！　僕は誰も殺してなんていないんです！」

三郎は椅子から腰を浮かし、顔を突き出した。アクリル板を挟んで、三郎と久米は至近距離で視線をぶつけ合う。

触れれば切れそうなほど張り詰めた沈黙の中、お互いに目を逸らすことなく対峙する。

三郎はふっと表情を緩めると、立ち上がって出口に向かって歩きだした。背中から「先生！」という悲痛な声が響いてくる。

ノブに手を掛け三郎は振り返り、アクリル板に両手をついている久米を見た。

「次回はもっと時間をかけて詳しい話を聞くから、そのつもりで」

久米の半開きの口から、「え？」という声が漏れる。

「君の弁護を引き受けるよ」

三郎が口角を上げると、久米は「ああっ」と両手で顔を覆って肩を震わせはじめた。その姿を眺めながら、三郎は口元に力を込める。

久米は無実だ。佐竹優香を殺してはいない。彼を観察することでそう確信していた。

四十年以上『正しいこと』を行うために命を懸けてきた。その中で、相手が真実を語っているか否か判断できるようになっていた。

どんな方法を使っても、久米を無罪にする。この理不尽な現実に押しつぶされている男を救い出す。妻が遺してくれた正義のために。

嗚咽が響く面会室をあとにしながら、三郎はそう心に誓っていた。

8

「くそっ！」

悪態をついた三郎は、かなり寂しくなっている頭髪を掻きむしる。築三十年を超える雑居ビルに構える狭い事務所。資料が山積みになっているデスクの前に腰掛けた三郎は、老眼鏡を外して鼻の付け根を揉んだ。一日中、検察から提出された資料を読み漁ったが、収穫はゼロだった。

久米の控訴審がはじまってすでに三ヶ月以上が経過していた。担当弁護士となった三郎は、無罪を主張して検察と全面対決を続けているが、旗色は限りなく悪い。ありとあらゆる状況証拠が、久米が佐竹優香の殺害犯だと示している。しかも悪いことに、一審で殺害の事実を全面的に認めているため、控訴審で無罪を主張することに対する裁判官の心証が著しく悪い。

裁判では客観的な証拠をもとに事実を推定するという、証拠主義が規定されているが、裁判官も人間だ。心証により判決が大きく左右されることを三郎は知っていた。

一審のときのように、基本的な起訴事実をほぼ全面的に認めたうえで、殺人かそれとも傷害致死なのかだけを争うような場合は、弁護人の仕事は少ない。検察から提出された証拠の大部分に同意したうえで、減刑を求めればよいのだ。しかし、起訴事実を全面的に否認し無罪を主張する否認裁判の場合、弁護士の負担は格段に大きくなる。検察が提出した証拠を細かく吟味し、少しでも穴がありそうなものには証拠としての採用に対して不同意をし、その理由を細かく述べなくてはならない。さらに弁護人自らが、被告が無罪であると証明するための証拠を探し、裁判官に提出する必要があった。

この三ヶ月、久米が無罪である証拠を探して駆けずり回った。久米と佐竹優香が所属していた大学の研究室を何度も訪れ、関係者から話を聞いた。事件現場となったマンションにも何度も足を運んだ。検察が証拠として提出した膨大な資料にも、隅から隅まで目を通し、突破口を探し続けた。しかし、いまだに決定的なものは見つかっていない。

武器が見つからないまま、裁判は着々と検察有利で進行していた。

最悪の事態を避けるためにも、もう少し情状酌量を求めることに力を入れるべきだろうか。いかに無実だと確信していても、全ての裁判で無罪を勝ち取れるわけではない。この日本では一度起訴されてしまうと、無罪判決が出るのは極めてまれだ。弁護士としては、無罪判決を勝ち取れずとも、依頼人にできるだけ有利な判決が出るように努める義務があった。

最も基本的な方法は、情状証人に被告の人となりなどを述べてもらうことなのだが、久米の場合これが難しかった。久米は中学生のときに交通事故で両親を亡くし、母方の祖母に引き取られた。しかし、その祖母も久米が大学受験に失敗し、浪人をしているときに亡くなった。情状証人は家族に頼むことが多いのだが、天涯孤独の久米にはそれができない。さらに、勤めていた研究室の同僚たちも、被害者が研究室の院生だったことともあり、証言を拒んだ。唯一、証言してくれたのは久米の友人であり、三郎に直接弁護を頼みに来た加納環だけだった。だが彼女も友人として久米はとても優しい男性だと必死に述べるに留まり、裁判官たちの心証をよくするには不十分だった。

「あとは、これか……」

デスクに積まれていた資料の山から、三郎はファイルを取り出す。それは、久米の精神鑑定の報告書だった。酸で遺体を溶かすという常軌を逸した事件であったことから、検察は起訴をする前に、久米の精神鑑定を行っていた。依頼を受けた精神科医は、自らが勤める病院に久米を二ヶ月ほど入院させたうえで、徹底的に鑑定を行った。しかしその結果は、「多少の抑うつ傾向はみられるものの病的とはいえず、犯行時に精神疾患によって判断能力が低下していたとは考えられない」という、久米の責任能力を全面的に認めるものだった。

再鑑定を頼もうか？　……いやダメだ。

三郎は首を横に振る。報告を行った医師は、三郎も顔見知りの優秀な鑑定医だ。先日、直接話を聞きに行ったが、久米には完全な責任能力があることを理路整然と聞かされた。的確かつ公平な鑑定で、裁判官たちから絶大な信頼を得ている彼が時間をかけて鑑定をしている以上、再鑑定など裁判所が許可するわけがない。

「余計なことを考えるな。彼が無実である証拠を見つけるんだ」

三郎は、再び山積みになっている資料の山からファイルを取り出して開く。事件現場の写真とともに、はっとするような美しい女性の写真が挟まっていた。被害者である佐竹優香だった。

二重の大きな瞳、顔の中心にすっと通った鼻筋、やや肉感的な唇、そこには非現実的なまでの美が存在していた。関係者の話では、学内でも目立つ存在だった彼女が久米と交際をはじめたことに多くの者が驚いたらしい。理由を訊ねられた彼女は、「彼から熱烈にアプローチされて仕方なく」と答えていた。しかし、それは三郎が久米から聞き出した話とは全く違っていた。

なにが本当なのだろう。重い頭痛をおぼえながら、三郎は久米が接見で語ったことを思い起こしていった。

「さて、正式に君の代理人になったので、時間をかけて詳しい話を聞いていこう」

初めて久米に会った翌週、弁護人交代に伴う諸々の手続きを終えた三郎は、再び東京拘置所で久米と面会した。

「よろしくお願いします」

アクリル板越しに頭を下げる久米は、最初に会ったときよりも顔色がよく見えた。

「ではまず、被害者である佐竹優香さんと君の関係について聞いていこうか。事件の一年以上前から、君たちが交際していたのは事実なんだね？　君が彼女に熱烈にアプローチをして口説き落としたと聞いているが」

「はい、一応は……」久米の顔に暗い影が差した。

「一応と言うと？」

膝に置いた資料を見ていた三郎が上目遣いに訊ねると、久米は言い淀むようなそぶりを見せた。

「ここでの会話は絶対に外に漏れることはない。だから、私には知っていることを全て教えてくれ。信頼関係がないと裁判では戦えない。特に、今回のように不利な裁判では」

「……僕は佐竹さんを口説いてなんかいません。彼女はとても美人で聡明だったんで、もちろん好意はもっていました。けれど、僕みたいな地味な男を相手にしてくれるはずないって思っていたんです。彼女を狙っている男はいっぱいいましたから」

「それじゃあ、どんな経緯で交際を？」

「彼女の方から近づいてきたんです。実験のアドバイスを求めてきたり、レポートを手伝ってくれって言ってきたり。そのうちに、少しずつ距離が縮まっていきました」

「なるほど……」

三郎は腕を組んだ。もしかしたら優香は、自分から近づいたことが恥ずかしくて、久米からアプローチされたことにしたかったのではないか。そう考えれば辻褄は合う。

「では、優香さんがなぜ君に近づいてきたか、心当たりはあるかな」

「最初は、境遇が似ているからだと思っていました」

「境遇が似ている？」三郎は首をひねる。

「はい、僕は祖母を亡くして身寄りがなくなりました。佐竹さんも高校時代に母親を亡くしてから身寄りがなく、ほとんど親戚づきあいはないということでした」

三郎は資料にあった佐竹優香の情報を思い出す。久米の言うとおり、福岡県で生まれた彼女は幼い頃に両親が離婚し、母子家庭で育った。そして、高校時代にその母親も癌で病死している。母親の実家が裕福でその資産を受け継いだため、生活に困るようなことはなかったが、親しい親戚と呼べるような人はいなかったらしい。

「つまり、似た者同士シンパシーをおぼえて距離が縮まっていったと。その後、どのような形で交際するにいたったのかな？」

「それは……去年、研究室の飲み会があった日のことでした」

久米は躊躇いがちに語りはじめる。

「解散になって自宅に向かっていると、佐竹さんから電話が来ました。酔って動けなくなっているから来て欲しいって。急いで指定された小さな公園に行くと、ベンチで佐竹さんが酔いつぶれて倒れていました。仕方がないので、タクシーで彼女の自宅まで送ることにしました」

「事件現場になったマンションだね？」

「……そうです」久米の表情が硬くなった。「部屋の中に連れて行って、ベッドに寝かせて帰ろうとすると、彼女がいきなり抱き着いてきました。そして……」

「男女の関係になった」

三郎がセリフを引き継ぐと、久米はおずおずと頷いた。

「それで、恋人同士となった君たちの関係はどんなものだったのかな？」

三郎が質問を重ねると、久米は力なく首を左右に振った。

「あの関係は恋人なんてものじゃないです。完全な……主従関係でした」

「主従関係？」

「はい、そうです。その日を境に、彼女の態度は一変しました。僕を完全に支配しようとしはじめたんです。……奴隷みたいに」

「具体的にはどんな要求を？」

奴隷という強い言葉に、三郎は片眉を上げる。

「一緒にいないときは、数十分ごとに電話がかかってきて、どこでなにをしているか報告させられました。スマートフォンに登録されていた女性の連絡先は全て消され、彼女がいないところで女性と話すことも禁止されました。深夜でも呼び出しがあれば、彼女のところにすぐに駆けつけないといけませんでした。もし少しでも彼女の命令に背けば容赦なく罵倒され、ときには殴られることすらありました」

「それは……、なかなか強烈だね。君はそんな彼女に従っていたのか？」

「抵抗できませんでした。途中からは彼女に捨てられたら自分になんの価値もなくなるような気がして、どんな理不尽な命令にも必死に従うようになっていったんです。いまになって思えば、自分の思い通りに支配できるからこそ、彼女は僕に近づいて来たんだと思っています」

三郎は「そうか」と、剃り残しのヒゲが生えたあごを撫でる。刑事事件専門の弁護士として、そのようないびつな男女関係は何度も見てきた。久米が言うように、支配者としての素質を持つものは、自分が思い通りにできる人物を目ざとく見つけるものだ。

ただ、これまで見てきた事件では、支配者が加害者になるケースが極めて多かった。

しかし、今回は支配者であった佐竹優香は殺害され、酸の海で溶かされている。もし、いまの話を裁判で述べたとしても、有利にはならないだろうな。三郎は頭の中でそろばんを弾く。優香の支配に耐えきれなくなった久米が反撃して彼女を殺したうえ、遺体を溶かして恨みを晴らそうとした。そのような印象を与えるだけだ。

「しかし、事件の半年前に君は優香さんと破局している。どうやって君は、彼女の支配から逃れることができたんだい」

「……毎日のように佐竹さんに翻弄されて、自分でも分かるほど消耗していました。自分の研究もあるのに、彼女の大学院のレポートなども全て引き受けていましたし、いつ呼び出しがあるか分からないので、緊張して夜もほとんど眠れなくなっていました。そんなとき、久しぶりに会った友人が僕の異変に気づいて、相談に乗ってくれたんです」

「それは、女性かな……」

「……はい」一瞬の躊躇のあと、久米は頷いた。

必死に久米の弁護を頼み込んできた加納環の姿が、三郎の頭をかすめる。

「女性と話すのは禁止されていたんでは？」

「そうなんですが、その人は強引に話を聞きだしてくれました。彼女と話して、なんというか……、視界が一気に晴れたんです。くすんでいた世界が一気に輝いたような」

「くすんでいた世界が……」

三郎の脳裏に、あの夏祭りの日、聡子に助けられたときの光景が鮮やかに蘇った。

「先生、どうかしましたか……？」

美しい記憶を反芻していた三郎は我に返る。

「いや、なんでもないよ。その人に相談に乗ってもらって、別れる決心がついたんだね」

「はい。時間を置いたら怖くなると思って、すぐに佐竹さんのマンションにいきました。そして、関係を解消したいと伝えました」

「彼女の反応は？」

「拍子抜けするぐらい、あっさりと同意してくれました。……彼女にとって、命令に従わなくなった僕なんて、壊れたおもちゃみたいなものだったんだと思います」

久米のセリフには、痛々しいまでの自虐がこもっていた。

「破局後に彼女が、自分から君を捨てたが、しつこく復縁を求められて困っていると、周りにふれ回っていたことは知っているかな？」

「はい。僕から別れたと知られることは、佐竹さんのプライドが許さなかったんだと思います。彼女から逃げられたんですから、そのくらい気になりませんでした」

「ただ、君と別れたあと、優香さんは明らかに憔悴しはじめたということだね」

「ええ。別れたあとはできるだけ接触しないようにしていたんですが、同じ研究室ですから顔は合わせます。たしかに彼女は日に日に痩せて、顔色も悪くなっていきました」

「君と別れたことが原因では？」

「違うと思います」久米は即答する。「彼女にとって僕はそれほど重要な人物ではなかったはずです。それに……」

「それに、どうした？」言い淀んだ久米に、三郎は鋭く言った。

「あの日、聞いたんです。なんで彼女が悩んでいるのか」

「……あの日というのは、佐竹優香さんが殺害された日か？」

低い声で訊ねる。久米は口を固く結んで頷いた。

「それではいよいよ、当日なにがあったか教えてもらえるかな。別れてから優香さんとの接触を避けていた君が、なぜ彼女のマンションに行ったのか」

「……あの日、突然彼女から半年ぶりに電話があったんです。話したいことがあると」

久米は重い口調で話しはじめる。たしかにあの夜、佐竹優香が電話で久米を呼び出したのは警察も確認している。検察側のシナリオでは、優香はストーカー行為を続けていた久米と決着をつけるために呼び出し、激高した久米は彼女を殺害してしまったというものだった。

「なぜ、君は彼女の家に行ったんだ？　せっかく、彼女の支配から逃れられたのに」

「……散々迷ったあと電話に出ると、佐竹さんは泣いていました」

「泣いて……」

「はい、何度もしゃくりあげながら、お願いだから助けて欲しい。マンションに来て話を聞いて欲しいと懇願してきました」

「それで、ほだされた君は彼女のマンションに行ってしまったと」

久米は硬い表情で「……はい」と答えた。

「優香さんは君になんの話をしたんだ？」

「相談をされました。ストーカーについて」

「ストーカー？」

「聞き込みによると、彼女は君がストーキングをしていると周囲の人々に話していたらしいが」

「僕はそんなことしていません。ようやく彼女から逃げられたのに、なんで追いかけなくちゃいけないんですか。ストーカーは違う男です」

弱々しくかぶりを振る久米を、三郎は凝視する。その態度、そして表情からは、本当の怒りと悔しさが滲んでいた。三郎はこめかみを掻きながら頭を整理していく。

「優香さんがストーキングされていたというのは、おそらく事実なんだろう。警察の聞き込みでも、最近彼女は消耗している様子だったという証言が得られている。しかし、彼女はなぜか君にストーキングされていると嘘をついていた。そういうことだね」

「たぶん、僕ならそういう扱いを受けても文句を言わないと思っていたんじゃないでしょうか。やっぱり彼女にとって、僕はどこまでも都合のいい男だったんですよ」

「しかしなぜ、彼女はストーカーの正体を隠す必要があったんだろう」

腕を組んで悩む三郎の頭に、一つの可能性が浮かぶ。

「もしかしたら、ストーカーは名前が出せない人だったのかもな」

「名前が出せない？」久米は訝しげに聞き返す。

「そうだ。告発すれば大きな騒ぎとなるような人物。だから、彼女はそのことを周りに告げることができず、しかたがなく君の名を出してごまかしていたんじゃないか」

「大きな騒ぎになるって……、誰が彼女のストーカーだったっていうんですか？」

「私の経験上、多いのは被害者の上司、または教師などかな」

呆然とした表情で、久米は「教師……」とつぶやく。

「優香さんと君が所属していた研究室で、そのような条件に当てはまる人物はいるかな」

身を乗り出して三郎が訊ねると、久米は震える唇をゆっくりと開いた。

「准教授、もしくは……教授です」

「准教授と教授ね……」

弁護を引き受けてから、何回か大学に情報収集に行っているので、その二人とも面識があった。三郎は二人の顔を思い浮かべる。准教授は四十代半ばで、教授は還暦前だった。二人とも左手の薬指に指輪をはめていたはずだ。

「事件のあった日、優香さんから、ストーカーについて具体的なことを聞かなかったかい？　誰がストーカーなのか、ヒントになるようなことを」

「たいしたことは聞けませんでした。佐竹さんは泣きながらくり返し、『全部あんたのせい』とか、『責任取りなさいよ』って責めてくるだけで。ストーカーが誰かとか、どんな被害を受けているかについては、ほとんど喋ってくれませんでした」

「君のせい？　どうして君が悪いんだ？」

「理由なんてないんですよ」久米は苦笑を浮かべる。「彼女は機嫌が悪くなると、いつも僕をなじるんです。反論すると、さらに感情的になるんで、黙って耐えていました」

「じゃあ、事件のあった日も、君は数時間も元恋人になじられ続けていたということか?」

驚いて訊ねると、久米は痛々しいまでに自虐的な笑みを浮かべる。

「普通ならあり得ないですよね。警察や検察の人も、まったく耳を貸してくれませんでした。けれど、本当なんです。それが、僕と佐竹さんの関係だったんです」

「それで、数時間に及ぶ君と彼女の話し合いは、どのようにして終わったんだ?」

「追い出されました」久米は小さく肩をすくめた。「罵詈雑言に黙って耐えていたんですが、最後には『消えてよ!』って平手で何度も殴られて、追い出されたんです」

「自分で呼び出しておいて、君を殴ったのか⁉」

「そういう女性なんですよ。だから、僕は大人しく彼女の部屋を出て自宅に帰りました。……まさか、そのあとあんなことになるとは思わず」

久米が語り終えると、面会室に重い沈黙が降りた。

三郎は小さくため息をつく。久米と優香の関係に胸やけがしたのもあるが、それ以上に二人の関係を裁判官に納得させなくてはいけないことが憂鬱だった。

「彼女の部屋に行ったとき、他になにか気になることはなかったかな」

疲労をおぼえつつ訊ねると、久米は数十秒考え込んだあと、「あ!」と声を上げた。

「一つだけ、おかしなことがありました。不審に思ったんで佐竹さんにちょっと話を振ってみたんですけど、そうしたら彼女の表情が露骨にこわばったんです。だから、ストーカーがやったんだと思って、それ以上は話題にしませんでした」

「異常なこと？　一体なんだ？」

「部屋の隅にあった姿見が割れていたんです。……なにか硬いもので何度も殴りつけられたように」

「鏡……か」

三郎はデスクに高々と積まれた資料から、一枚のファイルを取り出して開いた。そこには遺体発見直後の、佐竹優香のマンションの写真が挟み込まれていた。久米が言った通り、部屋に置かれていた姿見はひどく割られていた。それだけではない。洗面所やバスルームの鏡も無残に砕かれている。

「鏡になにか意味があるのか……？」

佐竹優香が襲われたとき、他の家具が荒らされたのと同時に鏡も割れていたと思っていた。しかし、久米の言葉が本当なら、犯行前に姿見だけは割られていたことになる。もしかしたら、洗面所やバスルームの鏡も、前もって犯人に破壊されていたのではないだろうか。ストーカーは事件の前にも優香の部屋に侵入し、そこで鏡を割っていったのではないだろうか？

だとするなら、ストーカーが優香の知り合い、特に立場が上の人物であった可能性が高くなる。だからこそ、優香はストーカーが部屋に上がるのを防げず、告発することもできなかった。

しかし、犯人はなぜ前もって鏡だけを壊していったのだろう?

頭蓋骨のなかで疑問が渦を巻き、頭痛がしてくる。三郎は立ち上がって洗面所に向かった。水栓を捻り、蛇口から噴き出してきた水で顔を洗う。冷たさが、思考の濁りをいくらか消し去ってくれた。使い古してざらつくタオルで拭いた顔を上げる。老年の男と目が合った。

「お前も老けたもんだな」

声をかけると、鏡の中の自分が皮肉っぽく唇の端を上げた。

頭髪はかなり薄くなり、地肌が覗くようになっている。年輪のように皺が刻まれた顔にはシミが目立ち、なにやら地図が描かれているかのようだ。

そういえば、同年代の友人たちは口をそろえて、鏡を見るのが嫌だと言っていた。自らの老いをまざまざと見せつけられるからと。しかし、三郎にはその気持ちがまったく分からなかった。

鏡に手を伸ばし、そこに映る男の頰のシミをなぞる。鏡の表面の冷たく滑らかな感触が、指先に伝わってきた。この皺、このシミは、過ごしてきた時間の証だ。愛する女性とともに、『正しいこと』を追い求めてきた証。自分にとって老いは誇りだ。

犯人は自分の姿を見るのに耐えられず、鏡を破壊したのではないだろうか。ふと、そんな考えが頭に浮かんだ。地位があり、家族もいるにもかかわらず、若い女性につき纏ってしまう。そんな情けない自らの姿に怒りをおぼえたから。

それが正解だとしたら、大学の准教授、または教授は十分犯人像と合致する。二人を徹底的に調べて、佐竹優香をストーキングしていたという証拠を探そうか。

「……いや、だめだ」

数秒考えた後、三郎は首を振る。その二人のどちらかがストーカーだったというのは、仮説でしかない。もし間違っていたら、残り少ない時間を無駄に消費してしまう。

基本に戻るんだ。佐竹優香の殺害犯を見つける必要はない。久米が犯人ではないかもしれないという、『合理的な疑い』を示すだけでいい。今回の事件では、決定的な物的証拠があるわけではない。いくつもの状況証拠から総合的に判断して、久米が犯人であると認定されたに過ぎない。

検察が丹念に積み上げていった状況証拠による立証。その土台となる部分に亀裂を入れることができれば、支えを失った論理は倒壊し、無罪を勝ち取れる。

両手で自らの頬を張って気合を入れなおした三郎は、デスクへと戻っていく。

佐竹優香が住んでいたマンションは、比較的セキュリティが甘く、防犯カメラはエントランスにしか設置されていなかった。つまり、久米が事件現場の部屋から去った後、何者かが裏の塀を乗り越え、非常階段を使って優香の部屋を訪れることは可能だった。にもかかわらず、久米の犯行で間違いないとされた原因、それは自白だ。警察の取り調べで久米が語った内容は、事件現場の状況と完全に一致するものだった。

犯行内容を詳細に記した調書を突きつけられ、それにサインするように執拗に脅された。最初は拒否していたが、何日も罵声を浴びせられているうちに消耗し、尋問から逃れたい一心でサインしてしまった。久米はそう語っていた。しかし、その説明だと一つだけおかしな点があった。

調書では、久米が『遺体を溶かすために必要な薬剤は、研究室から持ち出した』と告白したとされている。後日、それをもとに研究室が捜索され、証言どおりに危険な化学薬品が無断で持ち出されていたことが判明した。つまり取り調べ時点では、薬剤が研究室から持ち出されていることを知っているのは、犯人だけだったはずなのだ。

その矛盾について久米に訊ねたが、彼は「分かりません。偶然じゃないでしょうか？」と力なく言うだけだった。しかし、調書には薬剤が保管されていた場所が詳細に記してあり、とても偶然とは思えなかった。

薬品についての証言は、久米による『犯人しか知りえない事実の告白』、専門用語でいう『秘密の暴露』としてとらえられ、自白の信憑《しんぴょう》性を極めて高くしていた。このままでは自白を強制されたと主張しても、一蹴されてしまうだろう。

残された時間は少ないにもかかわらず、この絶望的な状況をひっくり返すための糸口すら見つかっていない。

なにかないのか？　なにか、彼を無罪に導くための突破口が。

勝機がない裁判ではないはずだ。この事件ではまだ明らかになっていないことも多い。

まずは凶器だ。三郎は資料にある事件現場の写真、大量の血液がまき散らされたバスルームを写したものに視線を落とす。刃物で頸動脈を切り裂かれて大量に出血した優香は、ほんの一瞬で意識を失い、すぐに絶命したと考えられている。当然、凶器にも血液が付着していたはずだが、それを洗ったり拭ったりした痕跡は見つからなかった。

また、玄関の外、非常階段、裏庭などマンション敷地内のありとあらゆる場所が徹底的に調べられたが、優香の血痕は検出されなかった。

それゆえ、凶器はなにかに包むなどして犯人が持ち帰ったものと考えられている。しかし、久米の自宅をはじめ、様々な場所が捜索されたにもかかわらず、未だに発見にはいたっていない。

いったい、なにが優香の首を薙ぎ、それはいまどこにあるのだろうか？

他にも不可解な点がある。資料を捲った三郎は、そこに貼られてある写真を見て吐き気をおぼえる。それは、遺体が溶かされた浴槽をアップで撮影した写真だった。大量の体組織が溶けだした酸の海に白骨が浮かんでいる光景はあまりにグロテスクで、軽くえずいてしまう。

赤黒い水面から飛び出るやけに白い半球は、佐竹優香の後頭部の骨だった。

乱れた呼吸を整えながら、三郎は頭蓋骨の近くの水中に垂れているチェーンを凝視する。浴槽の栓が取り付けられているそのチェーン、それが問題だった。

資料によると、酸で半ば溶けかけたそのチェーンは、遺体の左手首の骨に複雑に巻き付いていたらしい。ゴム製の栓が溶けて、酸が下水に流れ込まないようにか、排水口は強酸でも溶けない特殊な物質で栓がされていた。

鑑識が調べたところ、浴槽とチェーンが固定されている部分が壊れかけていて、強い力でチェーンが引かれたことが示唆されていた。検察は、浴室に逃げ込んだがそこから連れ出されそうになった優香が、必死にチェーンを摑んで抵抗したと法廷で主張している。しかし、三郎はその仮説に違和感をおぼえた。

遺体を溶かすための酸、さらにはその酸を浴槽に溜めておくための栓まで用意しているような犯人が、被害者を浴室から連れ出そうとするだろうか。生活空間で遺体を処理する場合、血液などを水で洗い流すことができる浴室が使用されることが最も多い。浴室に逃げ込んだターゲットを、わざわざ連れ出すメリットがないはずだ。現に、最終的には優香も浴室内で殺害されている。

三郎はさらにページを捲って、検視の結果を細かく目で追っていく。遺体の劣化がはげしいため、そこに書かれている内容はごく限られていたが、一つ気になることがあった。遺体の顔面の骨に、数ヶ所も骨折が見られたのだ。おそらく殺害前、犯人から暴行を受けたのだろう。特に下顎骨や頬骨がひどく損傷しており、酸による浸食も強く受けていた。その辺りを中心に執拗に殴られ、骨が脆くなっていたためと推測されている。

佐竹優香は美しい女性だった。犯人の行動からは、その美に対する憎悪が漂ってくる。やはりこの事件にはなにか裏がある。痴情のもつれで久米が元恋人を殺害したなどという、単純なものではないはずだ。だが、それを証明するためにどうすればいい？

思考の袋小路に迷い込んだ三郎が髪を掻き乱していると、事務所の扉に備え付けられている郵便受けの蓋が開閉する音が響いた。重い足取りで出入り口まで移動した三郎は、郵便受けを開く。中には茶封筒が入っていた。裏返してみるが、送り主の名は記されていない。

なんだ？　デスクに戻った三郎は封筒を開いて覗き込む。中には数十枚の紙が収められていた。

資料でも届く予定があったか？　三郎は無造作に紙の束を取り出して目を通す。ぎっしりと細かい文字が記されたそれは、三郎には見慣れた書式の書類だった。

文字を追っていた三郎の目が、次第に大きく見開かれていく。

封筒を放り捨てた三郎は、両手で紙の束を摑むと、顔を近づけた。

息を乱しながら、次々に用紙を捲っていった三郎は十数分後、呆然と天井を仰いだ。開いた口から、無意識に言葉が漏れる。

「突破口だ……」

無罪判決を勝ち取るための、『正しいこと』を行うための手がかりがいま手の中にある。

誰がなんの目的で、こんなものを送ってきたのかは分からない。しかし、いまはそんなことを考えている場合ではなかった。来週に控えた次回の公判までに情報を集めなくてはならない。この絶望的な状況をひっくり返すための、重要な情報を。そのためには一刻の猶予もなかった。

三郎は椅子の背にかけたコートを勢いよく手に取る。心臓が力強く鼓動し、熱い血液が全身に巡りはじめていた。

9

「小宮山《こみやま》さん。あなたは逮捕後、被告人の取り調べを担当したんですね」

高級感のあるスーツに身を包んだ検察官が質問すると、証言台の前に立つ男は「はい」と低い声で答えた。弁護人席に腰掛けた三郎は、あごを引いてそのでっぷりと太った中年の男を凝視する。

スーツには糊がきいているが、贅肉が全身についているせいで窮屈そうだった。太い眉と、鋭い目付きには意思の強さが見て取れる。この小宮山浩太《こうた》という男こそ、久米から自白を引き出した警視庁捜査一課の刑事だった。

検察官が質問をしているのを聞きながら、三郎はすぐ前の被告人席に座っている久米を見る。その背中は老人のように曲がり、肩は細かく震えていた。厳しい尋問のトラウマが蘇ったのか、それとも理不尽な扱いを受けたことに対する怒りのせいだろうか。

この青年を救えるかどうかは、今日の公判にかかっている。緊張を息に溶かして吐き出しながら、三郎は横目で傍聴席に視線を向けた。

美しい女性が殺害され、遺体が酸で溶かされたという凄惨な事件。しかも、地裁での判決時に突如被告が犯行を否定したというだけあって、世間の注目度は大きく、傍聴席は満員だった。傍聴人の中には、三郎に弁護を依頼してきた加納環の姿も見える。彼女は目を閉じて、祈りを捧げるように両手を組んでいた。

検察官の型通りの質問が終わった。裁判長が「反対尋問を」と声をかけてくる。

さて、『正しいこと』をしに行こう。立ち上がった三郎は、証言台に近づいていく。

「小宮山さん、なぜあなたが被告人の尋問を担当したんですか？」

三郎が訊ねると、小宮山は刃物のように鋭い視線を向けてきた。敵意に満ちた視線。これから厳しい質問に晒されることを理解しているのだろう。

「上司に指名されたからです」

「それでは、なぜ上司の方はあなたを指名したのでしょう？」

「上司がなにを考えているかまでは、私には分かりません」

小宮山は淀みなく答える。その態度に気負いは見られなかった。前もって調べておいた小宮山の情報を、三郎は頭の中で思い起こす。

小宮山浩太、四十六歳、巡査部長。高卒で警視庁に入庁後、交番勤務を経て新宿署刑事課の刑事として勤務。そこで多くの事件を解決した功績を買われて、三十五歳で警視庁捜査一課殺人班に配属となった。尋問技術には定評があり、多くの事件で犯人から自白を引き出している。

何度も大きな裁判で証言台に立った経験があるのだろう。相手にとって不足はない。胸の中でめらめらと闘争心が燃え上がっていくのを感じながら、三郎は口を開いた。

「あなたはこれまでも様々な大きな事件で尋問を担当し、犯人から自白を引き出している。その実績があるので、上司の方も信頼していたのではないですか？」

「はぁ、そうかもしれません」突然持ち上げられた小宮山の顔に戸惑いが浮かんだ。

「異議あり。弁護人の質問は本件とかかわりのないことです」

検察官が素早く抗議をする。普通なら、これくらいのことで異議を申し立てたりはしない。検察官も今回の公判が大きな山場だと勘づき、警戒を強めているのだろう。

「弁護人は質問の意図を明確にしてください」裁判長が指示をしてくる。

「失礼しました。それでは質問を変えましょう。被告人の自白として提出された調書ですが、本当に被告人が語った内容なのでしょうか？」

「……どういう意味ですか？」小宮山の声色に、強い警戒が滲む。

「自白は全てでたらめだと、被告人は主張しています。あなたが都合のいいように調書を書き、それにサインをするように求めてきたと」

顔を紅潮させた小宮山が反論をしようと口を開くが、その前に三郎は言葉を続けた。

「被告人が拒否すると、あなたは机や壁を強く叩いたり、被告が座っている椅子の足を蹴りながら暴言を吐いた。『お前がやったのは分かっているんだよ！』、『俺たちの目をごまかせると思っているのか！』、『さっさと認めろ、この人殺しが！』、『このままじゃ、てめえは死刑になるんだぞ！』」

三郎は舞台役者のように大仰な身振り手振りを交えながら、声を張り上げた。

「異議あり！」検察官が立ち上がる。「弁護人の主張は根拠のない誹謗中傷です」

「認めます。弁護人は挑発的な言動を慎むように」

裁判長が渋い表情でたしなめてくる。「失礼しました」と謝罪しつつ、三郎はほくそ笑んだ。

これで、公判の主導権を握ることができた。裁判官がいまのような芝居じみた行為を好まないのは知っている。しかし今日に限っては、過剰な演出をする必要があった。ドラマティックな裁判劇は傍聴席に座る人々、特にマスコミ関係者たちの大好物だから。彼らがメディアを通して流す情報は日本中へと拡散され、それは世論という波へと変化していく。一般社会の常識との乖離を指摘されることを嫌う裁判所に対して、世論は大きな武器となる。さて、大芝居の幕開けだ。三郎は唇を舐めた。

「それでは質問を変えます。小宮山さん、あなたは被告に自白を強制したことはありませんか？」

「……ありません」顔を紅潮させながらも、小宮山は淡々と答えた。

「これまで、尋問で被疑者に暴言を吐いたり、暴行を加えたりしたことはありませんか？」

「ありません」

「自分たちにとって都合の良いストーリーを調書に書いておいて、それにサインするように被疑者に強制したことはありませんか？」

「ありません」

「被告人の調書の中で、前もって研究室から薬品を盗み、それを使って被害者宅の浴槽で酸を作ったとありますね。それをもとに、あなた方は研究室を捜索し、証言どおりに薬品が減っているのを見つけた。それは間違いないですね？」

「……間違いありません」

小宮山の頰の筋肉がかすかに痙攣したのを、三郎は見逃さなかった。

「もう一度だけ確認します。被告の口から聞くまで、あなたは酸を作った薬品がどこから持ち出されたものか、知らなかったんですね？」

質問をくり返すと、検察官がみたび「異議あり！」と声を上げた。

「質問が重複しています」

「認めます」裁判長が言う。「弁護人は質問の意図を明確にしてください」

「承知いたしました。それでは裁判長、これから提示する証拠のDVDをモニターに映す許可をいただけますでしょうか？」

慇懃に頭を下げると、裁判長の顔に戸惑いが浮かんだ。

「それは必要なことなのでしょうか？」

「はい、その映像をご覧になっていただければ、先ほどの質問の意図もはっきりします」

「……分かりました。モニターの使用を許可します」

三郎は「ありがとうございます」と頭を下げたあと、弁護人席に置かれたパソコンを操作し、DVDの動画をモニターに映した。

傍聴席からかすかにざわめきが上がった。これから始まるショーへの期待が膨らんでいるのだろう。場が温まってきているのを感じて、三郎は手ごたえをおぼえる。自分がシナリオを描いた芝居に、この空間にいる誰もが引き込まれつつあった。

モニターに男が映し出される。汚れた白衣を纏い、自信なげに視線を泳がせている若い男。

『お名前と所属をどうぞ』スピーカーから三郎の声が響いた。

『啓明大学理工学部で大学院生をしている山田光次《やまだこうじ》です』

男は伏し目がちに、ぼそぼそと名乗る。これは一昨日、三郎がビデオカメラを使って撮影した映像だった。映像情報は文字や言葉よりも遥かに強く感情を揺さぶることができる。今回のような劇場型の裁判では強力な武器だ。

『あなたは、去年起きた殺人事件で起訴されている久米さんや、被害者である佐竹さんと同じ研究室に所属していますね？』

映像の中で、山田が小さく頷く。

『あなたが所属する研究室では、主にどのような研究を行っているんですか？』

『うちは無機化学が専門です。特に僕が研究しているのは、ケイ素を使った新しい物質を構成することで。それが成功すれば、工業用に……』

それまでのおどおどした口調とはうってかわって、まくしたてるように喋り出した山田を、三郎の『よく分かりました』という声が遮った。

『研究では、色々な薬品を使うんでしょうね。危険なものもあるんじゃないですか？』

『ええ、もちろんあります。強い酸性物質、アルカリ性物質は体に触れたら危険ですし、シアン化合物みたいに強い毒性をもつ物質も扱います』

『それらは、簡単に盗み出したりできるんですか？』

『そんなことはできません』山田は声を上ずらせる。『鍵のかかった棚に入れて管理しています』

『その鍵は誰が持っていたんですか？』

『……研究室に所属する全員が持っていました』山田は首をすくめた。

『研究室に所属する人ならだれでも、棚を開けて薬品を持ち出せたということですね』

『そうです。けれど、危険な薬品については使用するたびに記録を付けていて、定期的に使用量と残量が合っているかどうか確認していました』

『佐竹さんの事件があった前後、その確認は誰がしていましたか？』

三郎が質問する声が響くと、モニターの中で山田が顔を伏せた。

『……僕です』

傍聴席のざわめきがさらに大きくなる。

『そうですか。さて、話は変わりますが、公式な記録では、警察が研究室を捜索してはじめて、記録と薬品の残量が合わないことが判明したとされています。それは間違いないですか？　警察に指摘されるまで、あなたは記録よりも薬品が減っていることに気づいていなかったんですか？』

スピーカーから三郎の声が響いてくる。山田は俯いたまま答えなかった。

『どうなんですか？　あなたは警察が研究室を捜索するまで、薬品が持ち出されていることに気づいていなかったんですか？』

『……気づいていました』

蚊の鳴くような声で山田が言う。傍聴席の騒音が一気に膨らんだ。裁判長が「静粛に」と声を張り上げる。

『あなたはいつ、薬品が足りないことに気づいたんですか？』

三郎の声が淡々と質問を続ける。

『……佐竹さんが殺されたことを知る、一週間くらい前です。週に一回の確認をしていたところ、いくつかの薬品が少し足りなくなっている気がしました』

『そのことについて、報告はしなかったんですか？』

『どうせ、自分の計算ミスか、誰かが薬品を使ったのに記録を書き忘れただけだと思ったんです。だから、後で確認すればいいと思っていました』

『けれど、あなたは確認しなかった』

三郎の声が被せるように言うと、山田は力なく頷いた。

『論文提出の期限が迫っていて、手いっぱいだったんです。だから、いつの間にか頭から抜けていて。そのうちに佐竹さんが殺されたことが分かって、研究室がパニックになったから……』

『その後、久米さんが逮捕され、彼の自白を元に研究室が捜索されて、薬品が減っているのが明るみに出ました。さて、重要な質問をしますのでよく聞いてください。警察の捜索前に、あなた以外に薬品が減っていることを知っていた人物はいませんか？』

山田は視線を泳がせる。三郎の声が『いないんですか？』と答えを促す。

『……います』

再び傍聴席が大きく沸き上がった。裁判官が再び「静粛に！」と、彼らを黙らせる。

『それは誰ですか?』

山田は数回深呼吸をしたあと、意を決したように話しはじめた。

『刑事さんです。事件のすぐ後に話を聞きにきた刑事さんに、「なんでもいいから、事件前になにか変わったことがなかったか」って訊かれたんで、薬品のことを答えました』

『そのときの刑事の反応は』

『聞き流された感じでした。そのとき僕はまだ、佐竹さんの遺体が……酸で溶かされていたなんて知らなかったんで、薬品が減っていることが事件と関係があるなんて思いませんでした。まさか、うちの薬品で佐竹さんが……』

吐き気を催したかのように、山田は口を押さえた。

『これが最後の質問です。薬品が減っていることを話した刑事の名前を覚えていますか』

山田は口元から手を離すと、押し殺した声で言った。

『はい、覚えています。……小宮山さんという名前でした』

モニターが暗転する。傍聴席がハチの巣をつついたような騒ぎになる。裁判長が「静粛に! 静粛にしてください!」とくり返し声を張り上げた。数十秒してようやく傍聴席が静まり返ったところで、三郎は血の気の引いた顔で立ち尽くしている小宮山に話しかける。

「おかしいですね、小宮山さん。さっきあなたは、被告人が自白してはじめて、研究室から薬品が持ち出されたことを知ったと証言しました。しかし、実際は捜査がはじまってすぐ、被告人が逮捕される前にあなたは薬品が減っていることを聞いていた」

小宮山がなにか反論しようと口を開きかけるが、その前に検察官が慌てて声を上げた。

「異議あり。先ほどの映像はどのような状況で撮影されたものか詳細が不明です。証拠としての価値はありません」

「どのような状況であろうとも、彼の主張は明確です。また、映像に登場した山田さんは、必要であれば次回以降の公判で証言してくれることを約束してくれました。彼が語ったことに対して、証人に質問することは妥当だと思われます」

鋭く反論すると、検察官は渋い表情で黙り込んだ。

「異議を却下します。弁護人は質問を続けてください」

裁判長からの許可を得た三郎は唇の両端を上げる。小宮山の表情がこわばっていった。

「小宮山さん、答えてください。あなたはなぜ、早い段階で研究室から薬品が減っていることを知り、その薬品が被害者の遺体を溶かすのに使われた可能性に気づきながら、黙っていたんですか」

「……映像に映っていた彼から、話を聞いたことを忘れていました」

喉の奥から絞り出すような声で、小宮山が答える。

「忘れていた！」三郎は芝居じみた仕草で、両手を大きく広げた。「忘れていたということは、彼から薬品が減っているという話を聞いたことは事実ということですね」

自らの失言に気づき、小宮山のいかつい顔に動揺が走る。

「たしかに……、聞いたような気がします。ただ、記憶が曖昧なので……」

「小宮山さん、あなたは刑事ですよね。しかも、天下の警視庁捜査一課の刑事だ。そのあなたが、そんな凡ミスをしますか？　経験を積んだ刑事なら、どんな小さな情報から事件解決の糸口が見つかるか分からないと知っているはずです。だからこそ、聞き込みの内容は全てメモを取っている。そうじゃないですか？」

「それぞれのやり方がありますから……」

歯切れ悪く言う小宮山に向かって、三郎は顔を突き出した。小宮山は軽く身を反らす。

「そんな苦しい釈明より、真実はもっと単純なんじゃないですか。山田さんから薬品についての話を聞いたあなたは、あとで使えるかもしれないと捜査本部には報告しなかった。その後、逮捕された被告人の取り調べを担当したあなたは、『研究室から薬品を盗んで、それを使って遺体を溶かした』という調書を作成し、それにサインするように被告人に迫った。そうすれば、『秘密の暴露』を創りあげられるから。違いますか？」

挑発的に訊ねると、検察官がまた「異議あり！」と声を張り上げた。

「弁護人の主張は無責任な推測に基づくもので、なんら根拠がありません」

「認めます。弁護人は憶測に基づいた主張はしないように」

裁判長にたしなめられた三郎は、余裕の笑みを浮かべながら頭を下げる。

「申し訳ありませんでした。つい興がのってしまい。さて、小宮山さん。あなたが覚えていたか否かについては断言できませんが、少なくともあなたが被告の取り調べをする前に、大学院生から薬品が減っていることを聞いたことは事実らしい。こうなると、薬品の件については『秘密の暴露』ではなかったことになる。つまり、自白の信憑性についてどうしても疑いが生まれてしまうんです。分かりますね？」

小宮山は唇を固く結んだまま、動かなかった。

「答えられませんか。では質問を変えましょう。あなたは被告を脅して、都合よく作った調書にサインさせませんでしたか？　自白の内容は全て、あなたがでっち上げたものではないんですか？　あなたはいつもそうやって、被疑者に自白を強いてきたのではないですか？」

「違う！　そんなことはしていない！」

「そんなことはしていない？　それは、これまで被疑者を脅して自白を強要したことはないということですか？　これまで、一度たりとも？」

「もちろんです。自白を強要したことなんて一度もありません！」

小宮山がそう叫んだ瞬間、三郎はにっと口角を上げた。小宮山、そして離れた位置にいる検察官の顔がこわばる。

「裁判長、次の証拠をさきほどと同じようにモニターに映す許可を頂けますでしょうか」

三郎の要請に、裁判長は「許可します」と即答した。三郎は再びパソコンを操作する。モニターにはソファーに腰掛けた中年の男が映し出される。小宮山の喉から、唸るような声が漏れた。

『お名前と年齢をお願いします』

スピーカーから三郎の声が聞こえてきた。男はおずおずと正面に視線を向けると、聞き取りにくい声で喋りはじめる。

『山本純平《やまもとじゅんぺい》……、四十二歳です……』

『早速ですが、小宮山刑事のことを覚えていますか？』

三郎の質問が響くと、山本と名乗った男の体が大きく震えた。

『……はい、覚えています。十二年前に俺の取り調べをした刑事さんです』

『あなたはなんの容疑で取り調べを受けたんですか？』

『傷害罪です。コンビニで男の人を殴ってしまい……。それで、逮捕されました』

『なんでその人を殴ったんですか？』

『その人が俺の悪口を言っている気がしたんです。だから、「やめてくれ」ってお願いしたのに、それなのにやめてくれなくて。ずっと、悪口が聞こえてきて……。それでパニックになって、気づいたらその人を……殴っていました』

『逮捕されて、その頃、新宿署の刑事だった小宮山さんに取り調べを受けたんですね？』

山本は小さく頷いた。

『取り調べで小宮山刑事はどんな様子でしたか？』

『俺の言うことを全然聞いてくれませんでした。全部嘘だって決めつけて、「むしゃくしゃしていたから殴った。誰でもよかった」っていう調書にサインしろって、何度も怒鳴られました。嫌だって言うと、机を叩いたり、椅子の脚を蹴ったり、頬を平手で殴られたこともありました』

『それに耐えられず、あなたは調書にサインをした。そうですね？』

『はい、そうです。あの刑事はひどい人です。……本当にひどい人です』

『ご協力、ありがとうございました』

三郎の声がスピーカーから響くと同時に、映像が途切れた。潮が引いたかのように静寂が法廷を満たし、すぐに騒音の大波が打ち寄せてきた。

裁判長が必死に「静粛に！」と叫ぶが、騒ぎがおさまるまで数十秒を要した。

「小宮山さん、いま映像に映った山本さんを覚えていますか？　彼はあなたに自白を強制されたと言っていますが、これはどういうことですか？」

暗転したモニターを呆然と眺めていた小宮山は、関節が錆びついたかのようなぎこちない動きで首を回して三郎を見る。その口から「違う……、違うんだ……」といううめきが漏れた。

「違う？　なにが違うっていうんですか？」

「山本は、あの男は頭がおかしかった！　それで、不起訴になったような奴なんだよ。だから、いまのも全部、でたらめで……」

「頭がおかしかった⁉　まさか、山本さんが精神疾患を患っていることをさしているんですか？　あなたは病気で苦しむ人に対して、そんな差別的な表現を使うんですか？」

本気の怒りをおぼえて糾弾すると、小宮山は「いや、そうじゃ……」と言葉を濁す。

「異議あり。弁護人の質問は、本件となんら関係ないものです」

声を上げた検察官に、三郎は鋭い眼差しを投げかける。

「この質問は証人の人間性を確かめるためのものだ。自白が強要されたものである可能性が出てきた以上、取り調べを担当した人物の人間性を確かめるのは当然のことだ」

「異議を却下します。弁護人は質問を続けてください」

裁判長が覇気のこもった声で言う。検察官は唇を噛んで椅子に腰を落とした。

「あの……、別に精神疾患の方を馬鹿にするつもりはなかったんです……」

大量の贅肉を蓄えた体を小さくしながら、聞き取りにくい声で小宮山が話す。

「ただ……、山本さんは精神的に不安定で、勘違いしているんじゃないかと……」

「彼は投薬により精神症状は安定し、現在は仕事もしています。そういう状態の方の言葉も、過去に精神疾患を患っていたら証拠能力がないと?」

「そういうわけじゃ……。いま安定していても、私が取り調べをしたときは錯乱を……」

「なるほど」三郎は肩をすくめる。「山本さんの証言は妄想だとおっしゃるんですね。彼一人の証言では不十分だと」

小宮山が曖昧に頷くのを見て、三郎は鼻を鳴らした。

「長崎大樹《ながさきひろき》、家永亮《いえながりょう》、関順太郎《せきじゅんたろう》……」

三郎が名を挙げていくにつれ、小宮山の笑みが引きつっていく。

「覚えていますか、その三人を?」

小宮山は震える唇を開くが、その隙間から言葉が漏れることはなかった。三郎は勢いよく身を翻すと、傍聴席を見回す。

「いま挙げた三人も、小宮山刑事に取り調べを受けた方々です。映像の撮影には同意していただけませんでしたが、三人全員から調書は頂いております。小宮山刑事から脅迫的な取り調べを受けて、意にそわない自白を強要されたという内容の調書をね」

さて、仕上げといこう。三郎は気合を入れなおすと、小宮山に向き直った。

「四人、いや被告人も合わせれば五人です。五人もの人々が、同じ内容の証言をしているんです。あなたに自白を強要されたとね。これでも勘違いだと主張するんですか？」

体の横で固く握られた小宮山の両拳が、ぶるぶると震えはじめる。

あと一押しだ。三郎は証言台を平手で叩いた。小宮山の体が大きく震える。

「認めなさい！　もしあなたが認めないなら、山本さんをはじめとする四人は、出廷して証言する。もう終わりなんですよ。自分がやって来た卑怯な行為を謝罪しなさい！」

唾を飛ばしながら怒鳴ると、小宮山が俯いていた顔を上げた。般若のごとき形相を浮かべた小宮山が、血走った目で睨みつけてくる。三郎は歯を食いしばって、目の前の大男の圧に耐えた。

「卑怯……？」低い声で小宮山がつぶやく。「俺が卑怯だって言うのか？」

「その通りだ。あなたは、警察官にあるまじき行為を繰り返してきた卑怯者だ」

視界の隅で、検察官が慌てて立ち上がるのが見えたが、すでに遅かった。

「ふざけるな！　あいつらは全員犯罪者だ。あいつらが犯人なのは間違いないのに、刑務所にぶち込めないかもしれない。だから俺が泥を被って自白させてるんだよ！　俺は身を挺して市民を守ってやっているんだ！」

鼓膜に痛みをおぼえるほどの怒声が全身に叩きつけられた瞬間、三郎は満面の笑みを作って小さく拳を握りしめた。小宮山がはっとした表情になる。紅潮していた顔から、一気に血の気が引いていった。

「いや、違うんです……。いまのは口が滑って……」

小宮山は助けを求めるかのように検察官を見る。しかし、検察官は片手で顔を覆うだけだった。

「質問は以上です！」

高らかに宣言した三郎は、弁護席に戻っていく。途中、あんぐりと口を開いている久米と目が合った。三郎が唇の片端を上げると、久米は慌ててつむじが見えるほど深く頭を下げた。

満足感をおぼえつつ弁護席に座った三郎は、スーツの懐から定期入れを取り出す。

「なんとか、『正しいこと』ができたよ」

妻との写真を見ながら、三郎は小声でつぶやく。

——お疲れ様。

そう言って、写真の中の妻が微笑んでくれた気がした。

10

「判決を言い渡す。主文、原判決を破棄する。被告人は無罪！」

裁判長の声が法廷に響き渡る。傍聴席から大きなどよめきが湧きあがった。裁判長は朗々と判決理由を述べていく。その内容は、警察及び、検察のずさんな捜査を強く非難するものだった。

弁護人席に腰掛けた三郎の耳には、延々と続く裁判長のセリフが、優雅なクラシックミュージックのごとく心地よく響いた。ふと気づくと、判決を受けている久米がこちらを見ていた。その目から止め処なく涙が溢れていく。

三郎が大きく頷くと、久米は両手で顔を覆って肩を震わせはじめた。


重い瞼を上げる。染みの目立つ天井が視界に飛び込んできた。三郎はしょぼしょぼする目をこすりながら、掛け時計を見る。針は午後十時過ぎを指していた。

「もうこんな時間か……」

重い頭を振りながら、リクライニングさせた革張りの椅子から立ち上がる。三時間以上、おかしな姿勢で寝ていたせいかこわばっている背中を反らすと、脊椎がこきこきと音を立てた。

目の前のデスクに積み上げられた資料の山に、重いため息が零れる。夕方から資料整理をしていたのだが、いつの間にか眠ってしまったようだ。

書類の整理のために事務員の一人ぐらい雇いたいのだが、金にならない刑事事件を専門にしているせいでそんな余裕もない。仕方なく、膨大な資料の整理を自ら行わなくてはならなかった。

「しかし、まだあの時の夢を見るなんてな」

手元にあった資料を摑みながら、苦笑が零れる。久米の無罪判決からすでに三ヶ月近く経っている。にもかかわらず、裁判長の「被告人は無罪！」という言葉を聞いたときの快感は、いまも昨日のことのように思い出すことができた。

横暴な刑事と検察官をやりこめ、負け戦だった裁判をひっくり返した。あれほど会心の弁護は、二度とできないかもしれない。あの裁判を思い出すたびに、温かい満足感が胸に広がっていく。

当然のように検察はすぐに最高裁に上告をしたが、高裁であれほどの醜態を見せたのだ。棄却されて無罪が確定するのは間違いなかった。高裁の判決後、世論の後押しもあり、久米はすぐに釈放された。ただ、大学の研究室にはいづらいので、新しい職を探すとのことだった。

無罪判決が出たといっても、元の生活に戻れるわけではない。佐竹優香を殺害した真犯人が逮捕されるまで、本当に無罪だったのだろうかという疑いの目を向けられ続けることになるのだ。

だが、あの二人なら乗り越えられるだろう。釈放後、久米が環を連れて改めて礼を言いに来たときのことを思い出し、口元がほころぶ。事務所にやって来た二人の姿は、新婚の夫婦のようだった。三郎が「これから大変だと思うが、頑張るんだよ」と激励すると、久米は環を見て「大丈夫です。彼女が支えてくれるから」と胸を張って言った。佐竹優香と交際中、奴隷のように扱われて心をすり減らした久米だが、紆余曲折を経てようやく、人生を共に歩む最高のパートナーと巡り合うことができたのだろう。

私にとって、亡き妻がそうだったように……。

胸に軽い痛みをおぼえつつ、三郎は資料の整理を再開した。久米を無罪に導いたあとすぐに、弁護依頼が殺到した。その多くは、冤罪を訴えるものだった。

三郎は全ての依頼を吟味し、被疑者に会いに行った。しかし、被疑者が絶対に無実であると、弁護を引き受けることが『正しいこと』であると確信できるようなケースは極めて少なかった。

そうこうして、余裕のない日々を送っているうちに、いたるところに資料が山積みになっていった。さすがに仕事に支障をきたすと思い、数時間前から事務所の清掃をはじめたのだが、疲労が溜まっていたせいか、小休憩のつもりで椅子に腰かけたところで寝入ってしまったらしい。

「今晩中には無理だな……」

愚痴を零しながら、終わった事件の資料を段ボールに詰めていた三郎の動きが止まる。手にしている用紙の束、それは小宮山をやり込めた公判の数日前、匿名で送りつけられて来たものだった。数瞬迷ったあと、三郎は再び椅子に腰かける。目の前に置かれている資料の山を崩さないよう、慎重に移動させてスペースを作ると、手にしていた資料をそこに置いた。

それは、検察の捜査資料だった。その全てが、新宿署の刑事だった頃に小宮山が尋問を行い、送検後に被疑者が自白を強要されたと訴えていた。外部には決して漏れてはならないはずのこの資料が送られてきたとき、三郎は確信した。これは、無罪を勝ち取るための唯一の武器だと。

小宮山を攻め落とすと決意した三郎は、まず送られてきた資料に載っていた被疑者全員に話を聞き、違法な尋問についての証言を得た。それにより、小宮山が自白を強要していたという証拠を手に入れた三郎は、次になぜ彼が前もって研究室から薬品が盗まれていたことを知っていたのか、徹底的に調べ上げた。その結果、山田という大学院生の証言を得ることができたのだ。

「これのおかげで勝てた……」三郎は資料に触れる。

誰がこれを送ってくれたのか分からない。ただ、予想はついていた。おそらくは、捜査関係者の一人なのだろう。小宮山の違法なやり口を知っていたその人物はきっと、大きなリスクがあると知りつつも、自らの良心に従ってこの資料を送ってきたのだ。

同じ『正義』を胸に秘めた同志。三郎は送り主に対してそんな想いを抱いていた。

「ありがとう。君のおかげで『正しいこと』ができたよ」

感謝を口にしつつ、三郎は資料を慎重に段ボールの奥へとしまった。

時計の針の音だけがかすかに響く事務所で、三郎は黙々と整理を続けていく。デスクの上にあった資料を半分ほど段ボールに詰め込み終わった三郎は、痛む腰をさすりながら息を吐く。

誰が佐竹優香を殺したのだろう。ふと、そんな疑問が頭をかすめた。教授か准教授、あの二人のどちらかの犯行の可能性が高いと思ったが、それは正しかったのだろうか？　凶器がどこに行ったのかも分からないし、遺体の手首になぜチェーンが巻き付いていたのかも分からない。

十数秒、虚空を眺めていた三郎は、軽く頭を振って考えることをやめる。答えなど出るわけがない。事件の真相をあばくのは捜査機関の仕事だ。私は私の仕事に集中しよう。無実の者を救うという、素晴らしい仕事に。

資料はまだまだ残っている。だらだらやっていたら、徹夜になってしまう。再び手を動かそうとしたとき、デスクの上に置かれていた電話が着信音を響かせはじめた。

誰だ、こんな時間に？　首をひねりつつ、三郎は受話器を取る。

「はい、佃法律事務所」

『……もしもし』

低く籠った声が聞こえてきた。聞き覚えのある声。すぐに相手が誰だか気づく。

「久米君？」

『……はい、そうです。すみません、佃先生。……こんな時間に』

「かまわないよ。なんの用かな？　最高裁についてはなにも決定はしていないよ」

沈んだ声に不吉な予感をおぼえた三郎は、つとめて明るく言う。

『そのことじゃないんです。実は……、お伝えしないといけないことがあるんです』

「私に伝えたいこと？　いったいなんだい？」

三郎が両手を受話器に添えて訊ねると、久米はぼそりとつぶやくように言った。

『……殺しました』

室温が急激に低下した気がした。全身の汗腺から、汗が滲み出してくる。

「なにを……、言っているんだ……？」声がかすれた。

『今日、人を殺したんです。……すみません』

「今日⁉」三郎は耳を疑う。「意味が分からない。いったい誰を殺したっていうんだ⁉」

『中年の男性です。すぐに報道されると思います。僕は身を隠します。ただその前に、先生に謝っておかないといけないと思って……。あんなにお世話になったのに、すみませんでした』

電話を切られる気配を察して、三郎は焦る。

「待ってくれ！　まだ切るんじゃない。一体どういうことなのか説明してくれ」

まくし立てるが、返事はなかった。

「頼む、久米君。なにか言ってくれ。頼むから……」

必死に懇願すると、蚊の鳴くような声が鼓膜を揺らした。

『最後に一つだけ……。佐竹さんを殺したのも……僕です……』

回線が切れる。手から零れ落ちた受話器が、乾いた音を立てて床で跳ねた。

視界が回る。渦に巻き込まれたように。激しい眩暈に襲われた三郎は、大きくバランスを崩した。とっさに椅子の背を掴むが、体重を支えることはできず、椅子ごと転倒してしまう。

床に倒れた三郎は、焦点の合わない瞳で、ぐるぐると回転する天井を眺め続けた。

――佐竹さんを殺したのも……僕です……。

最後に久米が言った言葉がくり返し耳に蘇る。

「私は……『正しいこと』をしたかっただけなんだ……」

三郎は固く目を閉じると、瞼の裏に浮かぶ妻へと話しかける。しかし、いつものように彼女が優しく微笑みかけてくれることはなかった。

やがて愛する妻の姿は、溶けるように闇の中に消えていった。

翌日、久米が言った通りに殺害された中年男性の遺体が発見され、そして数日後には久米が重要参考人として指名手配された。殺されたのは[redacted]という名の五十代の男性だった。

現場には、久米がその男性を殺害したという確実な物証が残されていたらしい。

久米から連絡があったこと、その中で彼が男性と、そして佐竹優香の殺害を認めていたことを、三郎は警察に伝えた。話を聞きに来た刑事たちは、終始不機嫌な態度で聴取を行うと、去り際に吐き捨てるように言った。

「誰かさんが殺人鬼を世に放ったせいで、人が殺されたんですよ。責任は感じないんですかね」

言われずとも責任は感じていた。背骨が折れそうなほどの責任の重さに圧し潰されてしまいそうだった。

ずっと、『正しいこと』をしてきたはずだった。しかし、そのせいで犠牲者が出てしまった。

久米の無実を確信していた。表情、そして目を見て、彼が無実であるという絶対の自信を持っていた。にもかかわらず、彼は佐竹優香を殺害していた。

これまで、無実を信じて無罪判決を勝ち取ってきた多くの依頼者たちも、実は犯罪者だったのではないだろうか。自分は世間に害をもたらす存在を、解き放ってきたのではないだろうか。

これまで人生の基盤に据えていた『正しさ』。それが崩れ去ったいま、三郎はどう生きればいいのか分からなくなった。いつも目を閉じたら、愛する妻の姿を思い出すことができた。しかし、久米からの電話を受けたあの夜以来、瞼の裏に彼女が映ることはなくなっていた。

自分の人生は無意味だった。いや、それどころか『悪』だった。そんな思いが三郎を苛みはじめていた。夜眠れなくなり、なにをするのも億劫になった。仕事のための資料を読もうとしても、活字の上を目が滑り、頭に入らなくなった。駅のホームに立つと、ふと線路に吸い込まれていくような感覚に襲われることすらあった。

そんな状況を見かねて、知り合いの専門家が診察してくれた。強いストレスによりうつ病になっていると診断してくれたその人物から献身的に治療を受けたおかげで、なんとか自ら命を絶つことだけは思いとどまることができた。

しかし、久米の告白を聞いてからずっと現実と自分の間に張っている、くすんだ薄い膜。その膜が全身にこびりついているような不快感が消えることはなかった。

事件についての捜査が進んでいくにつれ、さらに恐ろしい疑惑が出てきた。

久米が[redacted]年前[redacted]東京[redacted]起きた[redacted]可能性が[redacted]。

遊園地[redacted]で世間を震撼させた[redacted]少年[redacted]解き放って[redacted]。

どう償え[redacted]悩み[redacted]先生に[redacted]呼ばれ[redacted]。

だから、三郎は[redacted]会いに[redacted]そこに若い[redacted]、彼女は[redacted]、

四人[redacted]。

吸い込ま[redacted]、これで[redacted]会える[redacted]。

11

「いやあああー！」

布を裂くような悲鳴を上げながら檻から手を離した私は、弾かれたように後ずさって倒れこむと、両手で頭を抱えて体を丸く、小さくする。そうしないと、身体がバラバラになって崩れ落ちてしまいそうだった。体中の細胞が悲鳴を上げる。正体不明の恐怖が、

波紋のようにくり返しくり返し全身に広がっていく。

「愛衣、大丈夫⁉」

ククルが駆け寄ってくるが、答える余裕などなかった。

喘ぐように呼吸をしていた私は、ふと自分の手を見て、再び悲鳴を上げる。白衣の袖から出る両手がじわじわと変色していた。佐竹優香さんの遺体が溶け出したあの酸のような、赤黒い色に。

いや、手だけじゃない。私は変色した手で、首筋に触れる。指先に走ったぶよぶよとした感触。腐った蜜柑に触れたような感触に、私は反射的に手を引いた。

全身が溶けはじめている。このままだと、あの浴槽に溜まっていた禍々しい液体のように腐り落ちてしまう。絶望に心が冒されたとき、柔らかいものが溶けかけている私の頭部を包み込んだ。

「大丈夫だよ」優しい声が鼓膜をくすぐる。「大丈夫、僕がついているからなんにも心配いらないよ。愛衣は絶対に僕が守ってあげるからね」

私の頭部を抱きしめていたククルの耳が伸びて、全身に巻き付いてくる。ククルの耳が触れた部分から、薄皮の下に粘着質な液体が詰め込まれたような皮膚が、もとの色と質感を取り戻していった。私は瞼を落とすと、ビロードの毛布に包まれているように心地よい感触に身を委ねる。全身を侵食していた恐怖が薄らいでいく。そのとき、ふと強いデジャヴに襲われた。昔、同じような経験をしたことがある。しかし、それがいつのことなのか思い出せない。

「落ち着いたみたいだね」

ククルが耳を引いていく。その柔らかさに少々未練をおぼえつつ、私はおそるおそる自分の頬に触れた。指先を弾力のある皮膚が押し返してきた。

「うん、元通り。やっぱり女の子は、お肌の手入れをしっかりしないとね」

ウインクしてくるククルに、私は「ありがとう」と心から感謝を伝える。

「僕は愛衣のククルなんだから、当然のことだよ。それより、なにがあったの？　あんなになるなんてさ。佃三郎の記憶の中で、よほど恐ろしい経験をしたのかな？」

「たしかに恐ろしかったけど……」

浴槽で遺体が溶けている光景は、たしかにおぞましかった。しかし、飛鳥さんの記憶の中で見た、父親が突然わけの分からないことを口走りながら飛行機を墜落させた光景も、負けず劣らずショッキングな出来事だったはずだ。

なのに今回は、飛鳥さんの記憶を覗いたときよりも遥かに強い拒絶反応に襲われた。全身が溶け落ちそうになるほどに強い拒絶反応に。いったい、なぜ？

佃さんの記憶を反芻しながら、私は記憶をたどる。最後の部分だ、久米が殺人犯だったということが分かってから、急に佃さんの記憶にノイズがかかりはじめた。それと同時に、強い苦痛に襲われ、そこから弾き出された。はっきりとは見えなかった部分、そこになにか重要な情報があるはず。そこまで考えた私は、はっと顔を上げる。パニックで忘れていたが、佃さんの記憶には一人、私が知っている人物が登場していた。とても重要な人物が。

「加納環さんがいたの！」

私が声を上げると、ククルは「は？」と訝しげに聞き返した。

「佃さんの記憶の中に環さんが出てきたの。佃さんと環さんは知り合いだったのよ」

「え？　ちょっと待ってよ、たしか加納環って……」

「そう、イレスの患者よ」私は興奮しながらまくし立てる。

私が担当しているもう一人のイレス患者。その人物こそ、加納環さんだった。

「やっぱり、同時に発症した四人のイレス患者には繋がりがあったのよ。飛鳥さんと佃さんの記憶のなかで、ノイズがかかって見えない部分。そこに、ヒントがあるはず」

「ちょ、ちょっと待ってよ。そんな急に言われても、なにがなんだか……」

顔の前で両耳を振ったククルは、「とりあえず」とつぶやくと、私の肩に乗った。

「佃三郎の記憶がどんなものだったのか、見させてもらうよ」

ククルは大きな瞳を閉じると、額を私のこめかみに当てる。十数秒後、目を開けたククルは大きく息を吐いた。

「なるほど、佃三郎が無罪にした男の友人……というか恋人が加納環だったとはね」

「ね、すごいことが分かったでしょ」

「ということは、加納環のマブイが衰弱した理由は明白だね」

「うん……、恋人が殺人犯だったから……」

私は声をひそめると、ククルは「だろうね」と頷いた。

「でも、久米って人は佐竹優香さん以外に、誰を殺したんだろう？」

私はつぶやきながら思考を整理していく。

「せっかく無罪判決を受けたのに殺人なんて……。それに、久米がなにか他の事件にもかかわっていたみたいな記憶が見えたけど、ノイズがかかってよく分からなかった」

そのとき、刺すような痛みが胸に走り、私は「つっ⁉」と声を上げる。慌ててシャツの襟元を引いて覗き込むと、胸から脇腹にかけて走っている傷跡が赤く腫れあがっていた。

なんで傷が？　困惑していると、ククルが緊張を孕んだ声を上げた。

「悠長に色々なことを考えている余裕はなさそうだよ。ほら、後ろを見てみなよ」

「後ろ？」言われて振り返った私は、うめき声を漏らす。

遥か高くまで積み上げられた牢の壁、そこに閉じ込められているのっぺらぼうたちが、格子を摑んで揺らしはじめていた。金属同士がぶつかり合う音が空間に満ちていく。

「もう少ししたら、牢を壊したのっぺらぼうたちが殺到するだろうね」

「そんな……、じゃあどうすれば……？」

「決まっているじゃないか。マブイグミをするんだよ。佃三郎のマブイを救って、この夢幻の世界を終わらせるんだ」

「佃さんのマブイを救うって、どうやって……？」

今回は飛鳥さんのときとはまったく違う。久米が釈放後に殺人を犯したことはまちがいないのだ。そして、佐竹優香さんを殺害したことも。自分の弁護によって久米が自由を得たせいで、新たな殺人が起こってしまった。人生をかけてきた仕事を完全に否定されてしまった。そんな佃さんのマブイを、どうやったら救えるというのだろう。

「それを考えるのがユタの仕事だよ。まずは集中するんだ。そうすれば、なにか手がかりが見えてくるかもしれない」

「そんなこと言われても……」

「いいから集中！」

ククルに一喝された私が背筋を伸ばしたとき、のっぺらぼうたちが格子を揺らす金属音に混じって、なにか聞こえた気がした。

「え？　ククルなにか言った？」

「ん？　なんのこと？」

ククルは狭い眉間にしわを寄せる。そのとき、またかすかに声が聞こえた。私は勢いよく振り返って、瑠璃色に弱々しく光る檻を見つめる。その中で横たわっている少女、佃さんのククルの目が薄く開き、こちらを見ていた。

「あなたなの？　あなたがなにか言ったの？」

必死に声をかける。飛鳥さんのときも、彼女のククルがヒントをくれた。今回も同じことが起こっているのかもしれない。

『……して、………ない』

また蚊の鳴くような声が頭に響く。飛鳥さんのククルのときよりも、遥かに小さく弱々しい声。私は神経を集中させる。

『優香……殺し……ない』

私は息を呑んで、檻に近づく。

「優香さんを殺していない、そう言ったの？　優香さんを殺したのは、久米じゃないってこと⁉」

必死に訊ねるが、少女は虚ろな瞳をこちらに向けたまま、微動だにしなかった。

「お願い、答えて。あなたはなにを知っているの⁉」

必死に訊ねるが、もはや声が聞こえることはなかった。

「あんまり無理させちゃだめだってば。このククルは、いまにも消えそうなほど衰弱しているんだからさ。なにかヒントを貰ったなら、それを元に愛衣が考えなくっちゃ」

ククルに諭された私は、必死に頭を働かせる。本当に久米は優香さんを殺害していないのだろうか？　それなら、なぜ佃さんに電話して、罪の告白を行ったのだろうか？

なんにしろ、考えるべきは佐竹優香さんの事件だ。その事件で、もし久米が犯人ではなかったなら、きっと佃さんのマブイは力を取り戻すはず。

瞼を落とした私は、佃さんの記憶の中で見た事件現場を必死に思い起こす。

脳裏に、赤黒い液体がゆっくりと渦を巻く浴槽が浮かび上がってきた。

久米が犯人ではないなんてこと、本当にあるのだろうか？　久米は佃さんに、佐竹優香さんを殺したと告げた。様々な状況証拠が、久米が優香さん殺害犯だと示している。にもかかわらず、なぜか私は佃さんのククルが伝えてきたことが真実だと感じていた。

佃さんのククルの声が聞こえたとき、言葉だけでなく、感情の欠片のようなものが身体の中に入ってきた。

本当に久米が犯人じゃなかったとしても、なぜそれを佃さんのククルが知っているのだろう？　ククルはマブイを映す鏡みたいなものだったはず。なら、佃さんが知らないことを、彼のククルが知っているのはおかしい……。疑問が次々に湧き上がり、神経回路がショートしそうになる。

私は額を押さえる。明らかに脳の処理速度が落ちている。佃さんの記憶から弾き出されてから、頭蓋骨の中に鉛でも詰め込まれたかのように頭が重かった。

「平気かい、愛衣？」

足元で心配そうに声をかけてくるククルに、視線を落とす。

「ねえ、ククルはマブイを映す鏡みたいなものって言っていたよね」

「……ああ、そうだよ」ククルは頷く。しかし、その口調はやけに歯切れが悪かった。

「けど、飛鳥さんのククルは彼女が知らないはずのことを教えてくれた、だから彼女を救うことができた。ねえ、ククルっていうのは、本当にたんなるマブイの分身なの？」

身をかがめて顔を近づけると、ククルはわずかに視線をそらした。その姿を見て確信する。ククルがなにか隠していることを。

「知ってることがあるなら教えてよ。なんでククルたちは、その人が知らないことまで知っているの？　なにか隠していることがあるの？」

緊張しつつ答えを待つ。夢幻の世界で唯一の味方だったククル。ずっと頼りにしてきた彼の正体がぼやけてきたことに、強い不安をおぼえる。ククルは長い耳で頰を搔いた。

「もし、佃三郎のククルが、久米が犯人じゃないって伝えてきたなら、きっとそれが真実だよ」

「なんでそう言い切れるの？　質問に答えてよ。あなたはなにを隠しているの？」

「……いまはまだ早いよ」

ククルはひとりごつようにつぶやいた。私は「早い？」と聞き返す。

「そう、まだ早いよ。ちゃんとその時がきたら全部伝える。だからもう少し待って」

「説明になってない！　『その時』っていつ？　あなたはいったい何者なの⁉」

ククルは口の片端を持ち上げて、苦笑するような表情を作る。目の前にいるうさぎ猫にはじめて恐怖をおぼえた私は、一歩後ずさった。

この夢幻の世界に這入り込んでから、ずっとククルに頼り切ってきた。彼を完全に信用していた。しかし、よくよく考えたら、私はククルのことをなにも知らない。ただ、彼自身が口にした説明を鵜呑みにして、味方だと思い込んでいたにすぎない。

このうさぎ猫は、その可愛らしい仮面の下に邪悪な素顔を持っているのではないだろうか？　疑念は、恐怖という栄養を吸収し、みるみる大樹へと成長していく。

ククルは大きなため息を吐くと、両耳をパタパタと羽ばたかせて私の顔の高さまで浮き上がった。そのつぶらな双眸に、こわばった私の顔が映る。

「愛衣」ククルが語り掛けてくる。どこまでも柔らかい声で。「僕はたしかに、まだ伝えていないことがある。けれど、これだけは信じて。僕は愛衣の味方だよ。僕は君のためならなんでもできる。君を守るためなら喜んで命を捧げる。僕にとって、君はなによりも大切な宝物だからね」

なぜか、恐怖、不安、疑惑……、黒い感情が一気に消え去った。

「もうちょっとして、愛衣が受け入れる準備が整ったら、僕の知っていることを全部話すよ。それまで、待ってくれるかい？」

ククルが目を細める。私は無意識のうちに「うん」と頷いていた。

「さて、それじゃあ話を戻そう」

ククルが両耳を合わせる。羽ばたきをやめたせいで、その体が落下していった。

「久米は優香を殺していない。佃三郎のククルはそう言ったんだね」

ククルの体が着地する。衝撃を吸収した肉球が、ぽむっと音を立てた。

「かすかにそんな声が頭の中に響いたんだけど……。けど、気のせいだったのかも……」

「いや、気のせいなんかじゃない。それは間違いなく、佃三郎のククルからのメッセージさ。けど、そんな声まで聞こえるなんて、愛衣はユタとしてかなり成長したんだね。片桐飛鳥のときに比べて、佃三郎のククルに含まれているその成分は、ものすごく薄いはずだからね」

「その成分？」

首をひねると、ククルは「ああ、こっちの話」と両耳を振ってごまかした。

「で、その声を聞いて愛衣はどう感じたんだい？」

「どうって……、久米が……久米さんが犯人じゃないような気がしているけれど」

「じゃあ、やっぱり久米は犯人じゃないよ」

あっさりと言うククルを前にした私は、「そんな適当な」と顔をしかめる。

「適当なんかじゃないさ」ククルは不満げに鼻をひくつかせた。「ユタである愛衣が、佃三郎のククルからメッセージを受け取り、それを本能的に真実であると感じているんだ。それは、間違いなく真実だということだよ。自分を信じなって」

「そんなことを言われても……」

「じゃあ、自分じゃなくて僕の言葉を信じて。なんにしろ、久米は優香を殺してはいない。それを、佃三郎のマブイに納得させるんだ。そうすれば、この気味の悪い夢幻の世界は崩壊して、佃三郎のマブイは解放される」

「じゃあ優香さんを殺した真犯人は誰なの？　なんで久米さんは、人を殺したって佃さんに電話をしてきたの？　優香さんだけじゃなく、中年男性の被害者も久米さんが殺したんじゃないの？」

疑問を並べ立てていると、内臓を揺するような音が空間に響きわたった。無数の牢に閉じ込められたのっぺらぼうたちが、こちらを向いて喉を震わせ、唸り声をあげている。のっぺらぼうたちがリズムを合わせて格子を揺すりはじめる。金属がぶつかり、軋む音が重なり、おぞましい交響曲となって精神を炙る。

険しい表情をしたククルは、身を伏せ、綿毛のような尻尾を膨らませた。

「考えている時間はないよ。久米が優香を殺していない。そのことだけ証明すればいいんだ。いや、しっかり証明する必要はない。佃三郎のマブイに、自分が間違っていなかったと納得させればいい。そうすれば、きっとこの夢幻の世界は崩れ去る」

「納得させるって、どうやって？」

「だから、それを考えるのはユタの仕事なんだってば。さっき、佃三郎の記憶の中で見たこと、佃三郎のククルが伝えてきたことを思い出すんだ。そこにヒントがある」

戦闘態勢を保ったまま、ククルは早口でまくしたてる。私は「わ、分かった」と目を閉じると、両手をこめかみに当てて必死に頭を働かせる。

血飛沫で汚れた浴室の中、酸で満たされた浴槽に白骨化した遺体が浮かぶ、おぞましい光景が脳裏をよぎる。こみ上げてくる吐き気に耐えながら、私は考え続ける。

優香さんの首を切り裂いた凶器は、どこに消えたのだろう？

なぜ、遺体は酸で溶かされたのだろう？

なぜ、遺体の手首にチェーンが巻き付いていたのだろう？

なぜ、鏡が割られていたのだろう？

久米さんが犯人ではないとしたら、一体誰が、なぜ優香さんを殺したのだろう？

いったい犯人は誰なのだろう？

疑問が頭のなかでゆっくりと、ねっとりと渦を巻く。この夢幻の世界にやってきたときの浴槽で、回転していた赤黒い液体のように。そのとき、脳内で火花が散った気がした。私は口をあんぐりと開いて、体を硬直させる。

「犯人……」

口から漏れたつぶやきが、のっぺらぼうたちの唸り声と格子の軋みにかき消されていく。騒音の中、私の頭では佃さんの記憶の中で見た様々な事実が、有機的に組み合わさっていき、一つの仮説を浮かび上がらせていた。本当にそんなことがあり得るのだろうか？　自分に問いかけるが、考えれば考えるほど、その仮説こそ真実であるという確信が湧いてくる。

「なにか分かったの？」

ククルの問いに頷いた私は、闇がわだかまる上方に向け声を張り上げた。

「佃さん、話を聞いてください！　あなたは間違えてなんかいません。久米さんは、本当に優香さんを殺してなんかいなかったんです！」

闇の中に声が反響する。私は細く息を吐いて反応を待つ。次の瞬間、目の前に半円状の木枠が現れた。その下は細い棒状の木柱が取り付けられている。

「証言台……？」

外国の法廷ドラマなどでよく見る、証言をする際に立つ場所。いつのまにか、私はそこに立っていた。腰の高さにある木枠に触れていた私は、はっと顔を上げる。のっぺらぼうたちが閉じ込められている牢の手前に小高い席ができていた。裁判官たちが座る裁判官席。その真ん中、裁判長が座る場所に、老人が俯いて腰かけている。

「佃さん！」

私は声を上げる。法衣を着てそこに座っていたのは、佃三郎、その人だった。彼はゆっくりと顔を上げると、落ちくぼんだ目をこちらに向ける。記憶の中で見た姿より、彼は老けて見えた。肌は乾燥してひび割れ、腰は曲がっている。心なしか髪も薄くなっている気がする。表情は弛緩して、張りがない。しかし、こちらを見るその目付きは鋭く、瞳は爛々と輝いていた。

佃さんは席に置かれていた、こちらも外国の裁判でよく見る木槌を手に取ると、勢いよく振り下ろす。重く、大きな音が空気を揺らした。

「これより開廷する！」

佃さんが雄々しく宣言するのを聞いて、私はようやく状況を理解する。

これは裁判なのだ。夢幻の世界の裁判。ここで佃さんを説得することができれば、彼のマブイを救うことができる。私は乾いた口腔内を舐めて湿らせると、唇を開いた。

「聞いてください。久米さんは優香さんを殺してなんかいません。あなたは、人殺しを世間に解き放ったわけじゃないんです」

「そんなはずはない！　久米君は言った。自分は殺人犯だと。佐竹優香を殺害したと！」

佃さんは再び木槌を振り下ろした。それに呼応するように、裁判官席の背後にそびえ立つ無数の牢に閉じ込められているのっぺらぼうたちが、格子をがしゃがしゃと鳴らす。その迫力にひるみかけた私は、拳を握りしめて叫んだ。

「異議あり！　自白だけでは証拠になりません！」

佃さんは「なに？」と眉根を寄せる。

「被告人の自白だけでは、有罪にすることはできないはずです。しかも電話越しの自白じゃ、久米さんがどんな状況でそれを言ったかも分かりません。久米さんが殺人犯だという確たる証拠にはなりません」

木槌を握ったまま、佃さんは私を睨み続ける。やがて、彼は木槌を机に戻した。

「異議を認める。たしかに自白だけでは有罪にはできない。しかし……」

佃さんはあごを引いた。

「警察は、久米君が殺人犯であるという確固たる証拠をいくつも見つけている。私も確認したが、それは間違いないものだった。それをどう説明する？」

「優香さんの事件についてですか？」

質問を返すと、佃さんは「どういう意味だ？」と低い声でつぶやく。

「その証拠と言うのは、久米さんが優香さんを殺害したという証拠なんでしょうか？」

「……いや、違う」数瞬の沈黙のあと、佃さんは首を横に振った。「彼が釈放後に、中年の男性を殺したという証拠だ」

「なら、関係ありません」

「関係ない？」訝しげに佃さんは聞き返す。

「ええ、関係ありません。私がこの場で証明したいのは、久米さんが優香さんを殺害していないということだけです。釈放後の事件については、いまは関係ありません」

言葉を切った私は、緊張しつつ佃さんの反応を待つ。中年男性が殺害された件については、佃さんの記憶を見てもほとんど情報が得られなかった。それについて、久米さんが犯人でないと証明することは不可能だ。

再び木槌を手にした佃さんは、勢いよく振り下ろした。大きな音が朧《ろう》げな脳を揺らす。

「久米君が中年男性を殺害したか否かは、彼の人間性にかかわる重要なファクターである。それを棚上げして議論などできない！」

怒鳴る佃さんに対して、私も腹の底から「異議あり！」と叫び返した。

「久米さんが殺人犯だとしても、やっていない犯罪で罰を受けるのは間違っています！」

「……どういう意味だ？」佃さんは軽く前のめりになる。

「久米さんが優香さんを殺害していたにもかかわらず、自分の弁護によって無罪にしてしまった。自分が『間違ったこと』をしてしまったせいで彼が釈放され、新しい犠牲者が出てしまった。あなたはそうお考えなんですよね？」

佃さんは「ああ、そうだ……」と躊躇いがちに頷いた。

「では、もう一つ質問です。もし優香さんを殺したのが、久米さんではなかったとしても、裁判で有罪になるべきだったと思いますか？　冤罪であったとしても、久米さんが有罪判決を受けていれば、その後に中年男性は殺されなかったから」

再び、佃さんは険しい表情で黙り込む。彼の背後にそびえ立つ牢にいるのっぺらぼうたちが、答えを急かすかのように格子を鳴らした。

「……いや、そうは思わない」苦悩が濃く溶け込んだ声が、佃さんの口から漏れる。

「被告人がどれほどの悪人であったとしても、犯していない罪で裁かれるべきではない」

「もし、それで未来の犯罪が防げるとしても……ですね？」

私が念を押すと、佃さんはぎこちなく首を縦に振った。

「では、久米さんが優香さんを殺害していないなら、彼を弁護して無罪を勝ち取ったあなたの行動は『正しいこと』となりますね」

私が『正しいこと』と口にした瞬間、佃さんの表情に強い動揺が走った。

「どうなんですか佃さん、答えてください！」

質問を重ねると、佃さんはゆっくりと乾燥してひび割れた口を開いた。

「ああ、それは『正しいこと』だ……」

牢に閉じ込められた無数ののっぺらぼうたちが一斉に、抗議するかのように奇声を上げるなか、私は「よしっ」と小声でつぶやく。これで勝算が見えてきた。

「佃さん、ここで裁かれている人は誰ですか？」

「裁かれている人？」佃さんは困惑顔になる。

「そうです。ここは法廷です。それなら、裁かれる人が、被告人がいるはずです」

「それは……」

助けを求めるかのように、佃さんは視線を彷徨わせた。私はまっすぐに彼を指さす。

「あなたですよ、佃三郎さん」

「私……？」

「そうです。あなたは久米さんを無罪にしてしまった自分自身が赦せなかった。だからこそ自らを責めて、疲弊した」

その結果、他人に吸われてしまうほど、マブイが衰弱してしまった。

「佃さん、この法廷はあなた自身が創り出したものです」

衰弱したマブイが創り出した、夢幻の法廷。

「ここではあなたは裁判官であり、検察官であり、そして被告人なんです」

そう宣言すると同時に、裁判長席に座っていた佃さんの姿がふっと消えた。私は慌てて周囲を見回す。いつの間にか、向かって左側の空間にデスクが、無人の検察席が存在していた。

続いて首を回し、向かって右側を見た私は口元に力を込める。そこに置かれている簡素な椅子、被告人席に佃さんが背中を丸めて座っていた。古い外国映画の中で囚人が着るような縞模様の囚人服を着た佃さんが。よく見ると、その手足には鋼鉄の枷すらはめられている。

佃さんはゆっくりと顔を上げて、虚ろな目で私を見る。

「では、弁護士は誰なんだ……？　誰が私の弁護をしてくれるんだ……？」

「私です！」私は胸を張った。「あなたが『正しいこと』をしたと、私が立証します」

「君が……？」

佃さんが呆然とつぶやいたとき、体が締め付けられるような感覚が走った。驚いて視線を下げると、いつの間にか白衣が消え去り、私の体はパンツスタイルのタイトなスーツに包まれていた。弁護士の正装ということなんだろう。

「なかなか似合っているよ。かっこいいじゃないか」

茶化してくるククルを軽く睨んでいると、木槌が叩きつけられる音が響きわたった。はっと顔を上げる。裁判長席に法衣を纏い、木槌を手にしていた佃さんの姿が戻っていた。見ると、検察席にはブラックスーツを着た佃さんが、険しい表情で座っている。

「これより、あらためて開廷する！」裁判官の佃さんが高らかに宣言した。

裁判官、検察官、被告。三人の佃さんと、弁護士である私による裁判がはじまった。

「被告人は前に！」

裁判官に命令された被告人が立ち上がり、枷のかけられた足を引きずりながら近づいてくる。私が少し移動して場所を譲ると、被告人は証言台に立って裁判官を見上げた。

「被告、佃三郎。あなたは殺人犯である久米の弁護を行い、詭弁《きべん》により無罪とした。その結果、釈放された久米は新たな殺人を犯した。そのことに相違ないか？」

裁判官の糾弾に、被告人は体を小さくする。

「分からない……、分からないんだ……」

「なにが分からないというんだ！」

検察席に座っていた、検察官の佃さんが声を荒らげながら近づいてきた。

「お前自身が久米から聞いたんじゃないのか。自分が犯人だという告白を。久米が無実だというお前の判断は間違いだったんだ。お前は『間違ったこと』をしたんだ」

検察官は証言台の木枠を乱暴に叩く。どうやら、この夢幻の世界の裁判は、現実世界の規則通りに進むわけではないらしい。法律の知識を持たない私にはありがたい。

「異議あり！」

私が大声を出すと、検察官は「なんだ？」と顔をしかめる。

「久米さんは殺人犯だと決まったわけではありません」

「久米は私に電話をして、自分が殺したと伝えてきたんだ。殺人犯に決まっている」

「自白だけじゃ、証拠にならないはずです！」

私はついさっき口にしたのと、同じ言葉をくり返す。

「どんな状況で電話してきたかもわからないじゃないですか。もしかしたら、電話の向こう側で、自白するように誰かに脅されていたのかも」

「いや、あの口調は無理やり言わされたものではない。自発的な罪の告白だった」

「それはあなたの主観であり、客観的な証拠にはなりません！」

私と検察官は、証言台を挟んで視線をぶつけ合う。

「異議を認めます。検察官は証拠に基づく発言をするように」

裁判官が木槌を鳴らす。検察官は小さく舌打ちをした。

「少なくとも、釈放後の殺人については確実な証拠がある。この男が久米を解き放ったせいで、人が殺されたのは間違いない」

「確実な証拠ってなんですか？」

訊ねるが、検察官は「確実な証拠は、確実な証拠だ」とくり返すだけだった。

「異議あり。その証拠がどのようなものなのか説明してもらわないと判断できません」

抗議すると、裁判官が「異議を却下する」と声を上げた。私は耳を疑う。

「その証拠は確実なものである。弁護士はその前提で話を進めるように」

「どうやら、佃三郎の中では、その証拠が正しいものであるという確信があるみたいだね。そこに異議を唱えたところで、無駄みたいだよ。違うところから攻めないとね」

ククルのアドバイスに、私は「分かった」と頷き、裁判官を見上げる。

「その証拠は、釈放後の殺人事件の証拠ですよね。優香さんの事件については、久米さんが犯人であるという確実な証拠はないはずです」

「……久米は佐竹優香の殺害も告白した。二つの殺人は久米の犯罪だと推測できる」

「推測だけで有罪にはできないはずです。そしてこの裁判は、優香さんの事件で久米さんを無罪にしたのが正しかったか否かを争うものです。つまり、注目するべきは優香さんが殺害された事件であり、釈放後の事件は関係ありません」

「関係はある！　久米の人間性を示すことは重要だ！」

検察官が唾を飛ばして叫ぶと、裁判官が数回木槌を鳴らした。

「双方とも、落ち着くように。検察官は佐竹優香殺害事件について重点的に議論するように努めなさい」

「……はい」渋々とうなずいた検察官は、証言台の被告人に向き直る。「お前は久米の自白が、違法な取り調べによるものと証明してあの男を無罪にした。しかし、状況証拠は全て久米が佐竹優香殺害の犯人だと示していた。それは認めるな？」

「……状況証拠はそうだった。ただ、……彼が犯人だという確実な証拠はなかった」

ぼそぼそと聞き取りにくい声で被告人は答える。

「あれだけ状況証拠がそろっていれば、久米が犯人だと思うのが普通じゃないか？　お前は、あの男が犯人だと分かっていたのに、気づかないふりをしていたんじゃないか？」

「違う！　私は無実を信じていた。経験から彼は無実だと確信していたんだ」

「経験？　確信？」検察官は鼻を鳴らした。「その経験は確かなものなのか？　これまでも犯罪者たちを解き放ってきたんじゃないか。いまもお前は、久米が無実だったと確信しているのか？」

「それは……」被告人は言葉に詰まり、うなだれた。

「久米さんは無実です！」

私が言葉を挟むと、検察官は大仰に肩をすくめた。

「なぜそう言い切れる？　全ての状況証拠が、あの男が犯人だと示しているんだぞ」

「状況証拠ってなんですか？　なぜ久米さんを犯人だと推測できるんですか？」

「犯行が行われた夜、久米は佐竹優香の部屋を訪れ、数時間滞在している。彼女は久米にストーカーされていたと周りに言っていた。久米が所属している研究室から、酸を作るための薬品が持ち出されていた」

「それだけですか？」

「それだけって……」検察官の眉間にしわが刻まれる。

「では質問です。久米さんが犯人だとしたら、なぜ遺体を最後まで完全に溶かさなかったんですか？　なんで遺体が完全に消える前に、犯行現場から去っているんですか？」

「……遺体が溶けていく恐ろしい光景に耐えられなかったからだろう」

「前もって薬品を持ち込むほど用意周到なのに、なんでエントランスの防犯カメラに映るなんて不用意なことをしているんですか？」

「……犯罪者はときに不合理な行動を取るものだ」

「全ての鏡が割れていたのはなぜですか？　浴室だけでなく、洗面所の鏡や部屋の姿見も徹底的に割られています。その全ての場所で、久米さんと優香さんが争ったとでもいうのですか？」

検察官の眉間のしわが深くなっていく。

「なんで遺体の手首にチェーンが巻き付いていたんですか？　凶器はどこに消えたんですか？　なんで優香さんの顔の骨は、何ヶ所も骨折があったんですか？　なぜ、そこまで顔を痛めつける必要があったんですか？」

検察官は「ああ、うるさい」と大きく手を振ると、私の鼻先に指を突きつけた。

「いい加減にしろ、細かいことばかりまくしたてて！　それならお前は誰が犯人なのか分かっているとでもいうのか⁉　久米よりも疑わしい人間が誰かいるとでもいうのか！」

「検察官は冷静に！」

裁判官の叱責が飛ぶ。検察官は不満げに「失礼しました」とつぶやいた。

「弁護人は質問に答えなさい。久米以外の人物がこの事件の犯人だという確証はあるんですか」

裁判官の落ち窪んだ目が私を捉える。私は数回深呼吸をくり返したあと話しはじめた。

「確証はありません。ただ一つ仮説があります。その仮説なら、この事件の不可解な点に全て説明がつきます」

三人の佃さんの目が大きく見開かれる。裁判官席の後ろの牢に閉じ込められているのっぺらぼうたちの奇声が、一際大きくなった。

「それは、久米が犯人ではないという仮説ですか？」探るような口調で裁判官が訊ねる。

「ええ、そうです。この事件を起こしたのは久米さんではありません」

「誰なんだ⁉」被告人が証言台の木枠を摑んで身を乗り出した。「いったい誰が佐竹優香を殺したんだ。研究室の教授か？　それとも准教授か？」

「いえ、違います」

「じゃあ、犯人は誰なんだ⁉」

三人の佃さんの声が重なる。

裁判官、検察官、被告人。私は三人の佃さんと順に視線を合わせたあと口を開いた。

「犯人なんかいません。優香さんは自殺したんですよ」

12

「自殺⁉」

三人の佃さんたちは目を剝き、再び声を重ねた。それに呼応するように、のっぺらぼうたちが格子を強く揺する。

「違う！　現場の状況から自殺などあり得ない！」

額に青筋を立てて叫ぶ検察官に向かって、私は「そんなことありませんよ」と肩をすくめた。

「事件の晩、優香さんが電話で久米さんを自宅に呼んだのは、警察も確認しているんですよね」

「……たしかに電話はしているが、自宅に呼んだかどうかは分からない」

「呼び出したんですよ。久米さんがあなたに話した通りに。そして、存在しないストーカーの被害について数時間相談したあと、彼を追い出したんです」

「なんでそんなことする必要があったんだ？」

「簡単ですよ。久米さんが犯人だと見せかけたかったんです。優香さんは久米さんにストーカーされていると周囲にふれ回り、研究室から前もって酸の材料になる薬品を盗み出した。それも全部、久米さんが犯人であるという状況証拠を作り出すためです」

絶句する佃さんたちのそばで、私は裁判官席の後ろにそびえ立つ牢の壁を眺める。のっぺらぼうたちに揺さぶられ続けている格子が、緩んできているように見えた。

「なんで……、久米君を犯人に仕立てようと……？　なんの恨みがあって……？」

被告人の佃さんがうめくように言う。

「決まっているじゃないですか。久米さんが自分を捨てたからですよ」

「けれど、久米君の話では、彼女はすぐに別れることに同意してくれたと……」

「優香さんは極めてプライドの高い女性でした。そんな彼女が、奴隷のように支配していた久米さんに、別れないでくれと懇願することなどできなかった。優香さんにとっては、全く未練などない様子で別れる以外の選択肢がなかったんです」

「本心では未練があったということですか？」裁判官が訊ねてくる。

「未練という言葉は正確ではないと思います」私は首を横に振る。「きっと久米さんに対する執着心は、ほとんどなかったと思います。けれど、久米さんから別れを切り出すのは絶対に赦せなかった。久米さんにとって、自分との交際は、自分に仕えることは至上の悦びであるべきだったから」

「だからと言って、命を捨てて久米君を殺人犯に仕立てあげるなんて、まともじゃない！　正常の思考なら、そんなこと考えつくわけもない！」

顔を紅潮させて怒声を上げる検察官に、私は横目で視線を送る。

「正常の思考でなかったとしたら？」

検察官は「なに？」と眉をしかめた。

「周囲の人が証言していたじゃないですか。久米さんと別れてから、優香さんが憔悴していったって。あれは演技でも、ストーキングされていたからでもありません。久米さんに切り捨てられたことで、彼女は心のバランスを失ってしまったんですよ」

「久米君との別れが、心を壊すほどの衝撃だったということですか？」

裁判官が低い声で訊ねてくる。私は軽くあごを引いた。

「優香さんは元々、精神的に不安定だったんだと思います。それを、治療によってなんとか心の均衡を保っていた。けれど、久米さんとの別れによって、一気にその均衡が崩れてしまった」

「治療？」検察官が眉根を寄せる。「彼女が治療を受けたなどという情報はないぞ。周囲の人は誰もそんなことを言っていなかった」

「当然です。彼女にとって治療を受けたこと、そして疾患のことは絶対に知られたくなかったでしょうから。周囲の人が知っているわけがありません」

「疾患⁉　そんなはずはない」検察官はかぶりを振った。「佐竹優香の健康状態には問題はなかった。大学に調査に行ったとき、健康診断の結果などについても聞いたが、異常はなかったということだった」

「健康診断なんかでは発見できない疾患なんですよ。とても発見しにくく、治療が難しく、それでいて本人を苦しめ続けるたちの悪い疾患。彼女はそれに冒されていたんです」

「……なんで君にそんなことが分かるんだ。優香さんに会ったこともないのに」

不信感をあらわにする検察官の目を、私はまっすぐ見る。

「私が医師だからです。徹底的に割られた鏡、酸で溶かされた遺体、手首に巻き付いたチェーン、消えた凶器、そして……美しい被害者。医師である私の目から見ればそれは全て、優香さんがある疾患に罹っていたことを示しています」

検察官が敵意に満ちた表情で反論しようとしたとき、裁判官が「静粛に！」と力強く木槌を打ち鳴らした。牢の中で騒いでいたのっぺらぼうたちさえも、一瞬動きを止めて沈黙する。

「あなたは、彼女がどのような病気だったとお考えなんですか？」

静寂が降りた空間で、裁判長は穏やかに訊ねてきた。私はゆっくりとその疾患の名を告げる。

「醜形恐怖症、それが優香さんを苦しめていた疾患です」

「しゅうけい……きょうふ……？」

たどたどしくつぶやいた被告人に向かって、私は頷く。

「ええ、醜形恐怖症、または身体醜形障害と呼ばれる精神疾患です。強迫神経症の一種とされていて、自分の外見が醜いと思い込み、そのことにとらわれて日常生活に支障をきたすんです」

「醜い？　なにを言っているんだ。佐竹優香の外見は誰が見ても美しいものだった」

検察官が鼻のつけ根にしわを寄せた。

「重度の醜形恐怖症の場合、実際に美しいかどうかなど関係ないんです。この疾患の本質は、自己イメージに歪みが生じることです。重症の場合、どれだけ美しい外見をしていても、自らが直視できないほど醜い外見をしていると思い込んでしまう。ただ、優香さんの場合、久米さんと別れるまでは比較的症状は落ち着いていたはずです。おそらくは、治療の効果で」

「それは彼女が薬を飲んでいたということか？」

「たしかに醜形恐怖症の治療にはまず投薬やカウンセリングなどの、精神的なアプローチがとられます。けれど、彼女はきっとそれだけでは完治しなかった。だからもっと直接的な、物理的な治療を受けたんです」

「物理的な治療？　なにが言いたいんだ。もったいつけるのはやめて、結論を言え」

検察官は苛立たしげに手を振った。たしかに、あまり時間をかけている余裕はない。

再び格子を揺らしはじめたのっぺらぼうたちを眺めながら、私は佃さんたちに伝える。

優香さんの秘密を。

「優香さんは美容形成手術を受けていたんだと思います」

「……美容形成？」

検察官の佃さんが呆然とつぶやいた。他の二人の佃さんも、驚きの表情を浮かべていた。見ると、足元のククルまで目を大きく見開いている。

「優香さんは外見が整った女性でした。それこそ、非現実的なほど。ですよね？」

私に促された三人の佃さんたちは、躊躇いがちに頷く。

「それは美容形成によるものだったんです。きっとご両親との別れなどのつらい経験によって、優香さんは精神的に不安定となり、醜形恐怖症を発症してしまった。それを克服するための手段として、彼女は大学に入る前にでも美容形成手術を受けたんです」

「単なる想像に過ぎない！　どんな根拠があって、君はそんな主張をしているんだ」

検察官が唾を飛ばして反論してくる。

「優香さんの遺体は、あごの骨がひどく損傷していた。それが根拠です。大掛かりな美容形成手術により、彼女のあごの骨は一般の人より脆くなっていたんだと思います」

検察官がなにか反論しようとするが、その前に裁判官の声が響いた。

「優香さんがその醜形恐怖症という病気を患い、そして美容形成を受けたとしたら、あの異様な事件について論理的に説明できると言うんですか？」

　私が「はい！」と腹の底から声を出すと、裁判官は目で先を促した。

「美容形成手術によって美しさを手に入れたことで、優香さんの醜形恐怖症は落ち着きました。そして彼女は、久米さんという男性を隷属させることで、自らの美に対する自信を確固たるものとしていた」

「けれど、久米君は彼女と別れた……」被告人の佃さんが弱々しくつぶやく。

「それが、今回の悲劇が起きたきっかけです。完全に支配していた久米さんから別れを切り出されたことで、優香さんは自らの美に対する自信を根底から覆され、醜形恐怖症が再発してしまった。重度の醜形恐怖症が」

　三人の佃さんたちを見回しながら、私は説明を続ける。

「醜形恐怖は極めてつらい疾患です。彼女はじわじわと精神を蝕まれて衰弱していった。ついには、自宅の鏡を全て叩き割るほどに追い詰められていったんです」

「鏡は自分で割ったというんですか⁉」裁判官が驚きの声を上げる。

「ええ、そうです。事件のずっと前から、部屋の鏡は全て割られていたんです。そこに映る自らの姿に耐えられなくなった優香さん自身によって」

　佃さんたちが言葉を失うなか、私はこの事件の核心に迫っていく。

「もがき続けた優香さんの胸には、ある人物に対する怒りが湧き上がってきました。醜形恐怖症を再発する原因となった人物、久米さんです。時間が経つにつれ、その怒りは濃縮され、熟成されていき、そして彼女は決意したんです。彼に復讐し、そして苦しみから解放されようと」

「自殺をして、久米君に濡れ衣をきせようと……」

かすれ声でつぶやく被告人に、私は「そうです」と頷く。

「久米さんに殺されたように見せかけるため、優香さんは入念に準備をしました。彼にストーキングされていると周囲にふれ回り、研究室から酸を作るための薬品を盗み出した。久米さんと同じ研究室に所属している彼女なら簡単です。そしてとうとう彼女は計画を実行に移した。電話で久米さんを呼び出し、数時間引き留めて追い出したあと、あたかも襲われたかのように部屋を徹底的に荒らした。その後、浴室に向かった優香さんは、自らの首を刺して命を絶ったんです」

一息に説明した私は、呼吸を整えながら佃さんたちの反応をうかがう。

この悲劇の真相、それを佃さんが受け入れてくれれば、久米さんを弁護したことは『正しいこと』となる。佃さんのマブイは救われ、そしてこの夢幻の世界は崩れ去るだろう。

「異議あり！」検察官が詰め寄ってきた。「戯言で煙に巻こうとしてもそうはいかない！ 犯行現場の様子を忘れたのか。遺体は酸に溶かされ、凶器は見つかっていない。自殺のわけがない。久米が佐竹優香を殺害し、証拠隠滅のため遺体を酸に沈めたうえ、凶器をどこかに隠したんだ！」

「いえ、違います」

「では、凶器はどこにある？ 自殺なら凶器が浴室にあるはずだろうが！」

「ええ、ありますよ」

「はぁ？」

「ですから、凶器はずっと現場、酸で満たされた浴槽の中にありました」

「ふざけるな！　鑑識によって現場は徹底的に調べられた。もちろん浴槽の中もだ。けれど、刃物など発見されなかったぞ！」

「もしかして」裁判官が口を挟む。「凶器は酸で溶けたというのかな？　凶器を消滅させ、他殺を装うために酸を作る必要があったと？」

「いえ、違います。凶器は溶けてなんかいません。ただ、そこにあるのがあまりにも自然で、誰もそれを凶器だと思わなかっただけです」

「だからそれは一体なんだと、訊いているんだ！」検察官が声を荒らげた。

「鏡ですよ」

「……か、鏡？」検察官の口があんぐりと開く。

「はい。大きな鏡の破片、優香さんはそれで自分の首を刺したのです。割れた鏡は鋭利な刃物となります。浴室の鏡が割られていたので、浴槽内から破片が見つかっても、割れた衝撃で浴槽内まで飛んだものとしか思われないでしょう。しかも、酸により骨についた傷も消えかけていたので、司法解剖でもそれが鏡の破片によりつけられたものだとは気づかれなかった」

「鏡って、なんでそんなもので……？」

「優香さんは長年、鏡に映る自分の姿に怯え、苦しんできました。自宅にある全ての鏡を叩き割るほど、彼女にとって鏡は忌まわしいものだったはずです。しかしその一方で、美容形成により圧倒的な美を手に入れ、醜形恐怖の症状が落ち着いていたときは、鏡に映る自分の姿に幸せを感じていたはずです。鏡は優香さんの人生において、重要なアイテムでした。計画を思いついたとき、彼女が鏡に対してどのような感情を抱いていたのかは分かりません。けれど、彼女は決めたんです。鏡こそ、自らの人生にピリオドを打つ凶器にふさわしいと」

言葉を切ると、足元から「愛衣……」とククルの硬い声が聞こえてきた。

「盛り上がっているところ悪いけどさ、そろそろヤバそうだ。早く決着をつけて」

ククルは耳で、裁判官席の後ろを差す。そちらを見た瞬間、背筋に冷たい震えが走った。のっぺらぼうたちが閉じ込められている牢。揺さぶられ続けたその格子に、細かいひびが入っていた。

「もうすぐ牢が壊れて、のっぺらぼうたちが襲ってくる。もちろん、僕が守るつもりだけど、あんな数だとどうなるか分からない。だから、早くマブイグミを」

喉を鳴らして唾を呑んだ私が「分かった」と答えると、検察官が声を張り上げた。

「割れた鏡が本当に凶器だとしても、酸はどうなる？　普通に考えて、もし自殺だとしたら、自分の体を酸で溶かすわけがないじゃないか！」

「ええ、たしかにそうです。けれど、……優香さんは『普通』の状態じゃなかった」

検察官の喉から、物を詰まらしたような音が漏れた。

「精神的な疾患に苦しめられていた彼女には、『普通』の判断ができなくなっていたんです。だからこそ、あんな悲惨で恐ろしい現場ができ上がったんです」

「なら説明してみろ！　なんで佐竹優香は自分の体を酸で溶かそうとなんてしたんだ！」

「……体じゃありません」私は静かに言う。「顔です」

「か……お……？」

はじめて聞く単語のように、検察官はたどたどしくつぶやいた。

「そうです。久米さんと別れ、重度の醜形恐怖症に陥っていた優香さんにとって、自分の顔はなによりも醜い、おぞましいものでした。だから、死後にそれを残しておきたくなかったんです。めちゃくちゃに破壊して、消し去りたかったんです」

「まさか、顔面に骨折の跡があったのは……」裁判官が驚きの声をあげる。

「はい、自殺する直前、優香さんが自分でやったんです。おそらく、洗面台や浴槽などに、何度も顔をぶつけて。それほどに追い詰められ、恐慌状態に陥っていたんです」

「そのあと彼女は……」

「顔面を破壊したあと、衝撃で朦朧となった彼女は大きな鏡の破片を右手に持ち、酸で満たされた浴槽の中に立ちました。もはや、破片が掌を切ったり、酸が足を焼く痛みも感じていなかったでしょう。そして、左手でチェーンを摑み、手首に巻きつけました。最後に破片を思い切り自らの首に突き立て、頸動脈を切り裂くと同時に、左手で思い切りチェーンを引いたんです」

「チェーン？　なぜそんなことを？」裁判官が額に手を当てた。

「うつ伏せに倒れるためです」

私は押し殺した声で答える。佃さんたちの顔に、恐怖に似た色が走った。

「優香さんにとって、自らの顔を溶かすことは絶対に必要なことだった。けれど、ただ首を刺しただけでは、仰向けに倒れてしまうかもしれない。そうなると、体の後面だけが溶けて顔が残ってしまうかもしれない。それを避けるため、絶命する寸前に彼女は最後の力を振り絞ってチェーンを引いたんです。その力で体は顔から酸の海に突っ込み、そして彼女は力尽きた。……それが、事件の真相です」

説明を終えた私は、佃さんたちの反応を待つ。彼らは誰一人口を開かなかった。

いまの説明で納得させることができただろうか？ マブイグミは成功したのだろうか？ 息を殺していると、裁判官が無言のまま木槌を持って立ち上がり、席を降りて近づいてくる。被告人、検察官、裁判官の佃さんが、私を取り囲む形になる。裁判官席が溶けるように姿を消していく。見ると、検察席、弁護人席、そして被告人席もいつの間にかなくなっていた。

「……いまの説を証明する、確実な証拠があるわけではないんだな？」

検察官が訊ねる。その声からは攻撃的な響きが消えていた。

「はい、ありません。けれど、いまの説なら不可解だった事件の全てに説明がつきます。それが真実だった可能性は極めて高いはずです」

「しかし、……久米は電話で私に言ったんだ。自分が佐竹優香を殺したと」

「なんで、久米さんがそんなことを言ったかは分かりません。ただ、さっき説明したように、その自白に証拠能力はないはずです。そうですよね？」

検察官は一瞬の躊躇のあと、「そうだ」と頷いた。

「優香さんが自殺だった可能性が出てきたいま、久米さんが犯人だということには『合理的な疑い』があるはずです。たしか裁判では『推定無罪』という原則があるんでしたよね。合理的な疑いがある状況では、久米さんが優香さんの殺害犯だと有罪にはできないはずです」

私は焦りながらまくし立てる。牢の格子に走るひびが、次第に増えていっていた。

「……愛衣、来るよ」

ククルが足元で言った瞬間、とうとう一つの牢の格子が鈍い音を立てて砕けた。牢から這い出してきたのっぺらぼうが、包丁を持った手を掲げて走ってくる。しかし、私たちに襲い掛かる遥か前に、長い槍と化したククルの片耳がのっぺらぼうの胸を撃ち抜いた。

「のっぺらぼうたちは僕に任せて、愛衣はマブイグミを完遂するんだ！」

焦燥の滲む声で言いながらククルが前に出る。私は検察官の佃さんに向き直った。

「佃さん、あなたが自分を訴えているのは、殺人犯を無罪にして釈放させてしまったからでした。けれど、私の説明を聞いて分かったはずです。久米さんが優香さん殺害の犯人だったかどうかは分からないと」

牢が次々に破壊される。迫ってくるのっぺらぼうたちを、ククルが刃と化した両耳で薙ぎ払っていく。

「しかし、奴を釈放しなければ、その後の殺人が起きなかったかもしれない……」

力なくつぶやく検察官に、私は一歩詰め寄った。

「釈放後のことは関係ありません！　いまは、あの裁判で久米さんを無罪にしたことが『正しいこと』だったかどうかを論議しているんです。『合理的な疑い』があり、優香さんが自殺だった可能性が高いにもかかわらず、久米さんは殺人罪で有罪になるべきだったと言うんですか？」

検察官は俯くと、ぼそぼそとなにごとかつぶやく。

「聞こえません！　はっきりと言ってください！」

私は両手で挟むようにして、検察官の顔を強引に上げさせた。牢から溢れ出してこちらに向かってくるのっぺらぼうは、もはや数えきれないほどになっていた。ククルが必死に両耳を振るっているが、それでも刃物を掲げたのっぺらぼうの人壁との距離が、じわじわと縮まってきている。

「答えてください！」

私は顔を近づけて、検察官の目を覗き込む。彼は力なく、かさついた唇を開いた。

「……君の言うとおりだ。合理的な疑いがあるなら、推定無罪の法則が適用される」

「では、久米さんを無罪にしたのは『正しいこと』だったんですね？　佃さんは、あなたは『正しいこと』をしたんですね？」

私は大声で確認する。のっぺらぼうの人壁は、もはや数メートルの距離まで迫っていた。両耳を振るっているククルが、痛みに耐えるような表情になっている。

のっぺらぼうの一人が、手にしていたサバイバルナイフをこちらに向かって放ってきた。まっすぐに飛んでくるナイフの切っ先が、立ち尽くす私に迫ってくる。

目の前に小さな影が現れる。私の顔の前まで飛び上がったククルが、しなやかな猫パンチを繰り出してサバイバルナイフを叩き落とした。肉球で衝撃を殺して着地したククルは、再び超高速で両耳を振るって、のっぺらぼうたちを屠っていく。

クリーム色をしたククルの前足の毛が紅く染まる。

「ククル⁉　怪我を……」

「ナイフで少し切ったみたいだね。でも、大丈夫だよ」

「大丈夫って……」

「このくらいの怪我、なんでもないよ。心配しないで、もしものときには、とっておきの方法があるからさ。愛衣は安全だよ」

ククルは焦燥の滲む顔に笑みを浮かべた。

「とっておきの……方法？」嫌な予感が声を震わせる。

「そんなことより、マブイグミを早く！」

私が唇を噛んであごを引いたとき、「……そうだ」というか細い声が鼓膜を揺らした。見ると、検察官が力なく微笑んでいた。

「君の言うとおりだよ。佃三郎は、……私は正しかった。久米君は優香さんへの殺人で有罪判決を受けるべきじゃない」

「じゃあ……」

私は首を回して、裁判官を見る。のっぺらぼうの人壁は、ククルの目の前まで迫っていた。

「判決を言い渡す」

裁判官は手にしていた木槌を頭上高く掲げると、証言席へと勢いよく振り下ろした。木と木がぶつかる音が、大きく空気を震わせる。

「被告人は無罪！」

裁判官が高らかに宣言したと同時に、三人の佃さんの姿が消える。そして、一人の男性が現れた。くたびれたスーツを着た、人の良さそうな老人、弁護士の佃三郎さんが。

「ありがとう、弁護してくれて」佃さんは私に片手を差し出してきた。

「いえ、そんな……」私は反射的に、骨ばった小さな手を握りしめた。

「これでマブイグミは成功じゃないのかい⁉　のっぺらぼうたちはまだ消えないの？」

ククルが切羽詰まった声で言う。はっとして見ると、のっぺらぼうたちがすぐそばまで迫っていた。ククルは懸命にのっぺらぼうを切り裂いているが、あまりにも相手が多すぎて、じりじりと後退している。

「……こりゃ、覚悟を決めないといけないかな？」

ククルがなにやら不吉なことをつぶやいたとき、背後でガラスが割れるような音が響いた。振り返った私は息を吞む。淡く輝いていた半透明の檻が砕け散り、中に閉じ込められていた少女が、佃さんのククルが立っていた。

細い足に嵌められていた枷が外れ、顔や四肢に走っていた傷がみるみる消えていく。

蒼白だった肌には血の気が差していき、力なく弛緩していた顔には力強い笑みが浮かんでいた。

唐突に、少女の背後から強い後光が差した。のっぺらぼうたちが甲高い悲鳴をあげ、目も鼻も口もない顔面を手で覆う。

眩しさに目を細めた私は、光の中に浮かぶ人影の手足が伸びていくことに気づく。光が収まる。布切れを纏っていた華奢《きやしや》な少女は消え去り、そこには白銀に輝く鎧《よろい》をまとった女性騎士が、凛と立っていた。

騎士が手にしていたサーベルを優雅に振るう。剣先が描いた半円の煌めきが、広がりながら私たちに向かって飛んできた。思わず身をすくめるが、その光跡は私の体をなんの痛みも衝撃もなく通過し、のっぺらぼうの壁へと到達した。次の瞬間、苦悶の声を上げていたのっぺらぼうたちが消滅した。しゃぼん玉が割れるように、次々と弾けて消えていく。

立ち尽くす私の前で、無数にいたのっぺらぼうたちは全て消え去った。あとには細かい光が舞い上がり、暗い空間を柔らかく照らしだしていた。

白銀にまたたく光の粉が降り注ぐ中、安堵で足の力が抜けた私はへたり込んでしまう。

「お疲れさま、愛衣。これでマブイグミは成功だね」

ククルが肩に乗って、頬を舐めてくれる。ざらざらした感触がくすぐったかった。

「ありがとう、ククルが守ってくれたおかげだよ。それより、怪我は大丈夫?」

「怪我？　ああ、これのことかい」

ククルは血が滲む前足を舐めて毛づくろいをはじめる。血で赤く汚れていた毛が、一舐めされるたびに元の薄いクリーム色へと戻っていく。

ククルが「ね？」と得意げに前足を見せつけていると、鎧をまとった女騎士がゆっくりと近づいてくる。慈愛に満ちた笑みを浮かべながら、彼女は佃さんの前で足を止めた。

「お疲れ様、三郎君」

優しくねぎらいの言葉をかけられた佃さんは、幸せそうに目を細めた。その光景を眺めながら、私は軽く頭を振る。幸せそうに見つめ合う二人の姿が、なぜかぼやけて見える。いや、ぼやけてというのは正しくない。佃さんと女騎士の姿に重なるように、小さな人影が現れはじめている。

まばたきをくり返していくうちに、女騎士とスーツ姿の老年男性の姿はかすれて消えていき、代わって二つの小さな人影がはっきりとしてくる。

いつの間にか、そこには坊主頭の少年と、薄紅色の浴衣を着た少女が立っていた。二人には見覚えがあった。少年時代の佃さんと、のちに彼の妻になる少女、南方聡子さん。

「行きましょうか、三郎君」

聡子さんが差し出した手を、佃さんは「ああ」と力強く握る。そのとき、どこか遠くから祭囃子が聞こえてきた。顔を上げると、赤提灯が宙に浮いて二列に並び、辺りを紅く照らしていた。足元に石畳が敷き詰められ、遥か遠くに盆踊りの櫓が建っている。

佃さんと聡子さんは手を取り合い、石畳の敷かれた参道を奥へと進んでいく。その姿を見送りながら、私は肩の上にいるククルに話しかける。

「ねえ、あれってどういうこと？　ククルって自分の本質を映す鏡なんだよね。なら、それが聡子さんになるって、おかしくない」

「えっと……、まあ長年夫婦をやっていると似てくるって言うじゃない。そういうことなんじゃないかな。まあ、色々とあるんだよ」

「色々とって……」

適当な物言いに顔をしかめていると、ククルの耳が額を撫でた。

「ほら、額にしわなんか寄せてないで。せっかくの可愛い顔が台無しだよ」

「ごまかさないで、ちゃんと説明してよ」

「とは言われても、もう時間がないしね」

私が「時間がない？」と聞き返すと、ククルは首を反らした。

「ほら、この夢幻の世界はもう消え去るよ。マブイグミに成功したからね」

見ると、並んでいる提灯の光がみるみる強くなっていた。視界が保てないほどに。参道を進んでいる佃さんと聡子さんの姿も、光に呑み込まれて見えなくなる。

「ちょっと待ってよ。まだ色々と聞きたいことが……」

「大丈夫。その時が来たら全部教えてあげるよ。だから、心配しないでしっかり休みな。マブイグミで消耗しているだろうからね」

私が早口で言うと、ククルは両耳で私の頭を抱きしめてくれる。

「その時っていつなの？」

夢幻の世界が消える感覚をおぼえた私は慌てて聞く。しかし、ククルはどこか哀しそうに微笑むだけで答えなかった。

視界が唐紅に塗りつぶされていく。

「それじゃあ愛衣、次の夢幻の世界でね」

ククルの声が遠くから聞こえてきた。


体を震わせた私は目を開く。殺風景な病室が網膜に映しだされた。右掌にかさついた感触が走る。私はベッドに横たわる佃さんの顔から、そっと手を引いた。

現実に戻って来たのか。四肢を動かして体の感覚を確かめつつ、壁時計に視線を向ける。時刻は、やはりマブイグミに成功した。マブイグミをはじめた時間から五分ほどしか進んでいなかった。

またマブイグミに成功した。佃さんのマブイを救うことができた。しかし、飛鳥さんのマブイグミに成功したときほどの満足感はなかった。

分からないことだらけだ。私はこめかみに指を当てる。

優香さんが自ら命を絶ったことはおそらく間違いないだろう。しかし、なぜ久米さんが彼女を殺害したと、佃さんに連絡してきたのか。それに、久米さんが告白したという中年男性の殺害。それは本当に久米さんがやったことなのだろうか。

優香さんがなぜあんなことをしたのかも分からない。久米さんと別れたことにより醜形恐怖症が悪化したとしても、あそこまで恐ろしいことを思いつき、そして実行に移すものだろうか。そもそも彼女は、症状が悪化して苦しんだとき、誰かに相談したりはしなかったのだろうか。専門的な治療さえ受けていれば、あんな悲劇が起こることもなかったはずなのに。

他にも佃さんのククルが、最後に奥さんの姿になったこと、それについて訊ねるとククルが言葉を濁したことなど気になることは多い。しかし、最も重要なこと、それは加納環さんのことだ。

久米さんの理解者であり、支援者であり、そしておそらくは恋人であった環さん。彼女こそ、私が担当する三人目のイレス患者だ。久米さんの弁護士だった佃さんと、恋人だった環さん。やはり、イレスの患者たちには繋がりがある。

四人のイレス患者、なにが彼らを結び付けているのだろう。そして、なぜ彼らはマブイを吸われなくてはならなかったのだろうか。

考えることが多すぎて頭痛をおぼえていると、佃さんが「ううっ」と唸り声をあげた。私は疑問をいったん棚上げし、佃さんを見つめる。

何週間も閉じられたままだったその瞼が上がっていくのを見て、ようやく胸に温かな満足感が湧き上がってきた。

幕間　2

「これで二人目……か」

神研病院の十三階病棟。昼下がりの人の少ないナースステーションで、杉野華は電子カルテのマウスを動かす。ディスプレイには佃三郎という患者のカルテが表示されていた。

イレスの患者であった佃は、数日前に昏睡から回復した。現在は社会復帰に向けてリハビリを行っている。

片桐飛鳥、そして佃三郎と、後輩が主治医を務めているイレス患者が続けざまに目を醒ましている。それに対して華の担当する患者は、いまも昏睡状態のままだ。

「なんで私の患者は起きてくれないのよ」

画面をスクロールし、カルテに記載されている治療内容に目を通していく。しかし、そこに特別な治療の記載はなかった。佃三郎が目醒めたと聞いたとき、華は「どうして治ったの⁉」と、主治医に勢い込んで訊ねた。しかし、片桐飛鳥のときと同じように、「私にも分かりません」と躊躇いがちな答えが返ってくるだけだった。

「ああ、もう！」

華は軽くウェーブのかかった髪を掻き乱す。同時に発症した四人のイレス患者の半数が目醒めたというのに、自分の患者は改善の気配すらない。そのことがこの数日、華を苛立たせていた。

冷静にならなくてはと思うのだが、どうしても焦ってしまう。

昏睡状態に陥っているのは、単なる患者ではないから。自分にとって大切な人物だから。

治す。私が絶対に目醒めさせる。胸の中で決意を固めていると、きこきことという金属音が聞こえてきた。振り返った華は、思わず唇を歪めてしまう。中年の男性、この病院の院長が車椅子を器用に操作してナースステーションに入ってきた。

「やあ、杉野先生」

近づいてきた院長に声をかけられ、華は「どうも」と会釈をする。昔から彼に苦手意識を持っていた。精神科医であるこの男はときどき、心の奥まで見通すような目でこちらを観察してくる。

「彼の件はどうかな？」院長は軽い口調で話しかけてきた。

「彼とは誰のことでしょう？」

誰のことを訊かれているのか分かっていたが、思わずそう答えてしまう。

「決まっているじゃないか、君の担当患者。特別病室でずっと昏睡状態に陥っている彼だよ」

院長は廊下の奥に立ち塞がる金属製の自動ドアを指さす。この十三階病棟の奥には、特別フロアが存在する。そこにある三部屋は、高額の差額ベッド料金が設定されたVIP用の病室だった。部屋は高級ホテルのスイートルームのように広く豪奢で、セキュリティにも力が入れられている。フロアに入るのにも、カードリーダーに職員証をかざして自動ドアを開ける必要があった。

「あいかわらず昏睡状態です。ご存じでは？」

「そういうことを言っているんじゃない」院長は声をひそめた。「この前、刑事が来て、彼の話を聞いていったんだろ」

「……なんでそのことを？」

刑事のことは院長には報告していなかった。

「ナースから聞いた。この病院内の情報は、全て私に上がってくるんだよ。それで、刑事たちがなにを調べに来たのかについて聞いてないのかな？」

一瞬の躊躇のあと、華は首を横に振る。

「いえ、なにも知りません。刑事たちは話を聞くだけで、全く情報をくれませんでしたから」

「そうか……。もしなにか分かったらすぐに教えてくれ。彼は大切な人物だから」

あなたにとって大切なのは、この病院の評判と自分の地位でしょ。華は内心でつぶやきつつ、その場で器用に車椅子を回転させた院長に、「分かりました」と答える。

「それと」院長は背中を向けたまま言う。「彼がなにかトラブルに巻き込まれていたとしても、絶対に外部には洩らさないように。おかしな噂が流れたら大変だ。可能なら、彼がここに入院していることも知られないようにしたい。分かっているね」

「……ええ、分かっています」

「よろしく頼むよ」

院長がナースステーションから出ていくと、華は眼鏡を外して目元を揉んだ。

院長が口にした、先日の刑事たちの訪問。それもストレスの大きな原因だった。

刑事たちは彼が、連続殺人事件にかかわっているかもしれないと言っていた。いったい、どういうことなのだろうか？　あの時は頭が真っ白になり、言われるがままに刑事たちを彼の病室まで案内してしまった。刑事たちは昏睡状態の彼の指紋をとったり、綿棒で口腔内を拭ってＤＮＡを採取したりしたあと、なにも説明しないまま帰っていった。

華はニュースサイトなどで見た、あの連続殺人事件の内容を思い出す。老若男女が同じ手口で惨殺された恐ろしい事件。それに彼がかかわっているなどあり得ない。

そう……、絶対にあり得ない。華は唇を嚙む。

彼はとても優しい人だった。出会ってからずっと、彼に尊敬の念を抱いていた。そんな人が、あんなおぞましい事件にかかわっているわけがない。華は立ち上がると、ナースステーションを出て廊下を進んでいく。目的の個室病室の前に立った華は、数回深呼吸をしたあとに扉を開いた。

窓際に置かれたベッドには、担当するイレス患者が横たわっていた。ベッドに近づいた華は、患者の顔を覗き込む。穏やかな寝顔に、思わず顔が綻んでしまう。

「こっちはこんなに苦労してるのに、気持ちよさそうに眠っちゃってさ」

冗談めかして言いながら、華は患者の瞼にそっと指先をそわせる。薄い皮膚を通じて、せわしない眼球の動きが伝わってくる。いったいどんな夢を見ているのだろう。いい夢だろうか、それとも悪夢に囚われているのだろうか。

「ねえ、後輩が担当しているイレスの患者は、二人も目を醒ましたんだよ。なのに、なんであなたは眠ったままなの？」

答えの代わりに、かすかな寝息が鼓膜をくすぐる。

「言ったっけ？　この前さ、刑事がやって来たんだよ。『あなたの患者が、連続殺人事件の関係者かもしれないんです』だってさ。まったく、なに言っているんだろうね。そもそもさ……」

華は話し続ける。担当医になってからというもの、華は定期的にこの病室にやってきては、眠り続けている患者に、その日にあったことを話しかけていた。そうすれば、いつかは目を醒まして返事をしてもらえるんじゃないか。そんな気がしていた。

数分かけて近況を語った華は、一息ついたあと患者の頰に触れた。

「絶対に私が治してあげるから、ちょっとだけ待っていてね」

腰のあたりからポップな着信音が流れ出す。華は白衣のポケットからＰＨＳを取り出した。

「はい、杉野ですけど」

『総合受付です。先生とお話ししたいという方がこちらにいらっしゃっているんですが』

「話したい人？　患者さんのご家族ですか？」

『いえ……』

受付嬢は内緒話をするように声のトーンを落として言った。

『警視庁捜査一課の刑事さんとのことです』


「どうも先生、たびたび失礼します」

部屋に入ってきた中年刑事は、勧められる前に華の向かい側の席に勢いよく腰掛けた。固太りした体の重量に抗議するように、パイプ椅子が軋みを上げる。先日、話を聞きに来た園崎という名の刑事だ。もう一人の三宅という若い刑事も、軽く会釈をして園崎の隣に座った。

「しかし、殺風景な部屋ですね。しかも狭い。病状説明室とか書いてありましたけど」

病棟の隅にある、テーブルと椅子だけが置かれた四畳半ほどの部屋を、園崎は興味深そうに見回す。

「名称どおりですよ。患者さんや、その家族に病状などを説明するための部屋です」

「なるほど。けれど、私たちは患者でも、その家族でもありませんよ。受付の方にここに行くように言われたんですが、何故でしょう？」

「刑事さんたちは私の患者の病状を聞きたいんでしょ。なら、病状説明室で話すのが一番いいと思ったんです。ここならゆっくりお話をすることができますから。……誰にも聞かれずにね」

華が声をひそめると、園崎は苦笑を浮かべながら、無精ひげが生えた頰を掻いた。

「べつに先生とお話をするつもりはないんですよ。ただ、あの患者の状態をもう一度見にきただけですから。というわけで、あの男に会わせてもらいますよ」

「面会謝絶です」

華は鋭く言う。立ち上がりかけていた園崎の顔に動揺が走った。

「面会謝絶？　あの男、そんなに状態が悪いんですか？」

「お答えできません。個人情報ですから」

園崎の目付きが鋭くなる。華は奥歯を嚙みしめてその視線の圧に耐えた。

「嫌がらせ、というわけですか。先生、この前も言ったように、あの男は連続殺人事件にかかわっていた可能性が極めて高いんですよ。その捜査を邪魔するおつもりですか？」

「そんなつもりはありません。ただ、主治医として患者を守る義務があるというだけです」

「……先生、裁判所から令状をとって、強引に進めてもいいんですよ。あの男はそれくらい、事件に深くかかわっている」

「なら、そうなさったらいかがですか。けれど、主治医が面会謝絶と判断しているとなると、裁判所を説得するのはかなり面倒だと思いますけど」

苦虫を嚙みつぶしたような表情で、園崎は舌を大きく鳴らした。

「先生、お互い暇じゃないんだ。まどろっこしい腹の探り合いはよしましょうよ。なにが目的なんですか？　どうしたら、あの男に会わせてくれるんですか？」

華は乾いた口腔内を舐めて湿らせる。

「なにが起こっているのか教えてください。この前、彼が連続殺人事件の関係者だなんて言われてから、ずっと混乱しているんです。彼があの事件にどんな関係があるのか、なにを根拠にそんなことを言っているのか、詳しく説明してください」

「……部外者であるあなたに、捜査情報を漏らせ。そうおっしゃっているわけですか？」

園崎はあごを引き、声のトーンを低くする。

「私は部外者じゃありません。彼の主治医で、知り合いでもあります。彼は私にとって……とても大切な人なんです」

「大切な人……ね」園崎はあごを撫でながら、品定めするような視線を送ってくる。

数十秒の沈黙のあと、園崎はぼそりとつぶやいた。

「先生、あなた、口は堅いですか？　ここで話したことを外部に漏らさないと誓えますか」

三宅が「ちょっと、園崎さん」と声を上げる。園崎は面倒くさそうに手を振った。

「どうせ、すぐにマスコミが嗅ぎつけるんだ。先生にだけ少しばかりフライングしても問題ねえだろ。それに、こっちが情報を渡せば、先生はきっと面会を許可してくれるだけじゃなく、あの男について色々と話してくれるはずだ。ですよね、先生」

園崎は唇の端を上げる。少し迷ったあと、華は「守秘義務に反しない範囲なら」と頷いた。

「よし、取引成立だ。なるほど、最初から情報を引き出すつもりで、この部屋に呼び込んだというわけですか。先生もなかなかやり手ですな」

「いいから早く教えてください。彼が連続殺人事件にかかわっているかもしれないって、どういうことですか？」

華が身を乗り出すと、園崎は焦らすかのように、ゆったりとした口調で話しはじめた。

「そう興奮しないでください。言葉通りの意味ですよ。世間を震撼させたあの恐ろしい事件。何人もの人々が同じ手口で惨殺されたあの事件。その被害者たちを結ぶ鍵が、あなたの患者であるあの男だったんです」

「被害者たちを結ぶ鍵？　被害者たちは全員他人で、接点は見つからなかったんじゃ……」

「ええ、見つけるのに苦労しましたよ。被害者たちはみんな、あの男との関係を周りの人に黙っていましたからね。けれど、捜査本部で徹底的に聞き込みを行ったところ、被害者たちの多く、おそらくは全員があの男に、なんというか……相談をしていたことが分かったんです」

「相談？」意味が分からず、華は聞き返す。

「ええ、そうです。被害者たちは全員が、つらい経験をして精神的に不安定になっている人々でした。あの男は、そんな被害者たちの話を聞いて、取り入っていたようなんです」

「それって、カウンセリングということでしょうか？」

「カウンセリングと言っていいのかどうか。実際彼に相談をしていた人物の話を聞くと、カウンセリングというより、洗脳という言葉の方が近い気がしましたね」

「洗脳……」その言葉の強さに、華は戸惑う。

「そうです。薄暗い部屋に二人きりになり、蠟燭《ろうそく》の火を見ながら悩みを語る。そして、全ての苦悩を吐き出すと、あの男は『大丈夫ですよ』『心配いりませんよ』とか何度もくり返すんです。そうすると、心がとても楽になったということでした」

「……基本的な方法からはかなり外れていますが、それって催眠療法によるカウンセリングに近いような気がします」

華がつぶやくと、園崎は「ほう」と前のめりになる。

「お医者様は普段から、そんな黒魔術みたいなことをしているんですか」

「いえ、催眠を使った治療はあるにはありますが、頻繁に行われるようなものじゃありません。かかり易さの個人差が大きいので、効果がありそうな人に対して、治療の補助として取り入れるぐらいのものです」

「効果のありそうな人ねぇ」園崎は太い腕を組む。「もしかしたら、あの男は催眠術にかかり易そうな人物をピックアップしていたのかもしれませんね。まあ、そんなことより重要なのは、連続殺人の被害者たちがあの男と接点があったということです。あの男は、無料でその〈カウンセリング〉を行い、それを他人に言うことを禁止していました。

さらに、連絡はインターネットのホームページの匿名掲示板を使ってやるように指示する徹底ぶりです」

「なんでそんなことを……」話を聞くにつれ不安が濃くなり、華の呼吸が乱れていく。

「さあ、なんでなんでしょうねえ。自分の思い通りに動かせる操り人形が欲しかったとかですかねえ。どうやらあの男は、かなり前からそんなことを続けていたようです。そして、最近になって急に、あの男から〈カウンセリング〉を受けていた人々が惨殺されはじめた」

華は胸元に手を置き、呼吸を整える。

「警察は彼が、犯行にかかわっているとお考えなんですか？」

「さあ、まだ分かりません。ただ、あの男が今回の連続殺人事件を解決するための手がかりなのは間違いありません。いや、今回の事件だけとは限らないか……」

付け足すように園崎がつぶやいたセリフが気になり、華は「どういうことですか」と前傾する。園崎は数秒、宙に視線を彷徨わせたあと、再び話しはじめた。

「まあ、ここまで話したんだから言っちゃいましょう。ただし、絶対に誰にも情報は洩らさない。約束してくれますね」

華は大きく頷く。

「去年起きた、若い女が自宅で殺害され、遺体が酸で溶かされた事件をご存じですか？」

「え、ええ。一応、ニュースで見ましたけど……」

猟奇的な犯行だったので、マスコミがこぞって取り上げていた。たしか、殺人容疑で逮捕された元恋人が、裁判で無罪判決を受けていたはずだ。

「その被害者も、あの男から〈カウンセリング〉を受けていた形跡があるんですよ」

「え？　え⁉　どういうことですか？」声が裏返る。

「我々もよく分かっていません。あの事件と、今回の連続殺人。まったく関係ないはずの二つの事件がどう繋がるのか、正直戸惑っています」

しかめっ面をする園崎の前で、華は言葉を失う。

「分からないと言えば、あの病気の患者たちも、事件とどう関係するのか分からないんですよ」

独り言のように園崎はつぶやく。華は「あの病気？」と聞き返した。

「なんでしたっけ、あのずっと眠り続ける病気。実はですね、今日の一番の目的はあの男に会うことじゃなくて、佃三郎という男性から話を聞くことだったんですよ」

「その人って先週、イレスの昏睡から目醒めた患者さんですよね？　なんであの人から⁉」

「そうそう、そのイレスって病気だった佃三郎、そしてその前に回復した片桐飛鳥、その二人もあの男から〈カウンセリング〉を受けていたんですよ。しかも、昏睡になる前の晩に、あの男が〈カウンセリング〉を施していた場所に行っている姿が近くの防犯カメラに映っているんです。それだけでなく、同時にイレスにかかったほかの人たちもね」

華の口が半開きになる。次々に襲い掛かってくる情報に、脳を素手で掻き混ぜられているような心地に陥っていた。

「お二人に、なぜそこに行ったのか訊ねてみましたが、記憶が曖昧になっているらしく、はっきりとした答えは頂けませんでした。しかし、おそらくあの男に呼び出されて……」

「ちょ、ちょっと待ってください！」

情報の洪水に耐え切れなくなった華が声を上げると、園崎は「なんでしょう？」と首を傾けた。

「まさか、イレスの発症に、あの人がかかわっているとおっしゃるつもりですか？」

「あの男に呼び出されて一ヶ所に集まった人々全員が昏睡状態に陥っているんですよ。あの男自身も含めてね。かかわっていると考えるのが自然じゃないですか」

正論を返され、言葉に詰まる華の前で、園崎は淡々と話し続ける。

「我々は呼び出された人々が、毒物を投与されたのだと思っています。しかし、なんらかの手違いであの男もその毒物を摂取してしまい、意識がもうろうとなって、最終的に昏睡状態に陥った」

「イレスは毒物が原因で発症するものじゃないです！」

反論した華に、園崎が顔を近づけてくる。

「では、なにが原因で起こるものなんですか？　医学の素人である私たちにご教授願えますかね」

「それは……」

再び言葉に詰まると、園崎はいかつい肩をすくめた。

「なんにしろ、いくつもの恐ろしい事件、不可解な事件の中心にあの男がいるんですよ。だから、できるだけ早くあの男から話を聞きたい。さて、それで主治医であるあなたに伺いたいんですが、あの男はいつになったら目を醒ますんですか？」

「それは……、分かりません。いつなのかも、そもそも目醒めるのかどうかも……」

無力感を嚙みしめながら言葉を絞り出すと、園崎は椅子から立ち上がった。

「とりあえず、あの男について我々が摑んでいる情報はこれくらいです。これだけ情報を渡したんだ、面会は許可してもらいますよ。あと、あの男の病状に変化があったらすぐ連絡をください」

園崎が差し出してきた名刺を、華はかすかにふるえる手で受け取る。

「分かっているとは思いますが、いまここで話したことはオフレコでお願いします。マスコミは当然として、ほかの人にも絶対に漏らさないように気をつけてください」

言えるわけがない。彼がそんな恐ろしいことにかかわっていたなんてこと、口が裂けても……。

華が弱々しく頷くと、刑事たちは出口へと向かう。ドアノブを摑んだところで、園崎が「あ、そうだ」とつぶやいた。

「毒を食らわば皿までってことで、あの男についてもう一つだけ情報をお教えしましょう。まあ、これはあくまでちょっとした疑いレベルですけどね」

「……なんですか？」

そう答えてしまう。これ以上聞きたくないのに。耳を塞いでしまいたいのに。

「あの男ね、少年Xだったかもしれないんですよ」

「少年……X……。それって……」

唇の隙間から零れた声は、自分でも可笑《おか》しく感じるほどに震えていた。

「ええ、そうです。二十三年前、両親を殺害したあと、近くの遊園地で通り魔事件を起こして、十数人もの人々を次々と刺し殺した少年ですよ」

園崎の声が狭い部屋の壁に反響し、不吉に空気を攪拌していった。


（下巻へつづく）

・本書は二〇一九年九月に小社より単行本として刊行されたものです。

双葉文庫

ち-07-01

ムゲンのｉ（上）

2022年2月12日　第1刷発行

【著者】
知念実希人《ちねんみきと》

【発行者】
箕浦克史
【発行所】
株式会社双葉社
〒162-8540 東京都新宿区東五軒町3番28号
［電話］03-5261-4818（営業部）　03-5261-4831（編集部）
www.futabasha.co.jp（双葉社の書籍・コミックが買えます）
【印刷所】
大日本印刷株式会社
【製本所】
大日本印刷株式会社
【カバー印刷】
株式会社久栄社
【DTP】
株式会社ビーワークス

【フォーマット・デザイン】
日下潤一

ISBN978-4-575-52540-3 C0193
Printed in Japan